UN AMANT DE FORTUNE

DU MÊME AUTEUR

CEUX DE JULY, Albin Michel, 1983 et 1992 ; LGF, 1985.
UN MONDE D'ÉTRANGERS, Albin Michel, 1979 ; LGF, 1989.
QUELQUE CHOSE, LÀ-BAS, Albin Michel, 1985.
LE CONSERVATEUR, Albin Michel, 1988 ; 10/18, 1995.
LE GESTE ESSENTIEL, Plon, 1989.
UN CAPRICE DE LA NATURE, Albin Michel, 1990 ; LGF, 1992.
FILLE DE BURGER, LGF, 1990 ; Albin Michel, 1996.
HISTOIRE DE MON FILS, Bourgois, 1992 ; 10/18, 1993.
FEU LE MONDE BOURGEOIS, Plon, 1993 ; 10/18, 1994.
LE SAFARI DE VOTRE VIE, Plon, 1993 ; 10/18, 1994.
L'ETREINTE D'UN SOLDAT, Bourgois, 1994 ; 10/18, 1997.
L'ÉCRITURE ET L'EXISTENCE, Plon, 1996 ; 10/18, 1998.
PERSONNE POUR M'ACCOMPAGNER, Plon, 1996 ;10/18, 1999.
L'ARME DOMESTIQUE, Plon, 1998 ; 10/18, 2000.
VIVRE DANS L'ESPOIR ET DANS L'HISTOIRE. *Notes sur notre siècle*, Plon, 2000.
LE MAGICIEN AFRICAIN, Plon, 2002.

NADINE GORDIMER

UN AMANT DE FORTUNE

roman

Traduit de l'anglais
par
GEORGES LORY

BERNARD GRASSET
PARIS

L'édition originale de cet ouvrage a été publiée par Bloomsbury Publishing Plc, en 2001, sous le titre :

THE PICKUP

Pour Reinhold
Oriane
Hugo

« Allons dans un autre pays...
Le reste est sous-entendu
Prononce le mot. »

William Plomer

Des rapaces agglutinés pour une mise à mort. C'est une petite voiture avec une jeune femme à l'intérieur. La batterie est à plat, taxis, voitures, minibus, camions, motos klaxonnent et s'interpellent, l'invectivent et la maudissent, une cohue s'empilant sur son désordre. Avance. Foutue bonne femme. *Idikazana lomlungu, le!* Elle lève les mains, paumes ouvertes en signe de reddition. Ils continuent à se presser et claironnent leur impatience. Elle sort de sa voiture et leur fait face. Un des chômeurs noirs qui indiquent aux véhicules les places de stationnement se coule adroitement entre les pare-chocs, hochant la tête – *oké-è, oké-è*, allez, rentrez ! – et lui fait signe de reprendre le volant. Un collègue se pointe et ils la poussent, elle et sa voiture, sur une aire de livraison. La rue s'agite à nouveau. Ils attendent le regard songeur au loin tandis qu'elle farfouille dans son porte-monnaie. Un coup d'œil d'expert à ce qu'elle vient de lui glisser dans la main, le chef de la rue est rassuré, c'est plus que correct. Elle ne sait plus comment les remercier... Il étire son corps, l'argent se tasse dans un pantalon taillé pour autrui, il sourit, son attention déjà tournée vers le prochain véhicule cherchant à se garer. Une vendeuse, une serviette en guise de châle, trônant sur une caisse devant son étalage de peignes, de lames de rasoir, de pierres ponces, de bonnets de laine et de poudres contre les céphalées lui lance une remarque vraisemblablement taquine dans une langue que la jeune femme ne comprend pas.

Voilà : vous avez vu. J'ai vu. Le geste. Une femme dans un embouteillage comme tant d'autres dans la ville, n'importe quelle ville. Vous ne vous en souviendrez pas, vous ne saurez pas qui elle est.

Mais moi je sais, à partir de cette image je vais trouver l'histoire découlant de ce banal embarras de rue, jusqu'où il l'entraînera. Ses mains en l'air. Ouvertes.

La jeune femme descend une rue passante, un bazar regroupant tout ce que les lois et les traditions interdisaient du temps de ses parents. Briser les prohibitions du passé, dans les bars et les cafés, a toujours été le travail des jeunes, mais c'est une tolérance au petit bonheur et sélective. Elle s'avance vers le lieu où elle rencontre habituellement, sans rendez-vous, ses amis et tout ami d'amis qui se pointe. Le Café « L.A.». Dans la foule de la rue la plupart ignorent que ces majuscules signifient Los Angeles ; on les perçoit comme un raccourci du nom d'un propriétaire, à l'instar des boutiques style vieux-grec portant les noms de Stavros ou Kimon. EL-AY. Le patron, quel qu'il soit, a pensé que cette enseigne renverrait à ses habitués l'image d'une vie de rêves, rejoignant les leurs ; il a probablement confondu Los Angeles et San Francisco. Le nom du café se veut une affirmation. Un endroit pour jeunes ; mais aussi pour les vieux survivants du quartier, hippies vieillissants et Juifs gauchistes, grands-parents issus de l'immigration des années 1920 qui ne sont pas devenus de prospères bourgeois et ne se permettent qu'un seul petit café. Débarqués de leur campagne divaguent des paysans hagards, bredouillant et mendiant dans le caniveau. De l'échoppe d'un coiffeur de rue s'envolent feutrés des cheveux africains. Des prostituées du Congo et du Sénégal trônent avec l'assurance des reines de beauté

Salut Julie – habituelles invitations à se joindre au groupe. Ses amis remarquent son cou et son visage gracieux, d'ordinaire pâles, rouges d'émotion. Noirs et Blancs, ils s'affairent autour d'elle : *Oh! Julie*, calme-toi, qu'est-ce qui t'arrive. Il y a là deux amis du temps de la fac, un journaliste au chômage chargé d'occuper des villas en l'absence des propriétaires, un couple qui peint des banderoles pour des meetings et des concerts pop. Indignation : cette ville, quelle merde!

— Tout ce qu'ils veulent c'est *arriver*...

Et où pensent-ils arriver – cela vient d'un parasite au crâne chauve et luisant, une cape de boucles grises tombant derrière les oreilles; il n'a toujours rien publié, mais depuis son enfance il est considéré comme un poète et un philosophe – par sa mère.

— Rien n'excite autant un mâle blanc que d'humilier une femme au volant.

— Un stimulant sexuel pour les rustres.

— Quelqu'un criait quelque chose comme... *Idikaza... mlungu*... C'est quoi « pute blanche » n'est-ce pas? Question pour le copain noir.

— Eh bien, ça se vaut. Cette ville, ma vieille!

— Mais ce sont des Noirs qui m'ont aidée, bien sûr.
— Allons donc, juste un coup de main !

Ses amis connaissent un garage dans la rue voisine. D'un geste de la main elle prend congé pour s'attaquer aux démarches.

Elle sent un souffle chaud et chargé. Mufles d'acier et grilles dentées lui sautent au visage. Au fond d'elle-même sourd une révolte à leur encontre. Son cœur l'interpelle comme un poing sous les côtes, des hoquets lui remontent les vertèbres. Elle avance le long de la rue, c'est tout, ce n'est rien. Le tour du pâté de maisons jusqu'au garage. Ce n'est rien, ce n'était rien, c'est fini. Frisson. Un embouteillage.

Voilà le garage, comme ils avaient indiqué. En entrant elle est saisie par sa banalité, un atterrissage en pays normal : véhicules sur des ponts hydrauliques, comme des victimes délaissées, inoffensives, outils sur les établis, un distributeur d'eau, tasses en plastique et boîtes de fast food, le bavardage de la radio, un homme sur le dos, à moitié glissé sous le ventre d'une voiture. Deux autres personnes affairées auprès d'une machine bruyante lui font signe de s'adresser à l'homme couché. Au son de la voix qui s'excuse, les jambes et le corps se tortillent et l'homme émerge. Il est jeune, dans son bleu de travail graisseux, de longues mains tachées d'huile ballant au bout de longs bras ; il n'est pas de leur monde – l'homme blanc parlant afrikaans à l'homme noir près de la machine – ses cheveux sombres et lustrés, ses yeux noirs ombrés de bleu. Il l'écoute sans compassion ni commentaire. Elle attend un moment dans son silence.

Donc pouvez-vous envoyer quelqu'un pour jeter un œil... la voiture est au coin de la rue.

Il fixe ses mains. Une minute, le temps de me nettoyer.

Il porte dans un sac encombrant dépourvu d'anses la batterie neuve et des outils ; c'est gênant de marcher à ses côtés dans la rue, les gens les esquivent, mais elle ne tient pas à marcher devant le garagiste comme s'il était un serviteur. En silence il met la voiture en marche et la conduit à l'atelier avec sa passagère.

Il y a toujours un problème – je ne sais pas – dans l'allumage. Votre voiture va caler à nouveau, je le crains.

Alors il vaut mieux vous la laisser. Je pense qu'elle a de toute façon besoin d'une révision complète.

A quand remonte la dernière ?

Elle sourit, coupable. Je ne m'en souviens pas.

Il y a longtemps ?

Je roule jusqu'à ce qu'un pépin survienne.

Il opine lentement, sans mot dire : bien sûr, c'est votre façon de faire.

Je vous appellerai pour savoir quand elle sera prête – vous êtes Monsieur... ?

Demandez Abdou.

Elle donne deux ou trois jours au garage pour faire le nécessaire. Quand elle appelle et demande le mécanicien qui s'est occupé de sa voiture, on lui dit qu'il est sorti mais que la voiture est encore en réparation. Cela ne la gêne pas, elle dispose de la troisième voiture de son père, une vieille Rover chic qu'il a dû acheter aux enchères chez Sotheby's, retapée, mais rarement utilisée. C'est une voiture des Beaux Quartiers, pas du genre à s'aventurer du côté du café EL-AY. Garée sous la surveillance admirative d'un gardien de rue bien rémunéré, les badauds l'entourent comme le témoin d'un autre monde, une opulence aussi lointaine que les étoiles.

Elle ne se préoccupe pas outre mesure d'un vol – l'engin est unique, difficile à écculer discrètement, et trop pompeusement obsolète pour que les pièces détachées soient rentables. Elle n'est mal à l'aise qu'à l'idée d'exhiber cette voiture – et elle-même et donc sa famille – devant ses amis. Elle n'habite pas les Beaux Quartiers de son enfance, mais a occupé des cottages en fond de jardin, des chambres de bonne aménagées ou des appartements modestes du type que prisent ou affectent d'aimer ses amis, incapables de s'offrir autre chose. Un dimanche au petit matin, rentrant de Soweto où l'un des copains jouait de la trompette, désireuse de se requinquer au café et à l'eau minérale, elle trouve trois enfants joyeux et un bébé assis sur le capot luisant et jouant avec la statuette argentée de Mercure, sa marque de fabrique. Son père se serait amusé de ces jeux sur son joyau millésimé, mais elle ne le lui raconte pas, car sa jeune épouse aurait ainsi appris que la voiture traverse des lieux inappropriés – et elle demeure vigilante quant aux biens de son mari.

La semaine qui suit – elle n'a pas pris la peine d'appeler le garage – lorsqu'elle descend de la voiture de son père, le mécanicien est planté là, dans la rue, contemplant l'engin.

Ça c'est de la voiture... Excusez-moi. Comme s'il accostait quelqu'un qu'il ne connaît pas.

Ce n'est pas la mienne! Elle clame son identité : je voudrais retrouver ma vieille voiture! Elle rit.

Il semble se souvenir à quel ventre de voiture correspond cette cliente. Ah! Oui – Ce sera prêt jeudi. Faut trouver un delco chez le concessionnaire.

Il contemple la Rover sous un autre angle. Quel âge? Quel modèle?

Je n'en ai vraiment aucune idée. Je l'ai empruntée, elle n'est pas à moi, bien sûr.

Je n'en avais jamais vu auparavant – juste en photo.

On les fabriquait dans le temps en Angleterre, bien avant que nous soyons nés. Vous aimez les voitures? Même en travaillant toute la journée le nez dedans?

« Aimer », je ne sais pas. Celle-ci a quelque chose de différent. Elle est belle tout simplement (ses longues mains se lèvent vers son visage et s'ouvrent vers la voiture). Beaucoup de choses peuvent être belles.

Ma voiture ne l'est certainement pas. Il y a autre chose qui cloche à part le bidule à chercher chez le concessionnaire ? On dirait qu'on s'achemine vers une révision générale.

Pourquoi la gardez-vous ? Vous devriez acheter une voiture neuve.

Il se détourne d'elle, regarde la Rover : la preuve qu'elle a les moyens.

Elle lui renvoie la balle. Pourquoi le devrais-je si vous me réparez celle-ci ?

Il plisse les yeux, du liquide noir au soleil, avec autorité. Parce que la conduire peut être dangereux pour vous. Quelque chose casse et vous vous tuez. Je n'arrive pas à voir (il semble rejeter un mot, probablement parce que ça lui vient d'une autre langue – il s'arrête, hésitant) – à savoir comment l'empêcher.

Et si j'avais une voiture neuve, n'importe qui sur la route pourrait avoir la même panne et me tuer – alors ?

Ce serait votre destin, mais vous ne l'auriez pas – comment dire – cherché.

Le destin.

Elle trouve cela amusant : ça existe, ce truc-là ? Est-ce que j'y crois ? Vous, à coup sûr.

Être ouvert aux rencontres – voilà ce qu'elle et ses amis considèrent de toute façon comme une valeur importante. Pourquoi ne pas prendre un café – si vous êtes libre ?

C'est l'heure du déjeuner. Il fait la moue, indécis, puis sourit pour la première fois. Elle entraperçoit quelque chose d'attrayant chez cet homme, l'image de belles dents soulignées par des lèvres finement dessinées sous une moustache aussi noire que ses yeux. Une probable ascendance indienne ou malaise du Cap ; comme elle, un citoyen de ce pays issu de l'immigration – du Suffolk et du comté de Cork en ce qui la concerne, du Gujerat ou des Antilles pour lui.

Le café EL-AY.

Ses amis probablement à leur table habituelle. Elle ne regarde pas et se dirige vers un coin en terrasse.

Lors de rencontres informelles – des hommes et des femmes évitant tout sujet qui puisse être mal interprété ou compromettant – chacun raconte ce qu'il *fait* : à savoir son travail, et non la façon dont il mène sa vie par ailleurs. Un mot important avait jailli chez cet homme – « destin » – mais il est plus simple, après tout, d'éluder les croyances intimes et d'aborder la chose par son aspect public : la façon dont elle, la conductrice de la Rover (même si celle-ci est empruntée, insiste-t-elle) et lui sous le bas-ventre des véhicules d'autrui gagnent leur pain quotidien. Quels que soient ses ancêtres à lui, un Sud-Africain de leur génération entend par « pain » de l'argent plutôt qu'une baguette. Néanmoins elle se surprend à parler plutôt timidement, avec respect, des différences de « destin » entre eux : elle dans la

Rover de son père (elle ment par omission sur ce point), lui coincé sous son petit tacot.

Ce que je fais, ce que vous faites. C'est à peu près le seul sujet à leur disposition.

Je ne sais pas exactement comment tout s'est passé. Je voulais devenir avocate, vraiment, j'avais cette grande ambition à l'école – il y a une tante avocate dans la famille, j'ai été l'écouter un jour à l'audience dans sa belle robe noire plissée et son rabat blanc. Mais beaucoup de choses arrivent en chemin... Je laisse tomber le droit au bout de deux ans. Puis je me suis inscrite en langues... et je me suis retrouvée dans les relations publiques et la collecte de fonds, galas de bienfaisance, concerts de vedettes, tournées de groupes pop. Tout le monde me dit c'est génial, tu rencontres des gens célèbres – mais on rencontre aussi des gens affreux et il faut être gentil avec eux. Flagorneur. Je ne veux pas rester trop longtemps dans ce milieu. Elle s'empêche de dire : je ne sais pas ce que je veux faire, ce que je veux devenir. Même si la règle veut qu'on soit ouvert aux étrangers, la conversation prendrait le chemin du confessionnal.

Ça gagne bien, n'est-ce pas ?

Payé à la commission. Cela dépend de ce que j'apporte.

Il boit son café comme un métronome, gorgées et pauses de même durée. Peut-être ne va-t-il plus parler : c'est un peu condescendant, cette façon de faire intrusion dans la vie d'autrui, d'afficher sa conviction que chaque vie est d'égal intérêt, de coincer le mécanicien du garage au café EL-AY. Quand il aura avalé la dernière goutte, il va reposer sa tasse, remercier et s'en aller – elle se dit qu'il faut parler, vite, pour sauver, justifier cette rencontre.

Et vous ?

Et voilà – la bêtise ! Elle l'a dite, c'est venu, complètement nul, pour « montrer de l'intérêt », elle croit l'entendre prendre sa respiration pour lui faire face ; mais il tend simplement la main vers le sucrier, elle s'empresse de le passer, il se verse une cuillerée dans le fond de la tasse. Il peut rester silencieux s'il le veut, parler s'il le souhaite, ce n'est plus à elle de jouer.

Des tas de trucs, plusieurs pays.

C'est peut-être ce qu'il faut faire.

C'est-à-dire s'ils ne veulent pas de vous, ils disent que vous n'êtes pas chez vous. Du coup vous n'avez plus de pays.

Ce pays n'est-il pas le nôtre. C'est elle qui l'affirme.

Le vôtre.

Oh, je pensais que vous étiez – comme moi – du genre « c'est ici chez moi, mais il est bon d'en sortir ». J'ai été un an en Amérique – à mes yeux, un autre pays aurait été préférable.

Je vais où on me laisse entrer.

Et d'où... Elle est hésitante. On ne pouvait plus éviter la question maintenant.

Il mentionne un pays dont elle a à peine entendu parler. L'un de ceux jadis découpés par des puissances coloniales sur le départ ou qui ont quitté des fédérations bricolées pour combler des vides face au regroupement des vieux empires coloniaux, sous des acronymes qui prennent le monde pour leur marque de fabrique. Un de ces pays où la religion n'est pas dissociée de la politique, la persécution de la pauvreté, raisons qui poussent à le quitter pour aller où l'on sera toléré.

Les choses vont mal là-bas. Elle ne sait pas vraiment de quoi elle parle.

Allaient mal, vont mal.

Mais vous êtes bien, ici ? N'est-ce pas ?

Il replace soigneusement la tasse et la cuiller sur la soucoupe, et se lève pour partir.

Merci. Il faut que je retourne au travail.

Elle se lève à son tour. Jeudi ?

Il vaut mieux téléphoner avant de passer. Jeudi.

C'est Julie.

Mais il dit : qui, à qui voulez-vous parler.

Je suis la propriétaire de la voiture que vous êtes en train de réparer, vous aviez dit jeudi.

Désolé, il y a beaucoup de raffut – oui, elle est prête.

Au garage il lui remet un récapitulatif pour la caisse, et elle paie.

Tout est en ordre maintenant ? Vous êtes sûr.

Léger haussement d'épaules de la personne habituée à calmer les nerfs des clients. Vous pouvez l'essayer avec moi si vous voulez.

Il s'assied sur le siège du passager ; elle slalome rapidement en marche arrière parmi les obstacles de l'atelier, juste pour lui montrer qu'elle sait le faire. Ils contournent le pâté de maisons, passant par des bouches d'égout débordantes, pilant aux arrêts intempestifs des taxis minibus, fonçant d'une traite entre les camions en double file, évitant les piétons qui traversent les rues comme un banc de poissons. Elle est à l'aise ; elle est emportée par le rodéo, en fait partie maintenant, bavarde.

Vous pensez toujours que je devrais en acheter une neuve.

Ce serait raisonnable. La prochaine fois c'est autre chose qui va lâcher ; vous aurez à payer à nouveau pour cette guimbarde.

J'achèterais bien une bonne voiture d'occasion. Peut-être. C'est une idée ? Est-ce que, si je le faisais, vous l'examineriez ? Il faudrait que je la fasse regarder par quelqu'un qui sache ce qu'elle a sous le capot.

Si vous voulez. Je pourrais le faire.

Excellent. Connaîtriez-vous par hasard quelqu'un qui aurait une bonne voiture à vendre ? Par le bouche à oreille...

Des gens viennent parfois au garage... Je peux m'informer. Si vous voulez. Quelle sorte de voiture ?

Pas une Rover, vous pouvez en être sûr !

Oui, mais une deux-portes, une quatre-portes, une automatique – quoi.

Il y a une place devant le café EL-AY. Elle se

laisse guider par un enfant vieilli, sa bouteille de colle à renifler en main. Discutant voiture, du modèle qui lui conviendrait, ils grimpent les marches de la terrasse. Cette fois, ils entrent, elle l'emmène à la table de ses amis.

Salut Julie; ré-arrangement de chaises. – Je vous présente Abdou, il va me dégotter une nouvelle meule.

Salut Abdou. (Cela leur semble une abréviation d'Abdurramin, un nom familier chez les Malais du Cap.) Les amis ne prennent pas de gants pour demander qui il est, d'où il vient – c'est exactement l'inverse de la xénophobie bourgeoise. Non, je ne viens pas du Cap. En un rien de temps ils lui soutirent son histoire, ils interrompent, citent des exemples, offrent leur avis, montrent innocemment leur intérêt, généreux ou malvenu, cela dépend de la façon dont le bonhomme le prend – mais du coup, il n'est plus un « mécanicien », c'est un ami, un des leurs, leur horizon ne cesse de s'élargir.

Ainsi il vient de cette région-là; l'un d'eux sait tout sur ce pays arriéré. Le « mécanicien » a obtenu là-bas un diplôme d'économie (personne n'a entendu parler de son université) mais il n'y a pas d'espoir en enfer (et ce coin *est* vraiment un enfer, Dieu sait pourquoi, probablement à cause de son appartenance ou de sa non-appartenance à une faction politique, voire religieuse, ou bien à son manque de moyens pour soudoyer les personnes influentes) et il n'a pu décrocher un poste d'enseignant. Ni un métier quelconque, d'ailleurs ; pas de travail, pas de développement, les seules choses qui poussent dans le désert, ce sont les gouvernements corrompus, l'oppression religieuse, les conflits frontaliers – ils ont une opinion toute faite, quoique inexacte, sur la région, *ils lui* expliquent son pays. C'est alors qu'elle comprend une chose qui lui avait échappé. Il commente : – Je ne peux pas dire « mon pays » parce qu'à l'étranger on a tracé une ligne et décidé qu'il en serait ainsi. Du temps de mon père, on a donné ces terres à quelques richards qui les gèrent pour leur compte. Mon pays, devrais-je dire, c'est le leur.

Son anglais est suffisamment précis et ils ne se gênent pas pour lui demander de quelle langue viennent son accent et ses tournures de phrase. Misant sur ces origines, l'une d'entre eux qui vient d'adopter une nouvelle foi, une manière de vivre et non une prise de position ethnique ou belliqueuse :
– Etes-vous bouddhiste ?

— Non, je ne le suis pas.

Et de nouveau il se lève, il faut qu'il s'en aille, il est garagiste, il appartient au monde du travail manuel. L'un d'eux médite en cassant une allumette en morceaux. – Un économiste obligé de jouer les mécanos. Je me demande comment il a appris pour les voitures.

Un autre a la réponse.

— Nécessité fait loi. Travailleur manuel ou mafieux, ce sont les seules façons d'entrer dans les pays réticents.

Une semaine passe. Elle ne le verrait plus jamais. Cela arrivait souvent, chez ses amis, avec les personnes de rencontre : – Qu'est devenue cette fille que tu as amenée, celle qui se disait gratte-papier pour un ministre démissionné ? – Il paraît qu'elle a quitté la ville. – Et ce type, intéressant d'ailleurs, qui voulait initier les gosses des rues à la batterie pour jouer à la sortie des cinémas, il a réussi à lancer son projet ?

— Aucune idée où il est passé.

Deux semaines. Bien sûr le garagiste sait où la trouver. Il s'adresse à la table de ses amis un samedi matin pour lui dire qu'il a déniché une voiture. L'atelier est fermé le samedi, il porte un jeans noir bien repassé, une chemise rose et une écharpe en cachemire. Ils insistent pour qu'il prenne un café ; on fête un anniversaire et l'on passe vite du café au vin rouge. Il ne boit pas d'alcool ; il la regarde lever son verre : j'ai amené la voiture pour que vous l'essayiez.

Les amis, d'humeur à rire de tout, font comiquement O-HO-HOHOHO ! et l'assurent que Julie tient bien la route, faut pas s'inquiéter ! – Mais elle refuse un second verre.

C'est le week-end, les flics ont sorti les alcootests.

La voiture n'est pas à son goût – trop grande, difficile à garer – elle n'était d'ailleurs peut-être pas censée lui plaire. Il a un contact à l'affût, il en amènera une autre le week-end prochain. Si c'est d'accord.

Elle commence par dire qu'elle ne sait pas si elle sera libre ; puis elle se lance, lui donne son numéro de téléphone. Pas de papier pour le noter. Elle rit, encore à la fête avec ses amis. Ecrivez-le sur votre main. Sa propre désinvolture la met mal à l'aise parce que, sur-le-champ, il sort un stylo-bille de sa poche, ouvre sa paume et écrit les chiffres sur la peau délicate révélant ses veines bleues.

Il téléphone, bref et formel, l'appelant « Mademoiselle », rendez-vous est pris pour une date rapprochée, après les heures de travail. Cette voiture-là, une fois de plus, n'est pas vraiment pour elle. Ils roulent un peu hors de la ville pour s'en assurer. Libérés de la ville, ce n'est pas seulement la route qui s'offre à eux ; les yeux rivés sur la chaussée elle se sent enfin capable de poser les questions soulevées par ses amis – *nécessité fait loi.* Comment un diplômé d'économie devient-il mécanicien automobile ? Ce n'est pas trop long comme formation, l'apprentissage et cetera ? Et comme il se met à parler, elle l'interrompt : Ecoutez, je m'appelle Julie, ne m'appelez pas autrement.

Julie. Bon, Julie. La voix est basse, bien qu'ils soient seuls, sans personne pour surprendre leur conversation. Il hésite, après tout connaît-il cette fille, ses amis cancaniers, le forum bruyant et insouciant du café EL-AY ; mais le désir de se confier l'emporte. Il n'est pas un mécanicien diplômé. Heureusement pour lui, il rafistole des voitures depuis qu'il est enfant, son oncle, – le frère de sa mère – répare voitures et camions dans sa cour... c'est comme ça qu'il a fait ses classes plutôt que d'aller jouer avec les autres garçons... Le garage l'emploie illégalement – « au noir », oui c'est le mot qu'ils utilisent. Ce n'est pas cher pour le patron ; il ne paie ni assurance accident, ni retraite, ni sécurité sociale. Et vient le sourire rarement accordé, qui cette fois-ci remonte jusqu'à ses yeux vifs, graves quand elle lui jette un coup d'œil. Tous les principes sur les droits des travailleurs que l'on m'a inculqués pendant mes études.

Quel horrible bonhomme, un exploiteur.

Que ferais-je sans lui. Il prend des risques, je paie pour ça. Cela fonctionne ainsi, pour nous.

La voiture suivante est la bonne – taille, consommation, prix – peut-être était-elle disponible depuis longtemps, mais gardée en réserve pour être dévoilée au bon moment. L'engin lui plaît et elle est contente in petto à l'idée qu'il a pu empocher une commission – sans qualification, travaillant « au noir », il ne doit pas gagner grand-chose.

Il faut fêter cela. C'est bien de m'avoir convaincue de me défaire du vieux tape-cul. Vraiment. Je suis trop paresseuse dans ce domaine. Mais vous ne buvez pas de vin...

Oh, ça m'arrive.

Bon ! Allons baptiser ma nouvelle voiture.

Mais pas au café.

Il en décide ainsi : d'un coup s'opère un renversement d'attitude, une marche arrière en douceur mais ferme, comme le changement de vitesse synchronisé sous sa pédale ; il prend leur relation en main.

Alors allons chez moi.

Plein d'autorité tranquille, il n'a pas besoin de claironner son accord.

Son « chez elle » est acceptable à la fois par ses amis blancs car suffisamment éloigné de l'ostentation des Quartiers chics pour épouser leur idée de couper les ponts avec le passé et par ses amis noirs car c'est le genre d'endroit pour lequel ils quittent volontiers leur habitat imposé du temps de la ségrégation, toutefois sa remise transformée en cottage s'avère assez confortable, le peu de mobilier trahit même une certaine aisance, inhérente au luxe considéré tout naturellement comme nécessaire : une salle de bains qui par comparaison rétrécit la chambre-living, la kitchenette exiguë est équipée d'un congélateur et de gadgets. C'est en désordre ; le logement d'une personne qui se néglige ; pour s'asseoir, il débarrasse une chaise d'un plat et d'une tasse sales, d'une pile d'enveloppes, de lettres ouvertes, de pelures de pommes desséchées, de vieux journaux du dimanche. Elle s'excuse pour le bazar, comme elle a coutume de faire lorsque quelqu'un passe chez elle. Elle ouvre la bouteille de vin, trouve un paquet de biscuits salés, renifle un fromage sorti du réfrigérateur et en choisit un autre. Il l'observe dans ses tâches domestiques sans offrir son aide, à l'inverse de ses amis qui ne laissent jamais personne en plan. Mais il mange son fromage et ses biscuits, boit son vin, avec elle pour la première fois.

Ils parlent tard dans la nuit ; de lui, de sa vie ; sa

vie à elle, c'est ici, sa ville, offerte au regard de l'étranger à travers les rues, les visages, les activités – mais son existence à lui est dissimulée dans tout cela. Aucune trace de lui sur un registre, aucune adresse si ce n'est sous couvert d'un garage, sous un nom qui n'est pas le sien. Un autre nom ? Elle est perplexe : mais il est là, présence vivante dans sa chambre, une atmosphère de peau, systole et diastole de respirations mélangées aux odeurs qui s'exhalent de la nourriture, des vêtements dispersés, des coussins dans leur dos. Ce n'est pas son nom ? Non – car le permis qui l'a fait entrer a expiré voici plus d'un an, il est recherché sous son vrai nom.

Et si... ?

Il fait un geste : dehors.

Où irait-il ? Elle le contemple comme si elle s'apprêtait à faire des suggestions ; il y a toujours des solutions dans le milieu d'où elle vient.

Il se baisse pour se resservir de vin, ainsi qu'il s'était penché sur le sucrier. Il la regarde et sourit.

Mais bien entendu... ?

Toujours avec le sourire, il dodeline doucement de la tête. Il égrène la litanie des pays qui lui ont refusé l'entrée. Je suis un trafiquant de drogue, un esclavagiste venu pour la traite des Blanches, un fardeau pour l'Etat, c'est ce qu'ils disent, je vais prendre le job de quelqu'un, je vais accepter un salaire inférieur.

A ce stade, ils se mettent à rire un moment, parce que c'est exactement ce qu'il a fait.

C'est affreux. Inhumain. Honteux.

Non. Vous ne les voyez pas partout où vous aimez aller, au café ? Là-bas, le crack qu'on se procure comme une boîte d'allumettes, les gangs de rue qui vous piquent le portefeuille, les femmes que n'importe quel homme peut acheter – pour qui travaillent-ils ? Pour ceux du dehors qu'on a laissés entrer. Vous croyez que c'est bon pour votre pays ?

Mais vous... vous n'êtes pas de ceux-là.

La loi vaut pour moi. Comme pour eux. Simplement, ils sont plus futés, ils ont plus d'argent – pour corrompre. Sa longue main s'ouvre, ses doigts se déplient devant elle, phalange par phalange.

Il y a des gestes qui décident de la vie des hommes : la poignée de main, le baiser ; ce geste-là, à la frontière, au service d'immigration, n'a pas d'influence sur sa vie à elle.

On peut sans doute faire quelque chose. Pour lui.

Il replie ses doigts dans son poing, le laisse tomber sur son genou. Son attention abandonne la confiance qui s'est instaurée entre eux et s'échappe distraitement vers la pile de CD à côté de lui. Ils se découvrent un enthousiasme commun pour Salif Keita, Youssou N'Dour et le rythm & blues, ils écoutent ses enregistrements sur sa chaîne qu'il apprécie beaucoup. Vous aimez les voitures de seconde main mais pour la musique vous avez un équipement de première classe.

Il leur semble au même moment qu'il est temps

de partir. Elle trouve qu'il va de soi de le raccompagner, mais il refuse, préfère prendre un minibus.

Cela ira ? C'est loin ? Où habitez-vous ?

Il lui avoue : il y a une chambre derrière le garage, le propriétaire la lui laisse.

Elle fait un saut – sans oser se demander pourquoi. Un saut par le garage, pour lui dire que la voiture marche bien. C'est à peu près l'heure du déjeuner. Où aller, si ce n'est au EL-AY rejoindre les amis ? Et bientôt cela devient presque quotidien : si elle se pointe sans lui, ils lui demandent où est Abdou. Ils aiment l'avoir parmi eux, ils se connaissent trop bien, peut-être, et il représente un changement de climat hors saison, une bouffée de chaleur inhabituelle. Il n'intervient pas souvent dans leur conversation ininterrompue, mais il écoute, parfois trop attentivement à leur goût.

— Que devient la Fraternité, j'aimerais le savoir ? Les gros bonnets au gouvernement. Chefs d'entreprise. En brousse ils étaient prêts à se faire tuer pour les autres – non, non, c'est vrai, faut l'admettre – maintenant ils sont mûrs pour passer sous le nez de leur frère SDF au volant de leur Mercedes.

— Avez-vous vu hier soir à la télé – celui qui était commandant à la bataille de Cuito, un héros, il est entré dans un club fermé de fumeurs de cigares... champagne et huîtres plutôt que bouillie et viande de chèvre.

Le poète vieillissant ferme les yeux et cite un vers dont personne ne reconnaît qu'il est de lui : – « Un trop long sacrifice change le cœur en pierre. »

Personne n'y fait attention.

Ça n'a pas de sens... pourquoi des gens abandonneraient-ils les convictions pour lesquelles ils se sont battus, qu'est-ce qui leur est arrivé entre hier et aujourd'hui ?

Ce qu'il pense, ce garçon intelligent déguisé en bouchon gras – quand il a quelque chose à dire, il dégonfle l'une ou l'autre de leurs certitudes, mouche leurs convictions tonitruantes. Quand il parle, ils l'écoutent.

— Aucune possibilité de choisir à l'époque. Il n'y avait rien d'autre. Du porridge, et tous pour un ! Maintenant on trouve autre chose. Ici. Du choix.

— Haha ! Alors la Fraternité ne vaut que par la souffrance ? Elle ne s'applique pas quand on a le choix, et le choix, c'est un gros chèque et une voiture de fonction, des privilèges de ministre.

— C'est comme cela que ça marche. On a le choix ou on ne l'a pas. Simplement deux sortes de gens.

Ils choisissent de rire. – Abdou, quel cynique.

— Allons donc, David, et toi, dans ce domaine-là.

— En ce moment mon choix se porte sur une pitta haloumi.

— Il n'y a pas de libre choix dans une économie capitaliste. Il n'y a que la volonté du patron. C'est ce que notre ami veut dire. – Le théoricien du groupe est dédaigneux.

— Tu dis cela parce que tu es noir, c'est la vieille rengaine des syndicalistes, mon frère, et pendant ce temps chacun aspire à se défiler et à devenir chef quelque part.

Les interlocuteurs se prennent l'épaule, parodiant un combat.

Ils se connaissent tous trop bien, leurs attitudes et leurs idées. L'attention se tourne à nouveau vers Abdou.

— Tu approuves l'économie capitaliste ?

— Là d'où je viens – pas d'économie capitaliste, pas d'économie socialiste. Rien. J'ai appris cela à l'université...

Il les fait rire et rit avec eux, c'est l'ambiance de la table, une fois qu'on est accepté.

— Alors comment appelles-tu cela – que veux-tu dire par « rien » ?

Il semble chercher un exemple qu'ils pourraient comprendre, qui leur plairait.

— Des féodaux. – Il lève et baisse ses coudes, la regarde, elle qui le parraine dans ces lieux, pour voir si le mot est juste ; pour voir si, après ce coup d'œil, elle est prête à quitter la table. – Mais ils se proclament ministres ou présidents, ceci ou cela.

Les copains observent le couple faire son chemin parmi les habitués en train de mâcher, de boire, courbés sur une mêlée de conversations, la fumée de cigarette s'élevant comme un ectoplasme de communications, inaccessibles aux portables vissés aux oreilles ou aux ceintures.

— Où Julie l'a-t-elle dégotté ? – On explique à un membre de la bande, absent le jour où Julie a provoqué l'embouteillage : au garage de la rue d'à côté, c'est là qu'elle l'a trouvé.

Son compagnon s'arrête un instant sur la terrasse, elle se retourne : une fille, lunettes de soleil couronnant ses cheveux, cuisses écartées, caresse les boucles d'un jeune rasta évanoui sur ses genoux – alcool ou drogue.

Il s'éloigne, le visage fermé de dégoût.

« Eh bien ? » Dans la question elle met de la tolérance plus que du souci quant à son humeur.

Les gens sont écœurants, dans cet endroit.

Elle dit, comme si elle parlait en leur nom : j'en suis désolée.

Ni vous ni moi ne sommes plus là pour regarder. Ce n'est pas un embouteillage dans la rue, les mains en l'air en signe de culpabilité, la reddition, admise, face au public.

Ce n'est pas un spectacle pour adultes disponible la nuit sur les chaînes cryptées.

Elle continue comme d'habitude à retrouver ses amis autour de leur table – ce sont, après tout, ses frères d'élection, ils ont pris leurs distances avec les manières du passé, leur famille, qu'ils soient noirs vivant dans les vieux ghettos ou blancs dans les Quartiers chics. Mais ses heures de travail sont flexibles, elle s'y rend quand il se trouve sous un véhicule au coin de la rue ; il ne passe pas à tous les coups prendre avec elle un café ou un verre au EL-AY. Ses amis ne sont pas du genre à demander ce qui se passe, cela fait partie de leur credo : *tout ce que tu fais, ce que tu aimes, tout ce qui t'arrive, ce qui te touche, mon pote, mon frère, c'est tout bon pour moi.* Certains viennent se mêler au groupe ; aussi longtemps qu'ils restent fidèles entre eux : réunis autour de La Table.

Vient le jour où il se rend compte, un jour qu'il est avec elle tandis que l'un d'eux annonce le résultat de l'analyse : SIDA. Ralph. Originaire du même quartier aisé que Julie, des yeux jaune-gris, limpides, pommettes luisantes, des prouesses d'adolescent lui ont donné des épaules si musclées que ses chemises semblent rembourrées : ils le dévisagent et le vieux poète se prend à voir quelque chose d'imperceptible sur ce front lisse. Le vieil homme s'adresse à la table dans un grognement d'oracle. – C'est une malédiction ancestrale.

— Grands dieux ! Qu'est-ce que ça veut dire ?

La déclaration du vieux fou est déplacée. Murmures : faites-le taire, faites-le taire. Mais quand le poète de La Table a quelque chose à dire il n'écoute personne.

— Nous descendons du singe. La maladie a commencé chez les primates. Dans la forêt des humains affamés les ont tués et mangés. La malédiction nous tombe dessus par la vengeance de nos ancêtres primitifs.

La bouddhiste récemment convertie s'agite et approuve : les carnivores, ces iconoclastes du code de respect envers les animaux !

Ralph, la victime, éclate soudain de rire. Personne n'a osé lui adresser un sourire d'encouragement ; un vent de bravade saisit La Table. La catastrophe qui s'abat sur l'un d'eux ne va pas les prendre de court, on récuse la révulsion et la compassion outrée de l'establishment, après tout. Ils trouveront toujours la solution – pour le moral, à défaut du remède.

Lui, Abdou, n'y participe pas ; ne comprend-il pas qu'il ne s'agit pas seulement de la séropositivité d'un athlète en bonne santé – un pari avec l'avenir – mais de la maladie – cette malédiction dont jase le poète – qui déjà s'en est emparée.

Plus tard sur le trottoir, déprimée, elle commence à expliquer.

Je sais, j'ai entendu. Tes amis – ils rient de tout.

Difficile de savoir s'il les envie ou les accuse. Elle est silencieuse.

C'est leur façon de faire.

Oui, nous ne sommes pas portés sur les lamentations.

Et comme elle prononce ces mots, elle se rend compte qu'ils peuvent être pris pour une critique de la réaction d'un homme obligé de vivre caché.

Elle arrive au garage vers midi et il se dirige vers la voiture qu'il lui a trouvée. Elle le conduit à un parc, loin du café EL-AY, ils se promènent autour du lac, s'arrêtent acheter un hot-dog pour elle, des chips pour lui. Elle l'interroge sur sa famille, a-t-il des photos – elle formule cette supposition, alors qu'elle-même ne dispose pas d'une seule photo, de visages à contempler. Sa silhouette fine, un trait vertical et tendu, alors qu'il sort d'un lieu de travail humide et obscur, les lignes de son dos au soleil, comme il s'approche avec nonchalance de l'eau pour donner les rogatons aux canards – il est détaché d'un contexte qu'elle se représente inévitablement de façon erronée. Des palmiers, des chameaux, des tapis et des récipients en cuivre au flanc des ruelles. Des dhows, ces bateaux pareils aux oiseaux de mer, barrés par des hommes sur lesquels elle n'arrive pas à mettre son visage. Non, aucune photo.

Il n'y a pas grand-chose à voir. C'est un village comme tant d'autres, des petites échoppes où l'on fabrique mille choses, où l'on cuisine, un poste de police, une école. Petites, les maisons. Une mosquée, petite. C'est très sec – poussière, poussiéreux. Du sable.

Des frères et un beau-frère, des sœurs plus vieilles et plus jeunes que lui – une famille nombreuse, bien sûr, il s'attend à ce qu'elle le comprenne, dans cette partie du monde. Un frère qui a franchi la frontière pour aller dans les champs de pétrole. La belle-sœur et les enfants vivent avec la famille.

Et l'autre – l'oncle – avec une cour où tu as tout appris sur les voitures ?

Oh, c'est au village. A côté de la maison de mon père.

Ils doivent te manquer, vous êtes tous si proches, et ici. Elle s'identifie à lui, alors qu'elle marche à son rythme, elle a oublié comme elle s'est coupée, définitivement, de sa famille dans les Quartiers chics. Mais elle n'a pas idée (puisqu'il n'y a même pas une photo) de ce à quoi ressemblent les personnes qui manquent à Abdou.

J'aimerais faire venir ma mère. Ici. J'aurais voulu.

Il dit tout cela. Et *bien sûr* une fois de plus, c'est impossible, lui-même n'est pas ici : il a laissé tomber son nom de naissance.

D'elle j'ai une photo, peut-être – mes affaires, dans la chambre.

Elle n'avait jamais vu la pièce. Pour elle, il en était détaché, comme s'il venait directement de ce lieu qu'elle n'a jamais vu, le village dans cet autre pays.

Un samedi il se met à pleuvoir, ils ne vont pas au parc, mais chez elle – son cottage. Elle porte un imperméable, sa chemise à lui est trempée, collée à la peau le temps qu'ils courent de la voiture à la maison. Courir sous la pluie invite au rire. Enlève-la, enlève-la, on va la faire sécher dans la cuisine. Tu peux prendre une des miennes, elles sont unisexes, tu vas voir. Son torse et son dos luisent, comme si la pluie l'avait caressé d'huile, un frisson lui parcourt les muscles de la poitrine, il trouve l'audace de lui demander quelque chose.

Puis-je prendre un bain chaud ?

Elle se rend compte qu'elle ne s'est jamais préoccupée de savoir comment il se débrouille dans cette chambre, cette pièce derrière le garage – n'y aurait-il pas de salle d'eau ?

Vas-y. Je te cherche des serviettes. La douche est super, si tu aimes ça.

Une douche, c'est ce que je prends tout le temps – il y a un vieux truc au garage et parfois ça marche, parfois l'eau ne vient pas. Je prendrai un bain, si tu n'y vois pas d'inconvénient.

Remplis-le à ras bord. Tu trouveras des bidules moussants, du savon aromatisé et tout le reste. Entre-temps je vais faire du café.

Elle l'entend, le clapotis de l'eau contre le rebord quand son corps se déplace, un petit grognement de plaisir quand il se roule, le flot du robinet ouvert à nouveau, probablement pour remettre de l'eau chaude. Cette présence intermittente chez elle enfonce un coin dans ses défenses. La piaule devient un foyer – au moins le samedi après-midi.

Il sort pieds nus, en jeans, souriant, la serviette bien pliée à la main.

Ne t'inquiète pas pour ça.

Elle s'approche pour la lui prendre. La serviette tombe et leurs mains se rencontrent. Elle glisse les paumes le long de ses bras en reconnaissance de ce bien-être; si simple. Ils s'enlacent. Tout advient comme il se doit. Le living fait aussi chambre, donc pas de gêne à trouver un endroit où faire l'amour. S'ils se désirent tant, cela ne s'était pas manifesté auparavant – pas de mains nouées ni de baisers, ni de caresses pressantes sur les vêtements en guise de titillation; ça vient de lui, probablement, quelque tradition ou inhibition étrangère à Julie – elle est habituée à jouer à faire l'amour depuis l'âge de douze ans, a eu son quota d'amants à l'instar de ses amis de La Table, et prend la pilule chaque matin avec ses vitamines. Il doit être cependant tout aussi expérimenté ; ils font l'amour magnifiquement ; elle est excitée et comblée au point que les larmes lui viennent avec tout ce qui la submerge et elle espère qu'il ne voit pas gonfler ses yeux ouverts.

Il ne s'attarde pas la nuit, ce week-end-là. Une fois parti – il a pris sa voiture, elle le souhaitait, la ramènerait le matin – pour prendre ta chemise et me rendre la mienne, a-t-elle dit la tête sur le côté – une fois parti, elle tourne dans la pièce en écho à leur présence. Elle a fait l'amour tant de fois auparavant. Elle s'accroupit devant sa bibliothèque et trouve ce qu'elle cherche confusément. Dans une anthologie se trouvent les vers qui expriment ce qu'elle ressent au plus profond d'elle-même : *Qui étreint une femme est Adam. La femme est Eve. Tout advient pour la première fois... Loué soit l'amour sans possédant ni possédé, mais deux abandons... Tout advient pour la première fois, mais d'une façon éternelle.*

Il revient au garage clos et désert, la chambre fleurant le fuel et le cambouis, plein de la sérénité éphémère qui suit l'amour et qui ne saurait être, il le sent, ce que les amis autour de La Table appellent de la baise. C'est le mot qui lui vient, bien qu'il y ait un équivalent dans sa langue. Il sait qu'il a au moins donné complète satisfaction. Il résiste à un sentiment résiduel de tendresse à l'égard de cette fille. Cette tentation.

Il est admis parmi les amis qu'à chaque événement de leur vie commune l'on inclut le dernier en date des compagnons nourris-logés de chacun : chaque fille et son mec, chaque homo et son mec – toute combinaison du moment. Abdou sort écouter de la musique avec elle, cela commence dans de soi-disant night-clubs, en fait des maisons délabrées du quartier, gaiement transformées en bars avec des posters d'idoles collés aux murs BOB MARLEY VIT HUGH MASEKELA BRENDA FASSIE REVIENT ; certains servent, comme s'il s'agissait d'huîtres et champagne, de la bouillie de maïs et des épinards *morogo* avec de la bière et du whisky (facturé cher), mais qualifiés par le gourou politique du groupe de « valeurs non aliénées ». Toute la nuit les amis passent de l'une à l'autre de ces modestes maisons, jadis édifiées par des spéculateurs au petit pied aspirant à devenir influents, et réglées mensuellement par une classe moyenne blanche aux aspirations affectées, toutes tombées en décrépitude car la prétention à ce niveau humblement snob fait partie des privilèges perdus. Il y a des discussions sur le joint le plus cool, des manœuvres de la part de ceux qui affichent une faiblesse pour tel ou tel établissement, parce que la patronne est un extraordinaire personnage venu d'Afrique de l'Ouest, ou que tel chanteur a une voix à souffler le toit, qu'un joueur de marimba est inouï ou que ce soir deux groupes vont faire un bœuf. Certains de ces bars, ouverts un mois, volets tirés le suivant – Paris du Sud, Montmartre Mon Amour – entreprises en un acte, sont tenus par des francophones, Congolais, Sénégalais, Ivoiriens qui peut-être ont abandonné leur nom et vivent en douce comme lui, Abdou – mais avec plus de style. Tel ce geste de la main (rien à voir avec les paumes levées quand elle cherche à s'innocenter), ce « tope là » de ceux qui ont les moyens. On vend de la drogue lors de ces tournées de bistrots, de rugueuses bagarres peuvent éclater mais les amis n'y sont pas mêlés ; ils forcent parfois un peu sur la bouteille ou sur la marijuana (à tous les coups le poète qui veut suivre le mouvement et la Bouddhiste qui s'est rasé le crâne) consommée sous tous ses noms locaux – herbe, dagga, hash – mais ils prennent soin les uns des autres et chacun s'amuse. Sauf lui, la trouvaille de Julie. Il reste parfois assis dans la pénombre sans rien boire ; par moments il engloutit d'un coup de l'alcool avec une grande détermination, comme s'il suivait une étrange discipline à rebours. Si le théoricien du groupe s'en était inquiété, il aurait diagnostiqué une technique de survie. Alors l'homme de

Julie se mettait à danser frénétiquement avec elle, la faisant rire de surprise, encourageant ce nouveau rôle, excitée, intriguée de savoir d'où venaient cette habileté et cette énergie – il ne devait pas y avoir beaucoup de discothèques dans la poussière de son village ! Ce devait dater de sa période d'étudiant dans cette université inconnue, ou de l'époque de ses boulots en Europe ; il se déhanchait bien, un poil rétro, comme on dansait il y a dix ans, la mode devait mettre du temps à parvenir dans son bled.

Si l'on décide de sortir en semaine, il a toujours une bonne raison pour ne pas venir : le garage. Le garage, se couler sous le ventre d'un véhicule, c'est sa justification, sa majeure raison d'être *ici*. Il lui faut être au travail à sept heures du matin ; les autres, quel que soit leur métier, leur façon de gagner leur vie, semblent l'adapter à leurs exigences prioritaires. Souvent les amis se montrent pressants ; leur code tacite – le leur, à l'encontre des mœurs sentimentales du temps, c'est que seuls les amis sont vraiment disponibles alors que les amants sont temporaires : les revendications des amis passent avant celles de l'amant. Ça te gêne si je sors ? Pas d'enthousiasme dans sa requête : peut-être l'espoir qu'il y aurait une objection.

Il l'attend dans son lit, c'est pour elle qu'il veille.

Pour elle, le retour est le meilleur moment de la nuit.

A sept heures il est au garage en bleu de travail, son déguisement raide de graisse. Ou n'est-ce pas plutôt quand il s'en défait le soir, une jambe après l'autre, qu'il quitte sa seule identité, *ici*, pour revêtir un déguisement, Abdou Personne – il ne se pose même pas la question, c'est un luxe qu'il ne peut se permettre. Pareil pour la chambre qu'on lui laisse, sois discret là-dessus, l'a-t-on averti – comme si la moindre réserve vide, la plus petite remise du quartier n'était pas squattée – il y conserve quelques draps et des boîtes en carton pour donner l'impression qu'il continue d'y vivre ; mais l'obligeant propriétaire ne s'y trompe pas. Cette jeune dame qui traîne par ici tous les jours, parle à voix basse tandis qu'il marque une pause dans son travail, ses outils en main, qui vient le chercher tous les soirs en voiture : elle a de la classe, ça se voit, faut pas tenir compte des fringues que portent les gens dans les cafés, c'est pas tous les Blancs du coin qui ont de la classe, mais elle, elle en a. Pour lui, Blanc, père de plusieurs filles, c'est une honte de la voir avec ce gars venu d'on ne sait où, il n'a rien contre lui, mais bon.

Le propriétaire se lance un jour qu'elle vient au comptoir du garage demander si le gars est sorti – elle ne l'a pas trouvé à l'atelier, elle a un message urgent pour lui.

Son employeur prend le papier plié. La regarde.

On a toujours des ennuis avec lui.

Elle a un mouvement convulsif des mains ; d'abord le trouble : il s'arroge le droit de lui glisser au passage qu'il sait qui partage son lit, ensuite la colère à l'idée que le rustre pense professer les mêmes valeurs qu'elle, on est du même monde, on est blanc ; le désarroi enfin : elle ignore peut-être quelque chose de l'homme qui est entré dans sa vie.

— Ne vous méprenez pas. C'est dans votre intérêt, vous êtes une fille gentille, vous êtes quelqu'un de bien, je le vois. Il n'est pas pour vous. Il n'a pas vraiment le droit d'être dans ce pays. Je lui donne un job, pauvre diable, je veux dire, Dieu sait à qui ça peut arriver, mais de nos jours, ce sont les autres, les vrais Noirs, qui décrochent les boulots.

La rage la frappe comme un coup de fouet. Elle s'apprête à l'attaquer avec l'arrogance d'un « quelqu'un » – mais survient une chose qu'elle a apprise de l'autre réalité : cette indulgence peut faire perdre son abri à son amant ; cette place où elle l'a découvert sous une voiture.

— Merci de lui remettre ce message quand il rentrera. Comme si l'homme derrière le guichet n'avait rien dit.

Il renifle avec vigueur, se frotte lentement l'index au bas du nez et se retourne.

Suit un laps de temps qu'elle et lui revisiteront toute leur vie – s'en remémorant parfois tel aspect, parfois tel autre, car le passé est dépourvu de complétude, il s'étiole sous les explications successives, il se tasse avec le recul.

Qu'est-ce qui lui conférait ce caractère singulier ? Abdou enfilait tous les matins son bleu de travail et se rendait au garage. Elle partait bien plus tard retrouver son bureau au dixième étage, se caler dans sa chaise design (cadeau d'un client) face à son plan de travail modulable, avec une vue splendide sur la ville malgré l'ordinateur, la console de communication et les plantes subtropicales remplacées tous les mois par contrat, ou bien elle filait à l'aéroport couvrir l'arrivée d'un groupe pop. Ils quittaient leur lit et se séparaient sachant qu'au terme de chaque jour de travail ils le retrouveraient, lieu inconnu et introuvable pour quiconque chercherait le jeune homme. En dehors de ces jours-là, ils partaient le week-end pour « le veld » – il finit par comprendre qu'elle désignait ainsi la campagne, que ce soient des prairies ou des montagnes. Ils se promenaient, s'allongeaient pour regarder les nuages, le piqué des oiseaux, s'amusaient comme tous les amants des perceptions différentes de ce que chacun d'eux tenait pour acquis. Ils ne s'éloignaient jamais si loin qu'ils n'entendaient en fond sonore le ressac de quelque autoroute, un bruit, sous le murmure de l'air et les chants fugitifs des oiseaux, qui les ignorait à l'inverse de l'appel auquel ils ne pouvaient échapper, venu de son quartier général à elle, le café EL-AY. Elle posait une main molle sur la gorge douce de l'homme et s'émerveillait : entendre le silence, nous ne le faisons jamais.

Ce qu'elle prend pour du silence, cette berceuse de trafic lointain, ne l'est pas pour lui ! Le silence, c'est la désolation, le désert.

Autour du village ?

Partout. Dès qu'on fait quelques pas dehors, à quelques mètres de la maison.

Ta maison ?

Bien sûr.

Et tu allais jouer là-bas avec tes amis ?

Non, non – pas là-bas, jamais. Dans la rue.

A quoi jouiez-vous, au foot ? Quels jeux, hein, quand tu n'avais pas le nez dans les boyaux des voitures !

C'est alors qu'ils peuvent rire du vrai-faux mécanicien, elle lisse l'épaisse moustache luisante au soleil et des baisers s'ensuivent. Elle amène des livres autant que des vivres pour ces heures où ils font doublement disparaître son identité à lui, ils disparaissent ensemble cette fois-ci, dans le veld, mais les auteurs qu'elle préfère ne sont généralement pas ceux qu'il a abordés en anglais à l'université (dans le désert ? Une oasis de carte postale – il n'y a pas de photo). Il dévore les journaux ; il achète tous les journaux du dimanche au dernier vendeur de rue avant de quitter la ville ; ils ondulent et claquent, voiles au vent, tandis que le couple repose sur la vieille couverture qu'elle garde dans sa voiture. Il lit avec une intense concentration et un devoir d'incrédulité, son principe premier pour jauger les faits. Parfois il lui demande la signification d'un mot ou d'une expression. Elle l'observe à la dérobée – c'est un des passe-temps paisibles de l'amour : il lit comme si sa vie dépendait du contenu. Le livre qu'elle est en train de lire est retourné sur ses seins, ouvert à la page où elle est tombée sur une phrase, une formule, qui semblent avoir été écrites pour elle bien avant qu'elle ne vienne au monde et n'atteigne cet instant béni. Elle les a lues et relues, c'est même écrit, lu, dans l'air qui l'entoure, sur le ciel qui les contemple. « J'ai décidé de repousser notre avenir aussi loin que possible, laissant tout en l'état. »

De temps à autre le veld offre un théâtre bien différent. Rien de moins qu'une expédition montée par La Table du EL-AY. Parfois il s'agit même d'un week-end de camping avec tous les amis et la liste variable des parasites habituels. Elle s'amuse énormément, c'est évident, chacun boit beaucoup de vin et de bière, échange des souvenirs de week-ends passés et se lance à l'assaut de l'attention générale avec des voix excitées, des rires, des vannes résonnant dans le veld ; la meute donne de la voix. Il s'occupe de l'intendance, coupant le bois et surveillant le feu, allant chercher l'eau à la rivière ; il n'a pas pris part aux aventures précédentes du groupe – nuit à la belle étoile sur une plage du KwaZulu, expulsion d'un ranch par un fermier armé d'une cravache, il n'a aucune anecdote à rajouter. Il écoute, ou n'écoute pas du tout, perdu dans ses pensées. Par moments, le temps de reprendre leur souffle, ils remarquent sa présence et pensent qu'il les étudie. Elle se retourne alors, tiraillée entre la chaleur familière au sein du groupe et l'autre présence, intime, afin de l'attirer dans cette chaleur en mettant son amour en scène, pendue à son cou, murmurant, mordillant son oreille. Il la réfrène doucement, comme si elle était un chien trop affectueux. Les amis sont habitués aux jeux de l'amour au cours de ces week-ends où La Table du EL-AY se transporte dans le veld, personne ne s'en offusque ; c'est lui, et ses réactions inattendues qui les perturbent. On jase : cette relation s'enlise, la copine a l'air vraiment entichée de son prince oriental. Où donc l'a-t-elle déjà ramassé ?

Prolonger leur statut actuel : sa situation à lui est déterminante. Il est ici et il n'est pas ici. C'est dans ce contexte qu'ils existent en tant qu'amants. Un état en suspension loin de la pression planificatrice des autres ; voir plus loin. Il n'y a pas d'avenir sans une identité pour le revendiquer ; ou être contraint de le faire. Il n'y a pas de normes pour mettre en cage. Dans sa précarité, cette situation est pure et libre. Cet état que les amis du café EL-AY aimeraient atteindre par des voies dont ils ne sont pas certains, qu'ils ne peuvent définir, dont ils ne peuvent que discuter ?

Elle est donc prise par surprise, en déséquilibre sur son fil, quand il sort soudain d'un de ses silences.

Tu as un père et une mère. Pourquoi ne m'emmènes-tu pas voir tes parents ?

Eh ! oui, les siens sont bien loin ! Bien plus loin que la mer et la terre, dans l'idée qu'elle se fait d'eux. Elle veut répondre dans un élan de tendresse et de culpabilité, rappelée à ses devoirs – elle pense qu'il exprime de la nostalgie. Mais en même temps son instinct d'autodéfense – l'image d'elle-même qu'elle croit être son moi profond et qu'elle a trouvé moyen de lui renvoyer – la pousse à se lancer dans une explication à la mesure de cette image.

Ils sont quatre. Un père et une belle-mère, une mère et un beau-père. Comme je l'ai indiqué. Il faudrait donc que je t'expose deux fois à leurs critiques. Aux deux couples et à leur monde ; des gens très ennuyeux. Je ne voulais pas te faire ça.

Julie. Nous sommes ensemble – cinq mois déjà, oui. Nous ne voyons que tes amis, tout le temps.

Non. Je pensais que nous étions seuls tous les deux.

Oui, nous sommes ensemble, habitant chez toi, et tout... Plus de cinq mois. Si une femme choisit un homme, ou si un homme choisit une femme, il est temps que les parents le sachent. Rencontrent l'homme. C'est ce qui se fait.

Peut-être là d'où il vient. Pour la première fois, leur différence, le conditionnement secret de leurs origines, le lien spécial et intriguant dans leur intimité face aux autres, est une différence d'un genre différent – une opposition.

Il faut que je te dise. Tu ne vas pas aimer. Je ne sais pas qui prendre en premier, mon père et sa nouvelle femme, ma mère et son dernier mari, un propriétaire de casino.

Juste une confirmation : tu n'as ni frères, ni sœurs.

Non, elle le voit bien, elle ne fait pas partie de

cette constellation de fratries, son monde à lui, même si on ne l'aperçoit pas sous ces cieux qui abritent leurs amours.

Ma vie c'est ma vie, pas la leur. Et elle répète, ne sachant que dire de plus : je ne veux pas t'exposer à leurs critiques.

Il fait la tête ; ou est-ce de la tristesse solitaire dans ce profil ? Distance et détresse tombent sur elle. L'amour cisèle un profil définitivement comme sur une pièce de monnaie.

Elle a honte de ses parents ; il pense qu'elle a honte de lui. Ils ne se connaissent pas l'un l'autre.

Lorsque son père l'invite à déjeuner un dimanche (sans un seul coup de fil de sa fille depuis des mois) elle dit qu'elle amènera quelqu'un. La phrase se veut allusive, préparatoire : la formulation normale voudrait qu'elle vienne avec un ami. C'est inhabituel de toute façon ; son père croise rarement ses amis, quels qu'ils soient, bien qu'il sache juger à coup sûr, de par l'attitude de sa fille à son égard et à l'égard de sa femme, le genre de relations qu'ils peuvent avoir.

— Cela ira ? Pour Danielle.

Elle sait que dans la demeure paternelle la vie mondaine très recherchée tient aux talents d'hôtesse de son épouse.

— Grands dieux, bien sûr. Tu viens avec qui tu veux, tes amis sont toujours les bienvenus, tu le sais.

Il n'a pas saisi la nuance ; et il en glisse une pour sa part : le reproche d'être tenu à l'écart de la vie de sa fille.

Pour aborder son père du bon pied, elle trouve judicieux d'observer les usages – elle n'est pas considérée comme invitée chez son propre père, mais son

« quelqu'un » l'est – en chemin elle lui demande donc de s'arrêter devant un petit marchand de fleurs, et elle achète un bouquet de roses. Il faut le coller dans les mains de Danielle afin qu'elle ne puisse pas, pour ainsi dire, les brandir vers vous. Ce n'est pas une pensée qu'elle peut partager avec le jeune homme à côté d'elle. Un autre indice pense-t-elle (espère-t-elle), pour qui verra sa voiture franchir le portail de sécurité : c'est lui, le Quelqu'un, et non pas elle, qui occupe le siège du conducteur.

Ne soyez pas trop sûrs de ce qui va venir, ce décor plié et remonté sur la même scène chaque dimanche dans toutes les banlieues. Ces invités ne sont pas exposés, dans tous les sens du terme, au soleil, à demi vêtus sur des chaises en plastique autour d'une piscine, son père ne penche pas sa bedaine sur un barbecue. Il s'agit de réjouissances banlieusardes d'un autre niveau. Les hôtes circulent sur une terrasse aérée donnant sur un living-room qui mène par des portes cintrées à d'autres salles de réception aux fonctions indéfinies (accueillir des soirées ?), les *chaises longues* recouvertes de coussins et les arrangements floraux sont une extension, bien plus qu'une coupure d'avec l'agrément conventionnel des pièces, pleines de peintures et de bouquets réfléchis par des miroirs. Les mets sont déjà sur table quand arrive la fille de la maison : saumon poché de Norvège en sauce et un kaléidoscope de salades lumineuses – Danielle a appris au cuisinier comment les présenter à la perfection. Spécialité du maître de maison, les *margaritas* sont ourlées d'un givre de sel, les chopes en étain et les verres de vin embrumés par la différence de température entre la chaude journée et leur contenu frappé. Cette invitation, ce genre de dimanche, tout ceci est très agréable, qu'on ne s'y trompe pas ; Julie bute comme toujours là-dessus et replonge dans une consternation familière. Mais *il* est à ses côtés, un bouclier invisible qui détourne les flèches et préserve le guerrier.

Quand elle présente son père à son Quelqu'un, il y a un moment de flottement ou d'incompréhension sur son visage, vite chassé par le savoir-vivre et une poignée de main. Quel registre adopter ? Noir – ou une sorte de Noir. Mais cette impression est brouillée en une seconde par un détail qu'elle n'a pas remarqué au préalable – il y a déjà un couple noir parmi les invités – incroyable : cette innovation souligne qu'elle n'est pas venue depuis longtemps aux déjeuners dominicaux dans la maison que Nigel Ackroyd Summers a construite pour sa Danielle. Grâce à son assurance et à son pragmatisme, son père se débrouille aisément avec des patronymes à moitié saisis, aujourd'hui fréquents dans la communauté des affaires. A ce jour elle aurait dû se rendre compte que son banquier de père, en ces temps d'expansion internationale où le pouvoir noir ouvre son poing doré vers le monde financier, a ajouté pareils noms à ses listes d'invitation afin d'équilibrer ses contacts. Il lui laisse compléter les présentations :
– Voici ma fille Julie et son ami...

C'est au nom qui n'est pas le sien qu'il répond.

Un effleurement contre ses deux joues ; Danielle l'embrasse sans lui prêter plus d'attention qu'à un mannequin dans une vitrine, puis elle se retourne vers la personne amenée par Julie : tête et sourire relevés en guise d'accueil. Sans autre réaction que celle d'une maîtresse de maison ; probablement sans plus de surprise à l'idée que la jeune fille use encore d'un stratagème agaçant pour s'éloigner de son père. Le Quelqu'un présenté par Julie répond au sourire, et ce geste de politesse correspond à ce don qu'ils ont l'un et l'autre, un réflexe purement esthétique sans sincérité aucune, l'aisance à transformer leur visage de belle manière. (Il a souri à Julie, sortant de sa réserve, dans l'obscurité graisseuse du garage, ou était-ce dans la rue, la première fois.) Et Danielle – son sourire est une sorte de faire-part personnel de sa beauté. Elle est belle, on pouvait faire confiance à son père sur ce point.

Son entregent est organisé de façon à suggérer, à quiconque sachant l'apprécier, une intelligence profonde et pointue. Sa belle-fille l'a souvent vue, par le leurre d'une requête flatteuse, éloigner une invitée dont le bavardage insipide rasait un pauvre homme ; bouger d'un joli coup de reins (elle avait été actrice, interprète de comédies sophistiquées à Londres, Paris ou New York, désormais démodées du fait des changements qui ont modifié sa liste d'invités), mélangeant ses invités comme on bat habilement les cartes, glissant une remarque ici ou là (... Je voudrais que vous me racontiez cette incroyable...) notamment auprès des hommes, histoire de leur montrer qu'elle lisait les journaux, qu'elle était dans le secret des ragots entre chefs d'entreprise et hommes politiques ; picorant des anecdotes domestiques auprès des trois ou quatre femmes cloîtrées en leur petit comité, ou sachant charrier une féministe mûre, au-dessus de tout soupçon, un verre à la main, en train de prendre à partie deux machistes qui plaisantent sur les membres féminins de leur Conseil d'Administration.

A part remplir des tournées de *margaritas*, son père laisse la compagnie à sa Danielle. Les invités importants qu'il veut cultiver (sa fille pense qu'elle le connaît bien), il les rassemble autour des problèmes du jour ou de la semaine ; ils gèrent bien leur vie, pense-t-elle, ces gens qui papotent autour d'elle, « miser sur l'avenir » (quel qu'il soit) revient en fait à s'assurer dès aujourd'hui de la maîtrise sur ce qui viendra demain : un avenir sur lequel le Quelqu'un à ses côtés n'a aucun contrôle. Il émane de cette présence une chaleur et un souffle humain, une brume qui le cache aux invités ; leur quotidien ne connaît pas son existence.

— L'or... ce n'est pratiquement plus le problème. Quand on pense que la crise a failli nous envoyer au tapis il y a peu... d'abord ces ventes à Londres qui ont poussé le marché dans le mur...

— Une chambre forte, ça ne rapporte plus rien.

— Exactement. Des valeurs dormantes. Pour n'importe quel pays. Vendez-les, vendez-les pour des dollars, des euros, ce que vous voulez et achetez dans le technologique. Les fonds doivent rapporter, c'est la loi de la survie, ouais !

— C'est sûr, dans un an AngloGold va devoir changer sa stratégie de pointe... plus de cinquante pour cent de la production probablement, avec une chute dans le marché des matières premières.

— Trente-trois tonnes en lingots dans les coffres.

— Poussez-les et faites de la place au platine, qu'est-ce que vous croyez.

— Il n'y a plus d'avenir rentable pour la production d'or ici, de toute façon.

— Tout ce foin sur les pauvres privés d'emploi, l'industrie assassinée – les syndicats, le gouvernement doivent voir la réalité en face – l'économie de jadis ne marche plus, on ne va pas résorber le chômage en consolidant une industrie qui n'a plus sa place en terme de financement mondial. C'est la fin d'une époque industrielle bien plus qu'une question de calendrier.

— Avec une amélioration des rendements dans certaines mines...

— Des grèves ? De graves problèmes sociaux ?

— Ecoutez, il s'agissait d'un jour noir, moins vingt-trois pour cent dans le secteur.

— Achat de soutien, transactions en bloc.

— Je ne sais pas... une relance plutôt large, un programme soutenu d'expansion... le chrome...

— Le software – plus d'offres d'achat hostiles.

— Oh ! et à l'avenir plus de tarification détaillée, vous verrez.

— Il faut consacrer au moins une journée à Ellora et Ajanta, aussi pénible que soit la route, mon Dieu, on croit entendre ses os s'entrechoquer. – Des voix en contrepoint échangent leur enthousiasme à propos de vacances en Inde ; une femme portant des bracelets d'argent telles des menottes isolées, comme si elle avait aperçu un objet familier, ou dans un mouvement bien intentionné pour attirer dans la conversation quelqu'un dont personne n'a entendu parler, se retourne dans un cliquetis pour parler à l'étranger.

— Je me languis d'y retourner, je ne peux pas expliquer, *j'appartiens* à cet endroit. J'ai l'impression d'être une espèce d'âme ancienne qui a connu jadis une autre existence... Je suppose que vous êtes né ici, mais que vos ancêtres... êtes-vous jamais retourné chez vous en Inde ?

— Je ne suis pas indien.

Il ne décline pas son identité. Elle secoue la tête en un geste d'excuse dédaigneux (si c'est ce qui est demandé) et fait quelques remarques sur la cuisine délicieuse ; – Je vais me resservir du poisson de Danielle. L'attitude de son dos vaut conclusion : une sorte d'Arabe, donc.

— Mais le Dow Jones et le Nasdaq divergent nettement.

— Hausse de vingt et un pour cent sur les bénéfices des principaux titres, quatre milliards.

— Ah, mais c'est moins que prévu.

— La réaction du ministre « faire front face à l'inflation » – je veux dire trois ou six pour cent, un cas d'école face aux coups de tête du système financier mondial.

— Comment faire entrer ça dans leur crâne épais... leur survie, la privatisation est la seule solution, quand des services doivent générer des profits, ils fonctionnent au meilleur rapport qualité-coût et c'est seulement alors que le public obtient ce dont il a besoin.

— J'ai comme un pressentiment, tout le monde se précipite, les technologies de l'information vont déboucher sur un boom ou sur une faillite.

— Notre compagnie a récolté les bénéfices des exportations croissantes de métaux de base et de produits chimiques, plutôt satisfaisant.

— Ecoutez, rien – zéro – *nada* – ne se passera tant que la Banque Nationale...

L'autre invité noir se penchait sur sa chaise, mains sur les genoux. – Ah ! je ne conteste pas la diversification, non, non, pas du tout. Mais notre vrai problème c'est que nous manquons de capital-risque. Pas assez d'actions en Bourse.

— Pas de doute, les assauts mondiaux ont coupé l'herbe sous le pied de notre croissance, la devise à la baisse, les prix du pétrole à la hausse.

— Un *turnover* de treize milliards, dominer l'avenir.

L'interruption enthousiaste de l'invitée revenue

d'Inde n'a détourné que momentanément l'attention du compagnon de Julie, à part sa réponse polie. Elle l'observe, il écoute d'une oreille attentive et intense le langage codé de l'argent – à l'inverse du café EL-AY, où toujours absent, ailleurs, il n'entre qu'à l'occasion dans la discussion, lorsqu'on l'interpelle. Elle est submergée par l'embarras – que pense-t-il de tous ces gens – elle se sent responsable de son jugement. Elle se sent responsable pour *eux*.

Elle part d'un coup, à travers le living-room, cet intérieur ombragé et monte les escaliers.

Mais elle court se cacher dans une maison qui n'est pas la sienne ; elle n'a jamais vécu ici. Ce n'est pas la fuite dans les étages de son enfance. Elle jette un œil sur les chambres – aucune n'est celle qui fut la sienne avec les posters de son adolescence, les stars de cinéma, et sur le lit, élimé, le panda en peluche que son père lui a jadis acheté dans un aéroport. Ce n'est pas dans cette maison-là qu'elle erre, s'arrête, s'écoute. Quelle honte d'avoir honte d'eux ; la gêne parce que son amant découvre ce qu'elle était, ce qu'elle est ; gêné, il doit l'être par ce qu'il est, bien au-delà du monde souterrain et sombre du garage, du cottage qui lui est octroyé, du nom anonyme par lequel elle l'a présenté, par son appartenance au village à la porte du désert. Rejeter implique cacher – son rejet masquait ses origines, aujourd'hui exposées à loisir aux yeux du jeune homme, disposées comme les *margaritas* et le vin ou cette nature morte de poissons, de salades et de desserts. Elle déboule maladroitement dans une des salles de bains ; mais ne parvient pas au haut-le-cœur qui pourrait l'humilier.

— Faut s'amuser, ma chérie – c'est l'ordre de se reprendre donné par son père qui s'est levé apparemment pour porter un toast.

— Nous n'allons pas pleurer ni gémir « ne nous quitte pas », nous n'allons même pas crier à la désertion, mais nous voulons te dire, Adrian, que nous allons devenir flasques sur les terrains de squash sans ton service sensationnel, sans mentionner les prédictions que tu lançais, toi le perspicace – et qui faisaient mouche à tous les coups – quant aux taux d'intérêt et aux évolutions fiscales. Toujours de bon conseil avant que n'arrive le percepteur... et Gillie, sa maison ouverte l'été au bord de mer, son grand cœur... Danielle et moi avons rassemblé quelques amis pour vous souhaiter énormément de chance et de bonheur, puisses-tu triompher de ce pays lointain, Adrian, et connaître l'expansion dans la reconversion de tes affaires, cette reconnaissance de ton savoir-faire tous azimuts que les géants de la communication ont su mettre en valeur. Nous n'avons aucun conseil à te donner, sauf celui de ne pas manger de kangourou servi patriotiquement au cours des dîners d'affaires australiens – il faut laisser strictement cela aux deux labradors de Gillie qui vous accompagnent, me dit-on...

Rires et tintements de verre accompagnent la conversation qui en vient à l'Australie après Cisco

Systems, l'or et l'Inde. Ces dames marquent un intérêt de bon ton pour la maison que les émigrants s'apprêtent à choisir, banlieue ou campagne, un climat délicieux de toute façon. L'homme explique qu'il a déjà monté son équipe – d'excellents cadres australiens qu'il a recrutés lui-même lors des missions préparatoires. – Vous ne serez peut-être pas surpris qu'il y ait une exception, mon vieux chauffeur – Festus, vous vous souvenez ? Oui – sa femme est morte récemment, il veut recommencer une nouvelle vie, dit-il, et il veut se « réimplanter » là où nous aurons décidé de déménager.

Le jeune étranger (un métis, ou quelque chose comme ça) s'échappe de l'aile protectrice de la fille de Nigel Summers pour entrer dans la conversation générale.

— C'était difficile d'obtenir le permis de travail ?

Personne ne rit : un homme de cette condition n'est un atout dans aucun pays. Le directeur général d'un réseau Internet mondial, gentiment, sourit à cette naïveté, fait un petit geste d'assentiment, une moue de la lèvre inférieure et du menton.

L'étranger se détourne de ces yeux noirs, grottes interdites.

— Je ne pensais pas à vous, mais au chauffeur.

— Oh ! j'ai laissé cela à mon collègue Hamilton ici présent, M. Motsamai. Hamilton est un magicien, il sait exactement les documents qu'il faut réunir, les gens à voir et ainsi de suite. Le boulot bureaucratique. C'était très efficace pour notre fonctionnement ici, d'avoir un avocat de ce calibre au Conseil d'Administration, un atout indépendamment de son inestimable bon sens financier, bien sûr.

Il lève le ton pour que le compliment parvienne aux oreilles de M. Motsamai, mais ce dernier est trop concentré dans une discussion animée et rien ne couvre sa voix de basse. Les regards se tournent pour identifier une telle personne et une dame heureuse d'être dans la confidence souffle un aparté. – C'est l'avocat noir qui a sauvé le fils des vieux amis des Summers. Des gens charmants, une affaire atroce. Il n'en a pris que pour sept ans – un meurtre sordide il y a quelques années, le fils avait tiré sur l'homosexuel avec lequel il avait eu une liaison mais qui avait séduit sa petite amie. Il aurait pu écoper de la perpétuité.

« Se réimplanter », disent-ils. Le couple « se réimplante » en Australie.

Si l'on reprenait cette phrase – savent-ils de quoi ils parlent ?

Dans le doute, regardons le dictionnaire.

« S'implanter : s'établir dans un lieu, s'y fixer, en prendre possession. » Repérer un emplacement exact est affaire de recherche concrète. Mais repérer l'implantation précise d'une personne : où se trouve le moi ?

Prendre possession d'une terre, d'une mine d'or ?

L'avocat futé à qui l'on vient de tresser des lauriers sait comment on s'y prend (si cela vaut encore le coup selon les informations confidentielles), par un rachat ou par une fusion. Repérer et prendre possession de soi-même, la « ré-implantation » n'a-t-elle pas une signification secrète : un substitut du bout des lèvres pour « immigration » ?

Se ré-implanter, disent-ils. C'est l'euphémisme du moment pour lever l'ancre, soit par nécessité, contraint par la pauvreté ou des raisons politiques, soit par ambition, convaincu qu'il existe une vie plus privilégiée encore, à l'abri des fourches et des AK47 des gueux en révolte ou des revolvers des bandits. Il ne s'agit pas de déballer les meubles dans de nouveaux locaux. Les définitions du dictionnaire laissent de côté cette aspiration inexprimable qui ne peut s'expliquer par l'ambition, le privilège ou la peur des autres. La terre promise, une Australie, si l'on veut.

Un pot de départ est aussi la célébration de l'immigration en tant que solution humaine. Personne dans l'assistance ne rappelle qu'il ne s'agit pas d'une première. Giles Yelverton. Hein Strauss. Mario Marini. Debby et Glen Horwitz. Top (c'est un surnom) Ivanovic. Sandy et Alison McLeod. Owen Williams. Danielle (née Le Sueur) et Nigel Ackroyd Summers, sa fille Julie. Ils ont enterré cette caractéristique avec leurs grands-parents, mais ils descendent tous d'émigrants. Seul maître Motsamai fait figure d'exception. Il était là, il est là, une possession de soi-même. Peut-être. Avocat lors de procès célèbres, aujourd'hui financier, il est devenu ce qu'il souhaitait être; son nom demeure une identité inchangée dans les lieux où sa vie a commencé et où elle se poursuit.

Le couple que l'on fête est sur le point de devenir émigrant. Assise dans l'assemblée, Julie perçoit les partants comme les amis de son père – ceux qui seront bien accueillis partout dans le monde, tandis qu'un autre doit vivre déguisé en mécanicien anonyme.

Son père se manifeste alors qu'ils se dirigent vers la voiture. Ils ont dûment salué tout le monde. Il arrête un instant sa fille d'un petit geste sur l'épaule. Elle se retourne vers un visage reconstitué depuis l'enfance. « Tu vas bien ? » La voix paternelle, pour elle toute seule. Et au moment où tout ceci semble n'être jamais arrivé, elle lui rend son regard, pour lui tout seul, qui l'interroge : et lui, son père – il faudrait poser la même question et qu'il réponde – comment mène-t-il sa vie.

Ce dimanche-là prend fin. Il n'y aura jamais besoin d'un autre ; il doit en être convaincu à présent. La mère de Julie vit en Californie ; la rencontre, s'il l'estime nécessaire, aura lieu si d'aventure la dame accompagne son mari en mission d'investissement dans les casinos par ici. Cela n'apporterait pas grand-chose en plus ; tout ce qu'il fallait lui dire, lui confesser, lui a été montré aujourd'hui. Dans la voiture qu'il lui a trouvée, en route vers le cottage, ils sont restés silencieux, aspirant au repos. Elle lui est reconnaissante de ne rien dire sur cette expérience, du moins pour le moment. Elle pose la main sur la cuisse de l'homme, il retire une main du volant, lui caresse furtivement la jambe, puis revient à la conduite sage.

Chez elle – chez eux – elle titube un instant et le fixe, face à elle il la rend réelle. Il parcourt du regard la petite pièce aux usages multiples avec ses trois chaises, sa table pour manger, son lit pour les accueillir, défait du matin, comme s'il cherchait un endroit pour se poster.

Avec toute cette bouffe, je n'ai vraiment plus faim. Et toi ? Tu veux boire quelque chose ? Du thé ?

Il lève la main – non, non. Il s'affale sur le lit, les bras en croix. Elle a suivi des yeux son tour de la pièce pour deviner ce qu'il va dire ; elle traverse et s'assied sur le lit. Elle se tord le corps pour se pencher et l'embrasser sur le front et, timidement, sur la bouche. D'un seul coup elle se sent fiévreuse, rougissant de tout son corps, en proie à un désir violent qu'elle a du mal à cacher, repliant ses mains qui s'apprêtent à descendre sur le ventre plat aux poils noirs qu'elle sait sous le slip.

Des gens intéressants là-bas. Ils ont bien réussi.

Voilà les mots qu'il cherchait dans la pièce. Le désir merveilleux la quitte instantanément.

Ils se marcheraient sur la gueule pour y arriver.

Le document a dû traîner sur un bureau ce week-end-là. Ou bien à la poste où il reçoit son courrier sous un nom que l'on croit être le sien, aux bons soins du garage, supposé sa seule adresse. Elle se mit par la suite à visualiser ce bureau de poste fermé et déserté le dimanche, en vain, un cauchemar en plein soleil, évocation d'une prémonition la nuit dans le lit sombre. Qualifier ce bout de papier de « document » va au-delà de l'exigence brutale qu'il annonce sous la forme de référence à une loi, section X, paragraphe Y, promulguée tel jour. Il était parvenu à la connaissance du ministère de l'Intérieur que (son vrai nom) vivait à l'adresse sus-mentionnée sous le faux nom de (le nom auquel répond le mécanicien) en infraction après l'expiration à telle date de son permis de séjour dans la République. Il s'agit d'un délit (paragraphe, section, loi) et il est en conséquence dûment informé d'avoir à quitter le territoire dans les 14 jours sinon il sera poursuivi et expulsé vers son pays d'origine.

Ces lettres arrivent non affranchies, Administration Judiciaire. Elle n'en a jamais reçu ; ses déclarations de revenu, la routine fiscale du citoyen, vont directement chez le comptable de la famille. Il arrive au cottage dans son bleu sale, apportant cette « chose ». L'enveloppe a été déchiquetée – il sait ce qu'on peut attendre de ce genre de missive. Il a lu la nouvelle et a laissé en plan les voitures éviscérées et la musique pop amplifiée du garage. – La voilà.

Elle a presque oublié ; les mois passés depuis qu'elle a acheté la voiture qu'il a dénichée, son retour chaque soir chez elle, les virées dans les night-clubs avec les amis de La Table, les week-ends dans le veld, couchés côte à côte dans son silence, la fièvre de l'amour et la paix qui s'ensuit, les nuits et les petits matins – tout cela l'avait apaisée. Tout cela (ces vers lui reviennent à l'esprit) a repoussé l'avenir... laissant tout au présent.

Il s'assied soudain sur leur lit pour relire le papier. Il se tient dans la pièce comme s'il était déjà l'étranger prêt à en être éjecté. Elle se met à pleurer, se jette dans ses bras mais il n'y a aucune assurance dans ces bras qui l'enserrent. Ils titubent. Elle se libère et reprend le papier. Elle le saisit par la main afin qu'ils s'asseyent et le relisent à nouveau, ensemble. Mais il s'assied à côté d'elle, lève les épaules, les baisse, ne suit pas les lignes avec elle. Il connaît ce formulaire, son contenu, sa phraséologie ; c'est le formulaire de la communication du monde avec lui. Elle cherche des failles, un double sens qui pourrait être déchiffré à son avantage, mais il sait que tout est bouché, les termes sont sans ambiguïté. Dehors. Va-t'en. Hors d'ici.

Elle se met alors en colère. Qui leur a dit ? Comment ont-ils pu le retrouver ? Depuis combien de temps ? Combien de temps ? Deux ans.

Deux ans et quelques mois.

Qui ? Qui a pu faire cela, pourquoi ?

N'importe qui. Quelqu'un qui veut mon boulot, peut-être. Oui. Pourquoi pas.

Pourquoi pas ! Quel mal fais-tu, à qui prends-tu quoi que ce soit, ce job merdique et une remise comme logement !

Julie. Quelqu'un qui est ici chez lui.

A présent ses yeux se font perçants, la fouillent comme des torches, ses lèvres pincées par une douleur violente à la place du beau sourire arrondi. Même ce que je porte, ce truc sale... comment l'appelles-tu, cette remise, ce coin de rue pour dormir, c'est à lui, pas à moi. C'est comme ça. Tout ce que je peux avoir est à lui.

Une rafale inconnue les sépare d'un coup. Dans sa détresse elle veut agripper quelqu'un et se colleter avec lui, alors qu'il est emporté au loin et elle de même.

Pourquoi prends-tu les choses ainsi ? Que vas-tu faire ? On doit pouvoir agir – protester, faire appel – auprès de ce ministère de l'Intérieur, pourquoi n'irais-tu pas directement les voir demain matin – comment peux-tu rester...

Quitte-moi, quitte-moi : voilà ce que cette fille

veut vraiment dire, il le sait ; cette expulsion signifie pour elle la perte d'un amant, un lit vide, jusqu'à ce qu'elle en trouve un autre – elle est libre, en sécurité et libre. Afin de la calmer – et de se calmer, il affirme : J'irai là-bas. Il ne se passera rien. Ils vont retrouver le papier d'il y a un an et demi. Ils savent que j'aurais dû partir à ce moment-là.

Tu savais donc que cela allait arriver. Même si longtemps après.

Je le savais, oui. Je pensais, peut-être ont-ils perdu le papier, ils ont tant de papiers sur des gens comme moi, ils ont pu m'oublier. C'était là ma chance. C'est comme ça. Je peux aller les voir, mais à quoi bon ? C'est mieux de ne rien faire, je n'ai pas reçu la lettre, je ne vais plus au garage, je suis ailleurs...

Ils ne savent pas que tu es ici avec moi. Tu ne vis pas à cette adresse, c'est déjà quelque chose.

Je pense qu'ils sauront.

Cet horrible bonhomme du garage ! *On a toujours des ennuis avec lui, il n'est pas pour vous, il n'est même pas autorisé à rester dans le pays.* Quid de ton travail ? Même s'il n'y a pas de trace écrite... tu devras disparaître du garage également...

Disparaître (elle lui a donné le mot dont il a besoin), oui.

A nouveau. A nouveau ! Et à nouveau un autre nom.

Il la voit tourner la tête de-ci de-là, prise au piège. C'est comme ça.

S'il répète ça une fois de plus ! Ce qui doit être

fait, ce n'est pas ce qu'il fera de cette lettre, cette sentence sur sa vie, mais ce que nous allons en faire. Elle a des amis, grâce à ses dieux à elle, à lui ; ses amis qui résolvent entre eux toutes sortes de difficultés liées à leur opposition à l'establishment. Ils disposent de solutions alternatives pour une société alternative, et tout prouve qu'elle et lui appartiennent à cette société-là : cette lettre est on ne peut plus claire. Elle abolit tous ses droits à elle jusqu'à ce qu'on les attribue à lui. Cela signifie qu'elle ne suivra plus aucune loi promulguée par la Constitution, aucune vérité ingérée à l'école, aucune politique de transparence comme dans ces Conseils d'Administration où l'on applique le code de procédure financière.

Julie ne le lui dit pas ; seulement en se pressant contre lui, il demeure palpable, il n'a pas disparu, et gardant sa bouche contre la sienne, il finit par l'ouvrir, la laisse entrer, elle sent la chaleur humide de son être.

Il la reçoit, mais ne peut se donner lui-même. Elle comprend : le choc, cette lettre qui arrive finalement, le traque, le localise ; à elle, l'indignation, une inquiétude intense, à lui la paralysie. Allons au EL-AY. Il faut que nous en parlions.

Ah non. Julie, non. Pas maintenant, pas ce soir. Restons seuls. Curieusement, il commence à enlever sa salopette noircie de graisse comme s'il ôtait une peau, la laissant tomber sur le plancher et s'en extrayant lentement. Peut-être pense-t-il aller au lit, l'offre d'oubli la plus simple ? Mais non.

Je veux prendre un bain.

Elle entend l'eau jaillir longtemps. Elle entend l'eau clapoter contre le bord de la baignoire quand il bouge.

Elle prend le papier et s'assied. La première fois, il avait aussi demandé un bain chaud, elle l'avait entendu ; quand il était sorti en tenant la serviette bien pliée, il était pieds nus en jeans et elle avait aperçu son torse nu, l'ondulation des côtes sous la peau douce et luisante, les tétons noirs sur le coussin de muscles de part et d'autre du dessin de poils noirs et bouclés.

C'est comme ça.

Ils doivent se rencontrer à La Table pendant sa pause-déjeuner. C'est le plan ; elle ne le rejoindra plus au garage – si l'on ne sait pas quoi faire, la procédure est enclenchée, il faut détourner la piste qui mène du garage au cottage. Il convient d'aller le chercher ailleurs.

Elle arrive avant lui.

Ça y est, c'est arrivé. Voyez sa figure.

Les amis du café EL-AY ont fini par accepter la présence du jeune homme dans leur havre ; ils accueillent Julie avec des regards inquiets, de la curiosité, des suppositions acérées. (C'est la rupture. Il l'a plaquée. Elle a vu clair dans le jeu de son prince oriental et lui a dit « ça suffit ». Son cher papa a eu vent de l'affaire et lui a coupé les vivres. Quoi d'autre ?)

Elle a donc du temps pour leur raconter, pour expliquer ce qui se passe avant qu'il n'arrive. Extérieurement, ils réagissent comme elle ; mais ils hésitent à embrasser précipitamment ses émotions et ses peurs profondes – même leur état d'esprit ouvert bat en retraite face à des situations inédites. L'indignation va et vient au-dessus des cappuccinos. Quel salaud, ce type du garage ! Ce ne peut être que lui, qui d'autre ? On ne va pas me faire croire que c'est un des gars qui bosse avec lui qui l'aurait dénoncé aux flics ! Quelle merde !

— Un instant. – Le théoricien de la politique réfléchit avant de se laisser aller aux accusations hâtives. – Le propriétaire du garage n'a pas intérêt à dénoncer ce genre d'employé. Ce faisant, il se dénoncerait lui-même comme employant un clandestin. C'est un délit, vous savez, mes frères. – Son rire bref, dur, n'est pas blessant – une rectification signalant à ses amis blancs leurs limites dans l'approche des mécanismes fuyants de la survie.

— En premier lieu, tu demandes un réexamen de l'ordre d'expulsion. Faut pas encaisser sans broncher.

— Tu vas voir un avocat avec lui, pas un de ces requins spécialisés dans le divorce ou l'immobilier, un défenseur des droits civiques, pourquoi pas des gens de l'Assistance Juridique, ils doivent en connaître un rayon sur ce genre de situation.

— Non, non, tu vas voir un requin, et tu le paies bien – allons, Julie, tu trouveras les ronds.

David, qui à présent garde une maison, lui offre son temps.

— Je pense plutôt que c'est un cas prévu dans la Constitution. Peut-être. Il pourrait plaider l'asile politique – peut-être pas... j'irai avec toi dans une bibliothèque juridique – mon cousin est avocat et il pourrait se rendre utile pour une fois, il peut nous y faire rentrer. Tu dois tout connaître sur la question, même les notes en bas de page, prête à tout jeter à la figure du ministère de l'Intérieur, il faut que tu les désarçonnes.

Leur poète lauréat s'est glissé à sa place habituelle, sa masse de cheveux est aujourd'hui retenue par un ruban noir, et se met discrètement au courant des mésaventures du copain de Julie en hochant du chef. – Il faut qu'il passe à la clandestinité. Il y a un monde souterrain dans cette ville, dans toutes les villes, c'est le seul endroit pour ceux d'entre nous qui n'ont pas les moyens, et pas seulement l'argent, les moyens légaux pour se conformer à ce que d'autres appellent le monde. Clandestin. L'obscurité est sa seule liberté.

Disparaître. Julie, qu'il traite avec une affection particulière dans le groupe, celle qu'il considère comme sa fille spirituelle – Julie a le don de se cramponner à ses prédictions, confirmant ses propres appréhensions. Tandis qu'elle essaie d'écouter tout le monde à la fois, confiante dans leurs savantes contre-propositions, elle est perchée sur sa chaise guettant son amant parmi les habitués qui vont et viennent dans le café. Elle répond aux gestes de la main de ceux qu'elle fixe sans attention ; elle croise enfin ses yeux noirs, son homme émerge de la forêt des autres.

Salut Abdou. Tout autour de la table ils se lèvent

aujourd'hui pour le saluer. Hommes et femmes, ils l'étreignent, un coup à droite, un coup à gauche, à leur façon. Cela leur convient mieux que des mots, maintenant que le sujet de la conversation est parmi eux. Tous autour de lui, sauf le poète. Il reste assis en les contemplant, récitant in petto sans doute une citation de Yeats, Neruda, Lorca ou Heaney, Shakespeare, qui exprime cet instant, cet événement, mieux que tout ce qui a pu être dit ou fait autour de La Table.

La victime les remercie poliment; sa main enfermée par celle de Julie, il s'assied pour écouter. On veut le questionner, on attend ses réponses. Que peut-il ajouter à ce qu'ils ont déjà obtenu de lui par leur accueil fraternel depuis le jour où elle l'a présenté à La Table? Que peut-il choisir de leur raconter? Parfois elle doit lui répéter ce qu'on vient de dire, alors qu'il a la tête tournée – que cherche-t-il dans ce phalanstère de dégustateurs de vin et de café? Depuis qu'il s'est présenté hier, ce bout de papier à la main, son attitude générale, sa manière d'aborder les autres se résument à une recherche, une vigilance qui fait fi de toute distraction. Elle lui commande un café quand elle s'aperçoit qu'il jette un coup d'œil à sa montre; il est arrivé bien après la moitié de sa pause-déjeuner. Montre-t-on au garage qu'on est au courant? Personne n'a rien dit? Pas de piste?

Il boit son café de façon inhabituelle, il parle entre chaque gorgée. – Rien.

— Et le patron. Il n'émane rien de lui? – L'adepte

du bouddhisme pense qu'il existe une réactivité à tout changement d'atmosphère, même si rien ne se passe.

Elle est interrompue. – Ecoute, Teresa, ma vieille, tu ne peux pas suivre ? Je t'ai dit que c'est absurde de croire que le patron aille se dénoncer lui-même.

Julie très attentive prend note de tous les conseils de ses bons amis qui savent si bien s'occuper d'eux-mêmes. Elle les lui soumet à chaque instant. Il hoche la tête pour signifier qu'il a entendu. Leur appui l'enveloppe, comme s'il était l'un des leurs. Quand il se lève pour prendre congé dans le rôle du mécano qui retourne au boulot, il dit sans animosité : – J'ai déjà fait toutes ces démarches. – Voilà : pour la première fois on lui signifie de quitter le pays, son permis étant expiré.

Elle veut lui courir après, mais sa place à elle est de rester au café EL-AY. Ralph lui sourit, une victime lui aussi qui avait annoncé son SIDA et pour lequel le groupe n'avait pas trouvé d'autre solution que le rire provocateur du malheureux.

Quand il rentre ce soir-là du garage, elle est en train de repasser les jeans à la mode qu'il a toujours portés, même quand il vivait misérablement dans une remise. Une serviette est disposée sur la table, les jeans étalés dessus ; elle presse le fer des deux mains pour bien marquer une couture.

Il ne l'a jamais vue effectuer une tâche de ce genre. Même les gens qui choisissent de vivre dans des dépendances réaménagées plutôt que dans une maison avec une terrasse ombragée et une pièce pour chaque usage privé ou commun ont une domestique noire pour faire le ménage, la lessive et le repassage. Depuis qu'il a emménagé, il a mis des affaires sales dans le panier ad hoc – elle mettait à part les salopettes, ces carapaces rendues raides par une semaine de travail dans la crasse, épinglant une note afin qu'elles soient lavées séparément.

Les yeux rivés sur le pantalon se lèvent vers lui, ils sont remplis de larmes.

Il fallait qu'elles viennent, les larmes. Il s'avance, lui retire le fer des mains et la retourne vers lui. Tout va bien. Il lui faut l'embrasser, cette eau intime et salée lui coule dans la bouche ; il y retrouve tous les fluides de son corps qu'il a goûtés, sa sueur, le suc de son sexe.

Ils vont alors s'asseoir sur le pas affaissé de la porte du cottage, contemplant l'enchevêtrement hagard de sapins et de jacarandas étouffés par des bougainvilliers, leur côté du vieux jardin au-delà duquel se situe la maison de maître. Elle se lève, rentre au cottage pour prendre une bouteille de vin – si le lit est l'offre la plus simple pour chercher l'oubli, entre amis le vin est la meilleure façon de se ressaisir pour attaquer un problème. Il tire le bouchon d'un coup sec et prend une rasade, elle a oublié les verres. Elle lui tend la bouteille, il la pose à terre. Elle commence à récapituler les suggestions faites par ses amis, habitués à contourner l'autorité.

Il écoute à nouveau ce qu'il a déjà entendu. C'est une pragmatique, cette Julie. Elle veut maintenant se rendre avec ce David dans une bibliothèque juridique et se familiariser avec les textes de loi adéquats. Elle va s'enquérir – il faut être circonspect quand on révèle certaines connexions – d'un avocat qui serait prêt à trouver des moyens non conventionnels pour tourner les règlements. Ils doivent être nombreux, les gens comme lui – comme eux deux – dans la merde. (Elle sait qu'il n'aime pas l'entendre prononcer ces mots employés par tout le monde – il doit y avoir dans sa langue le besoin de s'exprimer ainsi, mais même s'il voulait s'épancher de cette façon banale, elle ne pourrait pas le comprendre.) Ils peuvent aussi prendre rendez-vous avec l'Assistance Juridique, ils savent quelles sont les démarches légales à prendre, les associations pour les droits de l'homme doivent s'occuper de cas pareils.

Autour d'eux l'air s'épaissit et se prépare à la pluie ; il respire profondément plusieurs fois. Il s'adresse au noir maquis de branches et de feuilles qui prend l'obscurité dans ses rets – Pourquoi choisis-tu ces amis-là. Plutôt que ta famille.

Pour elle, c'est comme si elle avait surpris quelque chose qui ne lui est pas destiné. La Table ; mais pourquoi dévier du sujet brûlant ! Elle se laisse déranger de mauvaise grâce. Je ne vois pas ce que tu veux dire. Parfois ses limites à lui dans son langage à elle génèrent des malentendus, même si elle pense qu'elle a appris avec amour à interpréter instinctivement.

Ce sont des gens qui gèrent bien leur vie. Tout le temps. Toujours en mouvement. Intelligents. Par ce qu'ils font, pas juste en parlant bien. Ils sont vivants, saisissent leur chance, ils emploient leur (il claque la langue contre son palais à la recherche du mot) volonté, oui, c'est ce que je veux dire, la volonté. Pour agir. Pour avoir.

Les gens que tu as vus chez mon père. Ceux-là ?

Oui, ton père et les autres hommes. Ils savent de quoi ils parlent. Ce qui se passe. Faire du business. Ce n'est pas mal, c'est le monde d'aujourd'hui. Le progrès. Il faut le savoir. Je ne vois pas pourquoi tu aimes t'asseoir tous les jours dans cet endroit.

Le vent qui ouvre la voie à la pluie s'insinue d'un coup entre eux. Elle se lève d'un bond pour rentrer ou pour ne pas avoir à accepter ce qu'il vient de dire, attendre que le vent passe. Il rentre sur ses talons.

La bouteille est tombée, le vin s'écoule, la lumière de la fenêtre le capte au passage, un scintillement, avant que la terre ne le boive.

A l'intérieur, dans la pression atmosphérique de l'orage naissant, elle est assise les mains sur les genoux, les yeux rivés sur lui cherchant à savoir ce qu'il veut.

Tu peux aller voir ton père. Il sait plein de choses. Eux, ils ne savent rien de rien. Même s'ils savent, ils ne peuvent rien.

Oh non ! Non. Non. C'est impossible. Non. Il ne connaît rien à ce genre de choses. Non, non.

Il s'insère vite dans ce mouvement de recul : peur,

après tout, la petite fille a peur de son père. – Je ne pense pas spécifiquement à mon affaire, aux miens. Mais à d'autres choses qui ne sont pas faciles, pas claires. Il sait. Crois-moi.

Presque circonspecte. – Tu ne peux pas comprendre.

Et puis elle est prise de remords, car ce disant elle lui fait comprendre : c'est parce qu'il n'est pas un des leurs. Lui-même l'a dit la veille, à propos de *n'importe qui* ayant le droit de le dépouiller de son bleu de travail et de prendre sa place sous les véhicules : *même ce que je porte, cette saleté, même la remise, même un coin de rue pour dormir, tout cela est à lui, pas à moi... tout ce que j'ai est à lui* : n'importe lequel d'entre eux avec un certificat de naissance, une place dans la hiérarchie sociale, un portefeuille boursier. Un tel homme. Déjà dit; *tout ce que j'ai est à lui* : toi, la fille de ton père, tu es *à lui*, pas à moi.

Comment peut-il les admirer, ces amis de son père, présidents de Conseils d'Administration, administrateurs de biens, directeurs-araignées au centre des réseaux qui tiennent les marchés, et en même temps s'aveugler à ce point : pour son père, quelle issue opportune à la dernière toquade absurde de sa fille! L'homme est expulsé – terminé, toute l'affaire est close sans dispute familiale, ni conflit père-fille sur les valeurs, ni relations envenimées, le résultat habituel de toute intrusion paternelle. La loi s'en chargera. La sauvera d'elle-même, Dieu merci. Son père n'a plus besoin que de se pointer pour recoller les morceaux de sa fille affligée, si elle accepte son amour après que cette rencontre (où diable a-t-elle pu le dégoter) aura une fois pour toutes été rayée du tableau.

Ils mettent du temps à se coucher. Pour tous deux la meilleure chose serait de faire l'amour. Mais c'est *son* droit à lui, au jeune homme convenable convié aux repas dominicaux sur la terrasse, aux conversations complices des hommes que l'amant à ses côtés admire tant.

La fin ; fin de l'hiver, de leur vie commune. La première pluie de la nouvelle saison frappe et refrappe le cottage comme une foule amassée. Après des mois de sécheresse tous les matériaux dont est fait leur abri – bois, toit de fer, le plâtre sur les briques – deviennent vivants, grincent et bougent comme froissés par un poing géant ; comme si le martèlement de l'eau et les matériaux donnant de la voix sous la pression devenaient les paroles des sympathisants curieux, envahissants, dédaigneux, faux jetons, celles des bannisseurs catégoriques et cassants dictant le papier, baragouinant à tout va dans un simulacre de bavardage familier au café.

Au matin tandis qu'elle prend son bain et qu'il se rase prudemment autour de la paire d'ailes lustrées qui ornent sa lèvre supérieure, il se retourne vers elle sans voir sa nudité. Quid de l'avocat ? Il est intervenu pour quelqu'un qui a tué. J'ai entendu une femme parler de ça. Tu le connais – il était chez ton père, il sait qui tu es. Tu peux le retrouver. Le Noir.

Bien. Cela la touche, un soulagement proche de la gratitude car il accepte qu'elle n'aille pas – ne puisse pas – voir son père. Oui, je suppose que ce pourrait être quelqu'un d'important... mais est-ce qu'il exerce encore ? Je crois qu'il a laissé tomber le barreau pour faire de l'argent, tu as vu c'était un de leurs copains.

Tu peux chercher.

Oh je peux faire ça facilement. Mais il y a si peu de temps, plus de temps. Il faut penser à tout, à toute personne qui...

Trois jours que le décret est tombé. Il la regarde, bien en face d'elle tandis qu'elle sort du bain se sachant nue et s'enveloppe dans une serviette. Penser, penser. Il faut y aller : parce qu'il est là avec elle, à elle ; et en même temps il n'est pas là, n'a ni nom, ni adresse, ne se réclame de personne.

Femmes de la classe moyenne, hommes partageant leur vie, tout le monde en ville a entendu parler de lui.

Le Dr Archibald Charles Summers, docteur de l'université du Witwatersrand, membre associé du Collège Royal des Chirurgiens de St Mary à Londres, membre associé de l'Institut d'Obstétrique à Boston, dans le Massachusetts, est un gynécologue et un obstétricien dont le cabinet a, pour ainsi dire, trop d'abonnées. Le qualifier de docteur à la mode ne serait pas tout à fait juste ; il est bien plus que cela, il donne au-delà de ce que recouvrent les honoraires d'un spécialiste normal. Entre elles ces dames parlent de lui avec une confiance qui frise la vénération, exceptionnelle entre patientes et médecin même si dans ce domaine-là le docteur se fait souvent prêtre, intermédiaire dans l'apparition d'une nouvelle vie, et la femme acolyte active. Comme obstétricien, il est l'archange Gabriel pour chaque femme : l'Annonciation quand il scanne ses entrailles – c'est un garçon. Sa tête chauve et luisante, ses oreilles décollées et son sourire adorable sont les premières choses qu'elle voit quand il soulève la vie qui émerge d'elle. Entre les naissances et après que la reproduction ne fait plus partie de la programmation biologique de ses patientes, il prend soin – dans le sens le plus consciencieux du mot – du mécanisme complexe qui caractérise leur genre, et pèse – voire agit – sur l'équilibre crucial de leurs réactions, de leurs inclinations, dont dépend leur façon d'aborder les relations homme-femme – du moins avec leur amant et/ou leur mari.

Le cabinet de consultation du Dr Archibald est un foyer : le portrait tiré en studio de ses enfants, bébés puis diplômés, des gros plans d'animaux sauvages, la photographie est son hobby, des posters offrant les splendeurs du monde, issus des musées qu'il a aimés au cours de ses voyages. Couvertes de bijoux, les mains de sa réceptionniste indienne prennent note du changement d'adresse d'une patiente régulière, dûment saluée, les infirmières au gros derrière maternel, afrikaners et noires, s'affairent, s'interpellent, reçoivent les poches d'urine que la patiente a remplies dans l'intimité d'une salle de bains carrelée de bleu, un vase de vraies fleurs toujours perché sur la cuve des toilettes.

Ses patientes – ses filles, comme il les appelle, qu'elles aient vingt ou soixante-dix ans – le nomment Archie entre elles. J'ai mon rendez-vous bisannuel avec Archie la semaine prochaine. Je reviens de chez Archie – tout est en ordre, me dit-il, il est content de moi. Et si tout ne va pas bien, si comme dit Blake, rose vous êtes malade, un ver invisible qui vole la nuit dans la tempête mugissante et mange le cœur, si la rose est envahie par le cancer, Archie au bistouri est la main curatrice qui l'enlèvera afin que l'épanouissement continue, car Archie est messager de vie.

Le docteur est marié depuis trente ans au moins, et toujours amoureux de sa femme. Son sérail de patientes n'altère pas la passion inaltérable qu'il lui voue ; son habile main droite gainée de latex qui pénètre dans le vagin de ses patientes, jeunes et désirables ou vieilles et sans vie sexuelle, réduite à une sorte d'exploration des boyaux en vue du diagnostic divinatoire au bout de ses doigts, aurait pu l'amener à une répulsion à l'encontre du corps des femmes. Ou bien – parlons-en – la vue de cuisses ouvertes, la douce chaleur qu'il doit sentir à travers le latex – tout cela devrait être excitant, un docteur est un homme sous sa blouse blanche. Mais aucun risque professionnel ne l'a jamais affecté, même quand il était jeune. Il est immanquablement excité à la vue, l'odeur, le toucher du seul corps de sa femme (qu'il a eu tant de mal à conquérir) et c'est l'homme, non le docteur, qui la pénètre et voyage avec elle dans les joyeux plaisirs, comme si une île des mers chaudes lui était toujours accessible, à l'image de celles qu'ils ont visitées ensemble. Quand il parle aux femmes de son sérail, assis un moment sur le coin du lit d'examen où elles sont étendues, il lui arrive d'être en contact avec leur corps qu'il a recouvert d'un drap avec déférence, il place une main rassurante sur la hanche ensevelie sous l'étoffe tandis qu'il lui indique comment gérer sa santé, qu'ils discutent de la pilule à prendre, des exercices pour s'entretenir. Ce sont deux êtres humains égaux dans leur vulnérabilité face aux vicissitudes de la vie (ses filles lui confessent souvent leurs propres soucis), envisageant ensemble la meilleure façon de survivre. Elle sait qu'elle n'est pas touchée par une antenne sexuelle cachée, il sait qu'elle le comprend. Il n'a pas besoin de la présence d'une infirmière – une précaution prise par la plupart des gynécologues – pour assurer ses filles de son respect.

« Archie », c'est aussi l'oncle Archie, le frère du père de Julie.

Il avait l'habitude, quand elle était petite, de venir la prendre pour aller jouer avec ses cousins. Si elle avait pu choisir à l'époque, elle l'aurait pris pour père. Ce serait encore le cas aujourd'hui. Il était un Gulliver prêt à jouer que les enfants escaladaient. Taquin et raconteur d'histoires. Son père l'emmenait les jours convenus, au théâtre pour enfants et aux concours de son club d'équitation ; sa mère n'estimait pas la présence des deux parents nécessaire et restait à la maison. Peut-être allait-elle voir un de ses amants – mais un enfant ne peut percevoir ces arrangements dans la vie de ses parents. (Nigel : le pauvre homme ; quand il lui arrive d'y penser maintenant qu'elle est adulte.) Elle n'a depuis longtemps plus de relations avec ses cousins, mais de temps à autre, aussi rare que sa propre présence, elle rencontrait son oncle aux déjeuners du dimanche chez son père. Parmi tous les invités qui faisaient figure d'étrangers pour elle, bien qu'elle sût qui composait la compagnie de Danielle et de son père, Archie était la seule personne qu'elle était spontanément heureuse de revoir, l'homme qui comprenait qu'elle n'était pas chez elle dans la maison construite pour Danielle. Le travail, les tempéraments des deux frères étaient largement différents, mais il faisait partie des racines de son père et peut-être Danielle était-elle une des « filles » d'Archie. Julie, bien sûr, ne l'avait jamais consulté ; un examen gynécologique avec Gulliver lui aurait semblé, si ce n'est à lui, du moins certainement à elle, une sorte d'inceste. Elle est consciente qu'elle conserve un reste de pudibonderie, de fausse modestie de femme bien éduquée, en dépit des libres échanges sur la vie à La Table.

Nous devons penser à chaque personne qui...

Qui... ?

Avant d'aller voir ensemble le célèbre avocat – si jamais on peut l'approcher au motif qu'il fréquente son père qui n'a pas dû lui révéler la situation – il faut trouver un intermédiaire. Pas un père, mais un remplaçant à cet ancien lien de dépendance. Quelqu'un d'extérieur au cercle où chacun interroge l'autre pour trouver une solution, même dans le silence, éloigné de cette sagesse dite populaire, ces conseils venus de La Table sur lesquels elle compte. Elle va parler à son oncle.

Quel genre d'oncle ?

Je t'en ai parlé, mon adulte favori quand j'étais gosse.

Il connaît les gens...

Eh bien, c'est un notable...

Bon. S'il elle ne va pas voir son père, au moins montre-t-elle un peu de sens de la famille, comme on le fait naturellement chez lui quand on a des problèmes et que l'on cherche conseil et moyen d'action. Elle s'avance pour qu'il l'embrasse avant qu'elle ne parte ; il la retient un instant comme l'on gratifie un enfant qui part à l'école.

Bien qu'elle soit privilégiée d'avoir déjà reçu un rendez-vous, il lui faut patienter parmi d'autres dans la salle d'attente claire, avec air conditionné et images de troupeaux d'éléphants, de lionceaux et de canotages de Bonnard. Parmi des femmes ; mais qui d'entre elles, mains manucurées reposant en paix sur un ventre-monticule élégamment caché par une robe à fleurs, des tailles fines soulignées par des ceintures recherchées, jeunes visages reproduisant à la perfection le look du dernier modèle en couverture des magazines, ces peaux vieillissantes qu'une intervention chirurgicale a bien tirées sous les yeux, ces coiffures savamment tressées penchées de concert – deux Noires, épouses de la nouvelle élite, bavardant et riant dans leur langue, qui, parmi toutes, peut avoir idée de ce qu'est sa version de la complainte féminine, sa raison d'être ici ? En ce sens, elles n'appartiennent pas toutes au même sexe. L'une d'elles lui sourit, mais sa tête est tournée de l'autre côté, comme souvent celle d'Abdou au café. Des filles entre elles. Ses « filles ». Elle s'était amusée de la façon dont son oncle parlait d'elles. Mais la voici maintenant tout isolée.

C'est la version blouse blanche de son oncle qui se lève derrière le vaste bureau et qui vient l'embrasser. – Enfin tu te décides à venir voir où je crèche, pas vrai ! On se prend un café, un thé, il y a une kitchenette par ici, je les ai tous, depuis le Earl Grey jusqu'au Rooibos, tu sais, si tu veux des jus de fruits, j'ai mangue, pomme...

Elle commence par s'excuser d'avoir insisté pour évincer une patiente qui avait rendez-vous, le remercie de l'avoir laissée entrer sans crier gare. – Des excuses ! Ma chère Julie, j'ai si peu la chance de te voir ! Oh je le sais par ma propre progéniture, les vies de chaque génération bifurquent dans différentes directions, les seuls carrefours où nous pouvons nous rencontrer sont chez Nigel, et ni toi ni Sharon et moi n'en prenons le chemin, nous le savons. Mais ça va. Nigel est devenu un grand bonhomme maintenant, il a tellement bien réussi et ils vont si bien ensemble, Danielle et lui – toi et moi devons nous en réjouir, hein ?

Sharon. Mentionnant le nom de sa femme, son oncle lui fait réaliser pourquoi, dans sa confusion à vouloir rechercher quelqu'un, n'importe qui, ce ne sont pas seulement les liens de l'enfance qui l'ont amenée ici. Archibald Charles Summers en son temps a trahi toutes les attentes de la vieille Afrique du Sud ; il avait choisi une fille d'une famille anglicane de bonne réputation, membre d'un country-club, propriétaire de maisons de vacances au Cap où il s'illustrait comme danseur et joueur de polo ; alors qu'il était officiellement « fiancé » à celle que tout le monde estimait un adorable et beau parti, cavalière émérite, il épousa soudain Sharon, une juive, fille d'un émigrant lituanien qui possédait une cordonnerie « bagages et chaussures » dans ce même quartier repris aujourd'hui par les night-clubs anonymes, les bars, le café L.A. et le garage avec sa remise pour travailleurs clandestins. L'écho des réactions atterrées de la famille était parvenu à ses oreilles d'enfant ; à ses yeux, Sharon était la jolie mère rousse des cousins, distributrice de sucreries faites de gingembre et de carottes, de la couleur de ses cheveux frisés, comme on en trouve pas ailleurs, dont les embrassades étaient rendues de plus en plus moelleuses par l'embonpoint.

Le café qu'il a commandé (Soyez gentille, Farida, dites à Thabi que nous voudrions du café – avec des biscuits, hein ?) fournit une agréable transition sur les sujets généraux. Quelle carrière a-t-elle maintenant embrassée, elle a toujours été aventureuse, c'est exact, il y a beaucoup de changement chez les gens, partout dans le pays, de nouvelles façons d'agir, d'explorer. Ils rient quand elle avoue son travail actuel, cette vieille arnaque regonflée pour ce qu'on appelle la « nouvelle mobilité sociale », les relations publiques. – Oh il faut qu'il lui raconte – Sharon et lui ont passé un long week-end dans une ferme d'hôte du Drakensberg – Sharon et moi en sommes revenus rajeunis, les marches en brousse, le soleil brûlant et les mares glacées où il n'y a personne – on a plongé, à poil – si tu ne connais pas ça, il faut vraiment que vous alliez tous les deux y faire un tour. Il ne sait pas qui est le partenaire du moment, mais il sent qu'il devrait s'en souvenir suite à leur dernière rencontre.

Aucune chance ces jours-ci.

Il profite du bref silence, lui qui n'est pas indiscret – ses « filles » trouvent toujours chez lui l'instant réceptif où elles peuvent dire ce qui doit être abordé – pour glisser avec tact une réponse ouverte, non solennelle. – Bon, tu n'es pas venue me voir au travail pour mes beaux yeux bleus.

Il facilite les choses.

Changement. – Il y a quelque chose dont nous n'arrivons pas à sortir. Nous, c'est-à-dire l'homme que tu ne connais pas, tu auras peut-être appris par Nigel qu'il était avec moi, chez lui, un dimanche.

— Ah, c'est ça. Ma fille... très bien. – A travers la fenêtre derrière lui la lumière, mouchetée par les plantes grimpantes sur le rebord, luit à travers ses oreilles protubérantes, dessinant la carte de ses capillaires rouges. Ce visage est toujours celui qu'elle voudrait pour père. Celui qui ferait n'importe quoi pour vous rendre service.

Et elle se rend compte : il croit qu'elle est venue le voir pour un avortement.

La conception non désirée – cela semble le bout du monde pour beaucoup de ses patientes. Ce que sa nièce lui raconte de l'homme qu'elle a pris sous son aile est une menace *venant* du monde. Dans ce monde sûr, comme s'il l'avait toujours eue en charge, même s'il ne l'a pas vue des mois durant et sans savoir au juste où elle se trouve, il se sent à son égard une certaine responsabilité, mise à mal par le tempérament de son frère au cours de son premier mariage, pourtant largement approuvé, et par la désertion ultérieure de la mère de Julie en faveur d'un impresario de casino. La complexité des lois n'est pas de son ressort, mais il connaît, de par les manifestations physiques, mentales et spirituelles (il croit en l'âme ou en l'esprit, cela fait partie de l'innocence avec laquelle sa main gantée pénètre dans son refuge, le corps), le pouvoir inéluctable de l'attraction physique chez ses victimes, ses patientes ; son caractère impitoyable et imprudent. Un rouleau compresseur tonnant dans chaque personnalité. Il croit aussi en l'amour (sans doute influencé par son expérience durable dans ce domaine) – l'amour c'est l'esprit – qui n'est pas forcément présent dans l'attirance charnelle, mais remplacé par sa négation, la cruauté (il voit des cas de viol, qui en ces temps de violence n'épargnent pas les riches). Il sait comment l'amour, même s'il est mystérieusement généré par l'attraction physique, développe la caractéristique de prendre en charge tout ce qui peut survenir à l'être cher, jusqu'à exclure tout le reste; l'autre devient soi-même. Ainsi en face de lui, elle sait qu'il sait qu'elle aime l'homme qui lui est apparu de dessous la voiture, d'abord les jambes, puis le corps, la tête enfin. Sur ce point, il sait qu'il n'y a rien à faire; si d'autres en jugent autrement, qu'ils soient reconnaissants à la loi de le faire à leur place.

Ce qu'il faut faire – il pousse bien sûr à engager l'avocat, des avocats en fait, des grosses pointures disponibles; comme dans sa profession, une deuxième voire une troisième opinion sont nécessaires pour trouver des solutions en cas d'action radicale. Il reste onze jours sur les deux semaines!

— Veux-tu que je vienne avec toi chez l'avocat que tu connais? Tu préfères que je t'accompagne?

Elle sent un soulagement injustifié, non fondé, simplement à cause de cette spontanéité d'un parent qui ne peut pas l'aider. Non, non, elle et son amant doivent y aller seuls.

— A tout moment, tu peux venir ici à tout moment. Nous voir Sharon et moi à la maison. Tu peux appeler, débarquer. Demande à l'avocat si une lettre de recommandation peut être utile – je ne sais pas sous quelle forme. Un vieux citoyen respectable et respectueux des règlements qui se porte garant pour ton homme.

Il la raccompagne, passant devant les femmes dans la salle d'attente qui lèvent les yeux pour le saluer, la menant par le corridor jusqu'aux ascenseurs, patientant afin qu'elle ne soit pas seule quand les portes se referment sur elle.

Il est exact que l'avocat n'exerce plus. Elle l'apprend par des voies détournées puisqu'elle ne peut pas interroger son père sans donner d'explications. Un de ses amis – c'est David – la renseigne via d'anciens contacts qu'il a renoués. La Table est unanime : mets-toi en rapport avec le type de toute façon, même s'il n'exerce plus, il doit encore avoir tout en tête, il ne va pas refuser de te donner un conseil, il t'a vue, il a vu Abdou chez ton père, tu l'as dit. Comment pourrait-il refuser. Jamais de la vie !

Avec eux autour de La Table, la victime, l'accusé, l'homme en danger, le partenaire de leur amie Julie – qu'en ressent-il au fond de lui-même ? – les écoute avec attention.

C'est ce que je me tue à lui dire.

Vous savez pourquoi j'hésite. (Au cas où le mot lui échapperait :) Je ne le veux pas trop.

Ils sont comme chaque couple d'amants qui vont

et viennent, avec leurs prises de bec particulières sous la protection de La Table.

Et alors s'il en parle à ton père ? Ça peut donner quelque chose de bien. Si ça vient de lui, un homme important comme les aime ton père. Qu'il en parle !

Elle obtient le secrétaire général à l'appareil quand elle appelle le siège de la compagnie au numéro qu'on lui a donné, parvient à la secrétaire particulière, puis à l'assistante personnelle et finalement à M. Hamilton Motsamai lui-même. Elle a fini par se présenter à l'assistante comme la fille de Nigel Summers. L'avocat est affable (dans le jargon d'entreprise auquel elle est habituée avec les associés de son père), comment va Nigel, j'aurai une réunion avec lui la semaine prochaine, très bien – bien sûr je me souviens de vous, la maison de votre père est un endroit idéal pour se détendre... oui. Il a une voix grave et douce, une voix noire, qui semble venir d'un homme grand et large, mais elle se souvient qu'il est petit et vif. Si c'est urgent, bien sûr. Très bien. Après tout, c'est la fille d'Ackroyd – mais bizarrement, comme une sorte de contradiction, elle ajoute une touche embarrassante.

— J'espère que vous ne m'en voudrez pas de vous le demander – si vous êtes par hasard en contact avec mon père, pouvez-vous ne pas mentionner que je vous ai appelé.

D'un coup s'installe un secret entre elle et cet étranger que *lui*, son amant, ne saura pas. Bien que tout chez elle soit à lui. Ce n'est qu'un filament dans la ficelle des sournoiseries qu'il lui faudra apprendre, elle s'en doute, mais elle s'aperçoit qu'elle n'y est pas préparée, croyant avoir rejeté la fourberie conventionnelle. Lui, sa trouvaille ; elle en découvre une autre, au fond d'elle-même.

La secrétaire particulière qui prend le rendez-vous lui demande le numéro d'immatriculation de sa voiture pour qu'on lui réserve une place dans le parking souterrain de la compagnie. La bonne Toyota d'occasion que le mécanicien lui a dénichée trouve place dans la caverne. Elle regarde Abdou un moment, ou plutôt son avatar, se présentant agressivement chic, une écharpe de soie blanche autour du col de la chemise qui lui sied le mieux. Elle sourit mais il sait qu'elle est en train de mesurer avec d'autres yeux l'impression qu'il faut qu'il fasse. Ils émergent par un tourniquet de sécurité où ils glissent la carte en plastique que le garde à l'entrée leur a remise après vérification de la plaque d'immatriculation ; un autre homme en uniforme les guide afin de signer (elle griffonne son nom pour les deux) dans un livre de cuir, doré sur tranche, l'heure d'arrivée et ses coordonnées ; ils sont pris en charge par une jeune femme élégante, programmée pour commencer les propos par un *Et comment allez-vous aujourd'hui* dans l'ascenseur qui les mène au dix-septième étage. Les portes s'ouvrent sur un espace de réception débouchant sur des salles et des niches communicantes comme dans un hôtel cinq étoiles ; des palmiers pointent vers le dôme de verre, une fontaine perle par le bec de grues en bronze, sous les lampes sont regroupés des sofas et des chaises pâles en cuir pour les conversations. D'un petit salon filtrent les échos d'une sorte de banquet. La courbe d'un petit bar, seaux à glace en argent brillant sur des trépieds, un buffet masqué par les gens qui se servent dans un accompagnement de voix et de rires dont les aigus fusent comme une autre fontaine. Elle et lui s'arrêtent : les lumières s'allument sur scène.

On atteint la suite de M. Motsamai via le bureau de sa secrétaire et celui de son assistante, deux blondes lisses comme des otaries. Il ne reçoit pas la fille de son associé et le jeune homme (étranger) dans le bureau formel où il traite ses affaires, mais dans le salon adjacent, favorable aux discussions à deux, amplement confortable, avec un meuble pour la télévision et un éventail de journaux financiers sur la table en verre. Sa barbe en pointe clairsemée, à l'ancienne comme sur les gravures des rois tribaux, est assortie à l'œillet blanc à son revers flanqué d'une rosette.

Il est évident que c'est à la fille de Summers de parler.

Son visage change à mesure qu'il écoute son histoire. Comme si elle le ramenait à une vie antérieure : c'est la figure réservée et intensément attentive de l'avocat, pas celle d'un vice-président affable au siège d'un conglomérat bancaire. Le récit de cette fille devient confession avec tous les détails qu'elle a soigneusement appris par cœur, il est clair par son débit prudent qu'elle parle sous le contrôle silencieux de son compagnon.

Vu sa sagacité, sa maîtrise professionnelle, l'avocat a entendu se dévider d'innombrables confessions qu'il a analysées au fur et à mesure. Il alterne concentration sur les mots de la jeune femme et regards examinateurs posés sans scrupule sur son compagnon – oui, pour vérifier, par l'interprétation de ce qu'il entend, les actes et les motivations probables de l'amant.

Lorsqu'elle finit – ou plutôt arrête de parler, elle essaie de contrôler les émotions qui la gagnent, elle veut continuer à plaider, à présenter ses arguments, ceux de son amant; depuis ses années de prétoire l'avocat est familier de ce symptôme chez de nombreux témoins. Il s'enfonce dans sa chaise et presse ses épaules contre le coussin du dossier, des robes s'ajustent tout autour d'eux – l'avocat qualifié a été un temps juge suppléant et aurait pu être à présent l'honorable M. Justice Motsamai sur les bancs du Tribunal de grande instance s'il n'avait pas opté pour cette forme plus lucrative de pouvoir sur la destinée humaine, les institutions financières. De par son ancien métier, il est aussi trop bien habitué hélas au regard qui monte vers lui comme vers un oracle. C'est l'avantage d'avoir troqué la robe lourdement plissée contre un costume léger taillé sur mesure de ne plus faire face à ce genre d'attente; il a eu parfois à combattre ses propres émotions tout en sachant, vulnérable comme il était, Noir dont les parents avaient été eux-mêmes des plaignants, que rien de plus sibyllin que l'énoncé de faits bruts ne sortirait de sa bouche.

Il laisse un moment de silence afin de le leur signifier.

Puis il parle. – Vous n'êtes pas mariés.

— Non. Oh non.

Lui vient alors comme un point d'orgue, quelque chose entre l'exclamation et le grognement – une vieille assertion africaine. Ce peut être un signe de réconfort ou de menace – elle est habituée aux expressions non verbales naturelles aux Africains tout comme les Grecs, les Italiens et les Juifs ont les leurs, mais elle ne connaît que celles des jeunes qui ont perdu les ressources africaines les plus grandioses, les plus éloquentes en matière d'expressions traditionnelles, celles adoptées facilement par La Table, les bars, les rues, celles qui sont adaptées à l'usage général à travers toutes les cultures locales, issues de sa génération, toutes couleurs confondues.

— Les chances de réussir en appel pour Monsieur... ? auraient été peut-être légèrement meilleures si vous aviez été mariés. Il aurait pu bénéficier de la disposition permettant à l'époux d'une ressortissante sud-africaine – ce que vous êtes, vous Julie, Mlle Summers, indubitablement – de devenir résident permanent. Un instant : attendez... Recourir maintenant au mariage – à ce stade – ne pourrait que vous porter préjudice ; ce serait perçu comme une combine pour obtenir le statut de résident, un point c'est tout. Le mariage avec un ressortissant local est un facteur positif quand on cherche à s'installer dans un pays ou quand on fait appel pour un statut de résident permanent ou quand on veut surseoir à un ordre d'expulsion, il faut qu'il s'inscrive dans la durée – une preuve qu'il s'agit d'une relation authentique. Vous me suivez. Trop de candidats à l'immigration sont prêts à payer une femme en échange d'un certificat de mariage – une consommation sur le papier, le divorce intervient après un délai convenable. Le ministère de l'Intérieur qui vous a envoyé cet avis de départ (il pointe doucement sa barbe vers le jeune étranger) est au courant de ces astuces. Donc : sans utilité pour vous en ce moment crucial.

Une sorte de garantie de bonne réputation, avec des moyens financiers – en appui à la requête – est-ce que cela pourrait aider ? Il s'agit d'éviter d'être à charge de l'Etat, n'est-ce pas ?

La fille de Nigel Ackroyd Summers, bien sûr. Mais elle a soufflé, ne dites pas à mon père que je vous ai contacté... Vraisemblablement il a dû faire des dons en douce à sa fille – une pratique répandue chez les gens aisés pour s'assurer que les droits de succession le jour venu ne soient trop élevés.

— Des lettres de soutien, venant plutôt de gens de solide réputation... oui, ç'aurait pu vous être utile dans une situation avec moins, comment dirais-je, moins de préjugés. D'énormes préjugés. Que dire d'autre. Voici un jeune homme entré dans le pays par des voies douteuses qui, à l'expiration de son permis, est sommé de partir ; il y a combien de temps ?

La barbe la désigne mais elle ne répond pas ; confirmer ce laps de temps équivaut à l'aveu de culpabilité d'un criminel. La barbe s'incline vers le jeune homme, dans le box.

Un an cinq mois et quelques semaines.

Nous y voilà. Ah, eh... On vous a ordonné de quitter le pays il y a plus d'un an et cinq mois, et vous – disparu dans la nature – vous restez en violation de la loi, vous arrivez à *contourner la loi*, vous vous êtes rendu coupable au regard de la Loi sur l'Immigration, vous avez défié le ministère de l'Intérieur. Heureusement pour vous, à cause de leur inefficacité que je ne connais que trop depuis le temps où j'exerçais, votre dossier est passé par une faille du système, s'est perdu dans leurs ordinateurs, ils se sont mis à fumer, à bavasser, ont regardé leur montre pour rentrer chez eux et vous ont oublié ! Peut-être peut-on dire que vous êtes chanceux. Oublié ! Vous avez eu un répit, gagné du temps... Je ne sais pas si c'était heureux en regard de votre situation actuelle.

Mais ils sont assis devant lui *maintenant*, la jeune femme et l'homme qui est venu vers elle quand il a *disparu*, sous une voiture dans la crasse du sol d'un garage, des mois et des semaines leur ont appartenu, *il n'est pas pour vous, elle n'est pas pour lui*, mais ils se sont donnés, ils s'appartiennent l'un l'autre !

Personne ne peut résister à son abattage, on ne peut plus l'arrêter, il présente l'exposé des motifs, c'est un tic, ininterrompu.

— Vous vous êtes placé dans une situation difficile, avec des poursuites judiciaires à votre endroit, sans parler de l'arrêté d'expulsion. Voilà le point ennuyeux. C'est ce qui pèse à l'encontre de tous vos témoins de bonne moralité, vos cautions financières, vos garanties supplémentaires. J'ai le grand regret de vous rappeler ces faits irrécusables ! On vous a signifié que votre permis avait expiré et ne serait pas renouvelé ; vous avez choisi de rester illégalement, vous vous êtes débarrassé de votre identité et avez endossé un nom d'emprunt. Si vous étiez parti, rentré dans votre pays d'origine, allé n'importe où vous auriez pensé être admis, si vous aviez fait une nouvelle demande d'immigration hors de nos frontières – alors les témoignages de citoyens en vue auraient pu vous servir... de garanties... L'argent est toujours utile. Oui (la note profonde retentit, à nouveau étirée). Ah eh. Ces gens acceptent des pots-de-vin. Vous le savez. Nous le savons tous. Ah eh. C'est l'épidémie qui attaque la liberté regagnée par notre pays, nous ronge de l'intérieur, la plaie ouverte de la corruption. Très bien. Avec de l'argent sans doute – suffisamment d'argent – vous pourriez graisser une patte pour qu'elle déchire le dernier arrêté d'expulsion. Vous pourriez conserver votre faux nom quelques mois de plus, en prendre un autre, disparaître à nouveau pour – je ne sais pas, moi –

pour encore un an, puis un autre fonctionnaire plein de rancune contre le précédent retrouvera votre dossier dans un ordinateur, vous deviendrez multi-récidiviste, dérobade devant la loi plus subornation.

Vous ne pouvez donc rien nous suggérer, monsieur Motsamai.

Il continue de la regarder profondément, ses sourcils se lèvent lentement.

Une bouffée de ressentiment : *il n'est pas pour vous*, voilà ce qu'en réalité il veut dire, le fameux avocat fait partie des amis de son père et de leurs brillantes Danielle comparant les fonds de placement, assis dans son palace d'entreprise, cela ne sert à rien qu'il soit noir ; il a été une de leurs victimes, il est l'un d'entre *eux* maintenant.

Elle se lève pour partir. Mais comme si son vieux don de lire dans la détresse des plaignants lui avait donné l'intuition de ce qu'elle pense de lui, il l'ignore et se tourne vers l'étranger.

— Je sais ce que c'est. Mon vieux, mon peuple a été renvoyé de plus d'un bureau d'émigration ou d'immigration. Des années, des siècles. Moi-même, quand j'étais jeune. Lorsque j'ai eu la possibilité d'aller poursuivre mes études à l'étranger. Dans les années soixante – cela a pris trois ans – toujours oui-non, oui-non – pour se voir finalement refuser les papiers. Permis de sortie du territoire, une seule direction – ouste et ne reviens pas – c'est le coup de tampon que j'ai dû accepter.

Merci. Au revoir. Elle aussi, elle subodore où il

veut en venir, revendiquant à la fois sa légitime fraternité avec les souffrances de son peuple et son éloignement prospère d'aujourd'hui. Mais il a d'autres dons, acquis dans les tribunaux et les conseils d'administration, il sait comment réagir de façon désarmante à l'hostilité des témoins et des actionnaires difficiles. Il va répondre, à son heure, à la question qu'il a ignorée. – Bien... j'ai accepté jadis pas mal d'affaires apparemment sans espoir, je suppose donc que je peux vous indiquer un avocat assez stupide pour prendre ce genre d'affaires et suffisamment futé pour voir ce qu'il peut en faire. Je peux appeler un ancien collègue.

— Merci. Non. Merci.

Elle est arrêtée par une main crispée sur son avant-bras, celle qui lui prodigue des caresses.

— Ce serait bien. Merci beaucoup. C'est possible tout de suite ? Pouvez-vous le faire ? Nous irons le voir n'importe quand, sur-le-champ.

— Eh bien, j'ai une réunion, des papiers à consulter – mais je vais demander à mon assistante d'appeler mon collègue dès que je serai libre, et quand je lui aurai parlé, elle vous rappellera – elle a votre numéro, mademoiselle Summers, vous avez un portable, bien sûr.

Elle lui fourre les clés de voiture dans les mains.

D'accord. D'accord. Il lui réserve son beau sourire, celui des premiers jours.

Quel vieux schnoque pontifiant.

D'accord. D'accord. Avant de démarrer il fait le geste nécessaire, l'enserre du bras et embrasse sa joue tendue.

Nous trouverons nous-mêmes notre avocat. On n'aurait jamais dû aller le voir de toute façon. J'aurais dû savoir ce qu'il n'a pas arrêté de penser : *ce qu'aurait dit mon père* ! Et je ne crois pas qu'il sache vraiment grand-chose sur ce type de problème, pas assez spectaculaire pour un avocat comme lui, ce n'est pas un meurtre.

Tu as tort, tu sais. Il s'y connaît en matière d'impôts. Comment ne pas en payer, oui. Mais ça aussi c'est difficile. C'est le monde d'aujourd'hui, comme les autres amis de ton père, il sait comment tout cela fonctionne.

David connaît des avocats.

Quel genre d'avocat connaît David. Cet homme-ci est important, ses amis haut placés. Ecoute, Julie.

C'était le message de sa main agrippant l'avant-bras : je suis un homme. Je suis celui qui n'est pas pour toi mais qui te possède chaque nuit : écoute-moi.

L'appel arrive sur le portable (l'agence de relations publiques qui l'emploie insiste pour qu'elle l'emporte en permanence).

Cet appel n'a rien des échanges taquins dans le jargon des médias qu'ils affectionnent. Le nom du collègue de M. Motsamai, son numéro de téléphone, son appartement, la date et le lieu du rendez-vous. Julie et son problème se trouvent à La Table. La musique de fond est particulièrement importune aujourd'hui, mais personne ne l'entend : les amis suivent ses lèvres alors qu'elle répète l'information. L'un d'eux donne à l'amant un stylo-bille afin qu'il puisse prendre note, mais il n'a pas de papier et le poète, qui écrit souvent les vers qui lui viennent parmi les bavardages dans la chambre sonore du EL-AY, et qui soupçonne l'étranger de ne pas bien saisir la situation, note l'information parmi les griffonnages tantriques de son carnet.

Parmi les rares possessions du travailleur clandestin, il en existe une qu'elle ignore : un costume. Il a dû rester pendu dans sa housse en plastique dans la remise du garage. Il le met pour aller voir le collègue de Motsamai. Il a dit qu'il irait seul, et s'affiche clairement confiant. Il a l'air décontracté dans cette version costume-cravate chic, la tenue qui fait la marque des citoyens respectables comme la robe noire pour le juge, aussi à l'aise que dans son bleu de travail. Elle se rend compte qu'un clandestin se doit d'être une sorte de caméléon entre autres subterfuges. Elle l'accompagne, après tout.

Dans le cabinet de l'avocat c'est lui qui parle, une alternance de rapidité et de timidité, à la fois frustrante et puissante. Il trouve les mots : l'avocat les comprend, leur concision est un langage entre les deux hommes. Quelques papiers à signer. L'homme a un pli de chair rose sous ses sourcils tigrés, à mi-chemin de sa paupière supérieure ; sa physionomie a quelque chose d'hypnotique. On va demander une extension du délai de grâce de quatorze jours, il faut contacter plusieurs personnes dans certains services, tout ceci sera fait sur-le-champ. Ensuite la procédure pour obtenir un statut de résident permanent pourra commencer. Les honoraires sont parfaitement acceptés et notés. Le client sera tenu informé.

Il reste cinq jours sur les quatorze, quatre jours. Puis arrive un répit – l'hypnotiseur informe son client qu'une prolongation de quatorze jours est accordée, au motif d'un complément d'enquête demandé par le conseil juridique. Ils ne se pointent pas à La Table. Sous l'apparence d'un mécanicien il se rend tous les matins au garage pour un rituel qui a perdu son sens. Ils ne sortent plus le soir. Ils restent couchés sur le lit ou s'asseyent sur le pas de la porte réchauffé par une journée de soleil et parlent dans l'obscurité du jardin la nuit. Ils n'ont vécu que dans le présent et maintenant ils parlent d'un avenir dégagé ou voilé. Il existe désormais un point qui leur est commun, bien à eux.

Qu'est-ce que tu aimerais vraiment faire ?

Les sciences de l'informatique. Etudier encore un peu.

On pourrait gérer un projet ensemble, pendant que tu prépares...

Le Cap, ce serait un coin agréable.

Pendant que tu étudies, on pourrait lancer un petit projet, j'ai parfois vaguement songé, une agence de droits d'auteur sur Internet, un réseau, pas un bureau, tant de gens dans le monde des arts et du spectacle ne savent rien dans ce domaine, se font arnaquer chaque jour, je les connais. Je me sens plutôt à l'aise avec ces choses-là par mes contacts dans le milieu des relations publiques.

Le Cap... un endroit magnifique, dit-on.

Oui, peut-être ; on pourrait. Nous devrions nous éloigner d'ici. J'ai passé des vacances là-bas, depuis toujours – mais je n'y ai jamais vécu. Des vacances merveilleuses pour un enfant – la mer.

Tu aimerais y vivre.

J'ai toujours voulu vivre au bord de mer, je ne sais pas pourquoi je n'ai jamais trouvé l'énergie pour me sortir d'ici. Et toi ? La mer.

Je ne l'ai jamais vue. Jamais.

Elle presse sa paume contre la sienne : le sable, la poussière. La mer constitue l'oasis ultime du monde sec, sa profondeur varie avec la vie, sa surface est libre, des passages sans frontières, les marées montant sur cette côte-ci, puis sur celle-là.

Au septième jour de répit, l'avocat laisse un message sur le répondeur. Qu'ils viennent à trois heures trente.

Il s'absente du garage sans donner d'explications – cela n'a désormais plus d'importance. Elle l'emmène au cottage pour qu'il se change ; elle ne tient pas à lui dire qu'il n'est pas nécessaire d'enfiler son costume, les jeans élégants feront l'affaire. Ils ont tous deux cette étrange contraction dans la gorge, comme si une bouffée perdue s'était nichée là. L'expression sous le pli de chair, paupière à demi tombante, reste inchangée. L'avocat leur serre la main, et ils s'asseyent tous. Il ne s'adresse qu'à l'étranger car c'est lui qui est concerné par ce qu'il a à dire – la compagne est la fille de Nigel Summers, l'a informé Motsamai – rien ne la menace, elle est chez elle. Toutes les pistes ont été explorées. Jusqu'au plus haut niveau, pourrait-il ajouter. Motsamai a été plus qu'obligeant. Il n'y a aucune possibilité d'obtenir le statut de résident permanent. Il regrette vivement d'avoir à le dire : il n'y a plus rien à entreprendre, ni par lui-même ni par quelqu'un d'autre. Il se doit d'en informer le client afin de lui épargner de vains espoirs et des dépenses inutiles. – Pour être franc – si vous l'envisagiez comme une mesure désespérée, même l'argent ne trouverait pas preneur. Ainsi que vous avez dû le lire dans les journaux, il y a beaucoup de dénonciations de corruption dans ce secteur, actuellement, surtout dans ces services-là.

Il n'y a plus rien à demander ; mais ils restent.

D'abord l'avocat répète ce qu'il vient de leur dire ; les clients souvent ne veulent pas entendre, ne comprennent pas les mauvaises nouvelles, ils ont cru en lui au-delà de toute faillibilité professionnelle, au-delà de leurs propres schémas, au-delà de l'irréparable.

Tout d'un coup il parle à la fille comme si ce qu'il doit dire ne pouvait être annoncé au client que par un de ses proches – trop brutal pour être communiqué directement. – Il devra quitter le pays dans les dix jours. C'était une semaine, pour lui j'ai obtenu une prolongation.

Ils retournent – ils sont de retour – au EL-AY. Où aller ailleurs en ce qui la concerne ? Pour lui, cela a toujours été nulle part.

Elle raconte l'histoire à l'envi à ses amis, à mesure que l'un ou l'autre rejoint La Table pendant la narration. Ils veulent tous les détails, c'est leur façon de montrer de l'intérêt ; ils se répètent, soupèsent, reposent la même question, un chant à plusieurs voix. Tout autour, les allées et venues, les rires, le raclement de chaises, le passage de musique en boucle, les cheveux rejetés en arrière, les saluts ostentatoires, les murmures se poursuivent : La Table aurait pu tout autant être en train de célébrer un anniversaire.

— Je te l'ai déjà dit, mon frère, disparais. C'est la seule façon. Comme les Mozambicains, les Congolais, les Kenyans et que sais-je encore.

— Mais il s'en sortirait mieux ailleurs. Durban, Le Cap, pars d'ici.

— Surtout *pas* ! C'est la seule ville assez grande, le seul labyrinthe où l'on peut se perdre.

— Bien sûr, sinon comment les autres s'en sortiraient-ils ? Dis-moi. Sur chaque trottoir on trébuche sur leurs sculptures et leurs conneries – on les trouve partout bavassant joyeusement en swahili ou en français. Ils sont si nombreux que personne n'arrive à les contrôler. Un nombre invraisemblable. On ne parvient pas à les attraper.

— C'est la nuit et le jour, mon vieux. Ils sont noirs comme moi. Notre ami Abdou que voici n'est pas l'un d'entre eux, son visage et tout le reste l'indiquent – voilà tout.

— Des conneries, quel genre ?

— Pas de la drogue, je peux t'assurer, mais du kitsch, si tu es capable d'en reconnaître quand tu en vois.

— Je persiste à croire que vous avez pris le mauvais avocat. T'es trop bien éduquée, Julie, mains propres des beaux quartiers, le bigot du dimanche ne voit que les peccadilles, ma fille, il ne condamne pas les magouilles des entreprises, mais il décrète « ce n'est pas *bien* de prendre un avocat marron ». Tu ne vas pas me dire qu'on ne pouvait rien arranger. Grands dieux, le grand ponte au ministère de l'Intérieur vient juste d'être démis de ses fonctions pour corruption...

Julie sonde doigts écartés le bois de La Table. – Je ne suis pas si naïve, ni sur ce qui se passe dans mon milieu d'origine, ni au ministère de l'Intérieur. Le problème c'est précisément ce que tu viens de suggérer. Quand on en vient à magouiller. Pas de scrupules fantaisistes. Nous savons de source sûre que tout le monde là-bas a la trouille de se faire graisser la patte aujourd'hui. Il se retrouverait aussi sec arrêté pour corruption de fonctionnaire, en plus du reste.

— No-on... plus tu grimpes haut, moins on a de chances de t'atteindre. Tu ne vas pas me dire qu'avec les bons contacts...

Allusion à son père, bien entendu ; La Table a toujours masqué à Julie qu'elle a, sous-jacente, une vive conscience de la fortune de son père, par opposition au milieu – dépourvu de Rovers millésimées – d'où viennent cet intervenant et plusieurs amis. Quelques exceptions – ceux qui comme elle se sont échappés des Quartiers chics – savent que Nigel Ackroyd Summers ne prendra jamais contact avec un ministre qui partage ses dîners pour lui demander que cet étranger venu d'un pays arriéré puisse continuer de coucher avec sa fille. Bref rejet de la part de l'un d'entre eux : – Ce n'est pas concevable, Andy.

— Mais tu ne peux pas me dire...

— Si des centaines, des milliers de personnes s'en sortent, il *doit* y avoir une solution. Faut se renseigner. Partout.

Partout *c'est* ici.

Elle attend des réponses qui ne viennent pas ; les amis se sont toujours blottis l'un contre l'autre pour trouver des solutions à tout ce qui pouvait survenir à l'un d'eux. Des solutions alternatives pour des vies alternatives ?

Si seulement, cette fois-ci, comme leur ami vivant chaque jour sous l'arrêt de mort du SIDA, on pouvait transformer une nouvelle insupportable en un rire de réconfort.

— Disparais, mon frère. Comme je l'ai dit.

Leur vieux parasite, le poète, est resté silencieux pendant la narration dix fois répétée de l'histoire. Il plie une feuille qu'il vient de déchirer de son carnet sur laquelle il vient d'écrire et la lui glisse dans la main.

De retour au cottage elle tombe par hasard sur un crépitement dans sa poche de chemise au-dessus du sein gauche. Elle tâte la poche, *partout, faut demander partout* et en sort un bout de papier, distraite ; il est en train de boire de l'eau, un verre, deux verres, de longues gorgées au-dessus de l'évier, à la dernière il se met à haleter et secoue lentement la tête. Elle déplie le papier et le lit.

« Ce n'est pas le texte entier mais la première partie et c'est écrit par quelqu'un que tu ne connaîtras pas nommé William Plomer. »

Allons dans un autre pays
Ni le tien ni le mien
Et recommençons.
Un autre pays ? Lequel ?
Un pays sans feux, où la fièvre
Se tapit sous les feuilles, et l'eau
Vendue à ceux qui ont soif ?
Emportant de la drogue ou des papiers

Un amant de fortune

Dans nos chaussures pour ne pas mourir de faim?
L'espoir sera notre passeport,
Le reste est sous-entendu
Prononce le mot.
« (Désolé, je ne me souviens plus comment cela se termine.) »

Elle le lit à haute voix à son intention, mais c'est à elle que le poème s'adresse.

Stupides.

Certainement. Surtout quand ils parlent de choses que tu connais mieux qu'ils ne le sauront jamais. On se sent stupide si on ne parle pas – si tu ne parles pas leur langue comme eux. Il faut utiliser ta langue et tes lèvres à d'autres fins, ton pénis et même la plante de tes pieds pour caresser les siens au fond du lit, au lieu d'étaler tes opinions, tes convictions.

A quoi cela sert-il, maintenant ?

Il n'arrive pas à faire l'amour. Elle n'a jamais vécu cela avec aucun autre amant. Sans rien lui dire, il prend la voiture – où est-il parti ? Il revient avec les affaires qu'il a laissées dans l'appentis du garage. Le sac en toile, avec des étiquettes usées dans un alphabet insolite, tombe sur le sol de la pièce où ils ont mangé et dormi ensemble.

Il lui demande si elle sait où il peut trouver un billet d'avion bon marché. Bien sûr, elle connaît ;

son travail avec les groupes pop et les organisateurs de conférences induit qu'elle est en contact avec des agences de voyages et des compagnies aériennes. Elle le regarde, le scrute, incrédule, pendant qu'il parle.

Tu feras ça pour moi ? Tu me diras où m'adresser.

Ses seins gonflent et se dégonflent sous le sweater et les narines de son nez effilé (il ne l'a jamais trouvée belle mais a toujours admiré ce nez, depuis le moment où il a émergé de dessous la voiture) sont raides et dilatées. Que va-t-il se passer, des larmes, un éclat – il lui faut s'avancer vite pour éviter l'orage, il la prend dans ses bras comme s'il mettait sa main sur sa bouche.

Les problèmes qui agitent Julie, non seulement dans cet instant de confrontation directe, mais au fil des jours rayés de la liste par l'apparition de la lumière dans l'interstice des rideaux au-dessus de leur lit, elle ne peut pas en discuter avec lui. Pas encore.

Disparais. Comme j'ai dit.

D'une manière ou d'une autre. Il disparaît dans une autre ville, sous une autre identité, garde ses distances ; ou il disparaît par expulsion.

Ils reviennent le soir au café EL-AY, loin du silence du cottage et du sac en toile avachi, parce qu'il y a des chances de rencontrer parmi les amis quelqu'un dont elle se sente très proche.

Cette lutte en elle lui serre le cœur. Ce tourment la domine, inconnu d'eux, même de ceux qu'elle pensait proches et qui, du coup, deviennent étrangers à ses yeux. Elle a le sentiment de ne pas les connaître, aucun d'entre eux, de la façon dont elle connaît maintenant Abdou, l'étranger qui est venu à elle du ventre d'une voiture, austère mais offrant son magnifique sourire, anobli par sa vie cachée, comme l'est son nom. Ses familiers, Copains, Frères et Sœurs : tous des étrangers, l'intime c'est lui.

Alors que se passe-t-il ?

— C'est dégueulasse. Ils se faufilent dans les aéroports avec de la cocaïne dans le cul, de l'ecstasy dans le vagin – et je ne parle pas des types qui les font venir – et on refuse Abdou, on le jette dehors.

Ni l'indignation ni la sympathie ne comptent ; le couple n'est que l'objet de l'animation et des démonstrations habituelles de la soirée. Demandons encore du vin, tu en as besoin, Julie, allez, toi aussi Abdou. Un joint circule, c'est peut-être ce dont a besoin un prince oriental. Le poète est absent. Il n'y a personne. Il n'y aura personne pour elle, dans cette ville, dans ce pays.

Le couple ne boit ni ne fume et part tôt. La place qu'ils viennent de laisser à La Table est un silence ; brisé :

— Ce n'est pas la fin du monde. Notre copine est déjà tombée amoureuse quelquefois par le passé, nous le savons bien.

— Cette relation était vouée à l'échec depuis le début.

— Allons, ce n'est pas un mauvais bougre, il avait simplement besoin d'un couvert. Et d'un lit. Apparemment il savait comment l'occuper.

— Je ne l'ai jamais vue comme ça. Mauvais signe, mec.

Un nouveau membre du groupe passe la main sur son crâne rasé, écarquillant les yeux comme pour suivre cette familière de La Table et l'étranger s'éloignant de ce brouhaha de samedi soir qui les gifle.

— Julie devrait décompresser.

Comme cela n'a plus de sens de jouer au mécanicien, il passe ses derniers jours dans le cottage. Il manque d'appétit mais a toujours soif; il est couché sur le lit, désormais sans autre utilité, un grand jerricane d'eau fraîche à ses côtés.

Elle le trouve ainsi quand elle revient du travail, une enveloppe de l'agence de voyages à la main. Elle vient la lui remettre. Il laisse passer un temps, étudiant le nom de l'agence, le logo représentant un grand oiseau en vol comme pour se convaincre d'un présage. Il incise le bout de l'enveloppe d'un coup d'ongle et l'ouvre de l'index. A l'intérieur se trouvent deux billets d'avion.

Elle est plantée devant lui, les mains jointes dans le dos, comme une écolière.

L'heure est venue : il n'y a eu aucune description

de cette Julie, on sait peu à quoi elle ressemble, à moins que les faits et gestes d'un individu n'évoquent un visage, un corps. Il n'existe toutefois pas de description qui soit *la* description. Chacun voit un visage différemment – son père, Nigel Ackroyd Summers, Danielle son épouse, sa mère en Californie quand elle cherche à s'en souvenir, ses contemporains de La Table, le vieux poète qui n'a jamais publié ; son amant. La figure qu'il aperçoit est le visage de référence pour la situation présente. Les deux billets d'avion qu'il tient à la main, retourne, déplie, vérifie, matérialisent un visage, un visage pour lui, qui n'existait pas auparavant, le visage de l'impossible. Ce qu'elle était, ce qu'elle est – Julie en tant que femme lui saute aux yeux.

Elles aiment s'entendre dire ce qui est beau en elles – les femmes, partout dans le monde – mais je suppose que je ne l'ai jamais fait parce que je ne voyais pas comment l'exprimer comme je peux le faire à présent dans ma propre langue. Nous aussi nous avons des poètes dont elle n'a probablement pas entendu parler, Imru' al-Qays, Antara. Faut que je comprenne ce que je vois quand je regarde cette fille, cette femme – quel âge, vingt-neuf ans, un an de plus que moi. Mais c'est la vie et non les jours et les ans qui font l'âge ! C'est une enfant, ce sont tous des enfants, et elle se lance à présent dans quelque chose qui n'est pas pour elle, une vie qu'elle ignore totalement, dont elle n'a pas la moindre idée, chez eux l'innocence c'est de l'ignorance.

Elle s'est pointée au garage comme n'importe quelle femme avec une voiture donnée par un mari ou un père, avec cette insoupçonnable liberté de pouvoir aller et venir où bon lui semble, de parler à un homme étrange, de me donner l'ordre tandis que je m'extrais de dessous une voiture, me lève, moi, un pauvre mec crasseux en salopette, de la suivre dans la rue. Se rend-elle compte qu'une fille ne peut se promener seule là où l'on va me renvoyer. Je ne crois pas que je l'ai vraiment regardée. Ce jour-là. D'accord : une Européenne – ils ne s'appellent d'ailleurs plus ainsi, ils ne se trouvent pas en Europe – ils sont d'ici. Très blanche, jeune, pas chic mais habillée dans un style qui – pensent-elles – masque la différence entre riches et pauvres, de la même façon que mon bleu de travail déguisait le fait que je suis un clandestin en cavale. Mais elle m'a regardé. Je ne sais pas ce qu'elle a cru y voir, elle m'a invité à prendre un café. Et la voilà dans cet endroit tapageur, avec un homme étrange, un moins que rien qu'elle a dégotté sinon dans la rue du moins dans un lieu qui ne vaut guère mieux. Je pense qu'à ce moment-là je l'ai perçue comme femme. Elle n'était pas blonde – mes oncles et mes cousins m'ont vanté le charme qu'ont à leurs yeux les blondes – les cheveux d'un brun quelconque, doux et raides tombant derrière les oreilles. Plus tard, sur l'oreiller, j'ai remarqué que son oreille était petite et bien collée. Mignonne. Des yeux gris comme l'eau, pas grands, me regardant toujours en face. Quoi d'autre ; des sourcils plus sombres que les cheveux, mais non épilés en une ligne fine, comme les filles de chez moi qui vous charment en les levant, les baissant et les fronçant. Une bouche peinte en sombre dont les muscles bougent doucement, inconsciemment, quand elle suit ce que lui dit un interlocuteur. Comme si elle apprenait une langue. Essaie d'apprendre. Comme si elle savait, d'accord, qu'elle ne sait rien. *Rien!*

Son idée est absurde. Que pourrait-elle faire là-bas. Qu'en ferais-je. *Là-bas.* Responsable envers son père, elle pense qu'il ne compte pas, mais c'est un notable de cette ville et je serai le sale étranger pernicieux qui l'emmène dans un bled écrasé et corrompu, un pays auquel les Européens n'ont même pas cherché à se cramponner, dont ils ont été contents de se débarrasser, le pétrole lui-même se trouve de l'autre côté de la frontière. Enlèvement; c'est ce qu'on dirait dans mon pays. Elle ne sera d'aucune utilité. Ni pour elle, ni pour moi. Elle n'est pas pour moi, ne peut-elle s'en apercevoir? Trop gâtée, trop dorlotée pour comprendre ce qu'elle est, elle croit qu'elle peut tout obtenir, elle ignore ce qui lui manquera toujours à savoir la capacité de survivre à ce qu'elle vient de décider. Folie. Folie. Je pensais qu'elle était intelligente. *Une stupidité.* Voilà. Un point c'est tout.

Pour la première fois depuis leur tasse de café initiale, ils se disputent. Lui qui parle doucement se met à crier. Lui qui était beau devient laid de colère et de mépris.

Qui t'a demandé d'acheter deux billets. Tu ne m'as rien dit. Tu ne penses pas qu'on aurait pu en parler ? Non, tu es habituée à prendre seule toutes les décisions, tu fais comme tu l'entends, sans l'avis de ton père, de ta mère ni de personne. Et moi – qui suis-je, ne dis rien, ne demande rien – tu ne peux pas vivre dans mon pays, ce n'est pas pour toi, tu n'as pas idée de la vie là-bas, c'est un pays mortel. Tu ne peux pas le comprendre ? Je ne peux pas être responsable de toi.

Elle se raidit de colère sèche.

Personne n'est responsable de moi. Je suis responsable de moi.

De toi. Toujours de toi. Tu crois que c'est très courageux. Il faut que je te dise. Tu ne sais être responsable de toi qu'ici – ce coin, tes amis du café, ton pays où tu as tout. Je ne peux être responsable de toi. Je ne le veux pas.

Il voit, il ne peut s'empêcher de voir – tout change en elle. Tout ce qu'elle a été pour lui, l'entente physique, la tendresse, toute l'expression de son être qui s'était concentré pendant les rencontres avec les avocats, l'humiliation devant l'indifférence de l'administration, sa reconnaissance de l'homme sous l'inconnu au nom d'emprunt – voilà ce que possèdent et révèlent à la fois son visage et son corps. Ses mots *Je ne le veux pas* sont un coup de massue.

Tu ne veux pas de moi.

Ce n'est pas son genre de prononcer ces mots ; il les entend comme elle les entend. Ce n'est pas à elle de le dire ; elle ne sait *rien*. C'est vrai, mais il voit, il sent, il lui apparaît quelque chose qu'il ne connaît pas : cette étrangère a pour lui – des mots magnifiques lui viennent dans sa langue maternelle – un profond attachement. Quel homme, quelle femme peut refuser cela ? L'attachement. N'est-il pas naturel d'être aimé ? D'accepter une bénédiction. Elle connaît déjà *quelque chose*. Même si cela vient de l'ignorance, de l'innocence ou de la réalité.

La puissance lui revient, car cette étrangère le prend tel qu'il est. Cette nuit il fait l'amour avec une tendresse partagée – qu'on la qualifie comme on voudra par un mot ancien – contre laquelle il s'était prémuni – avec quelques défaillances – il n'a pas les moyens de ses engagements, dans sa situation, il lui faut être capable de prendre ce que l'étape suivante peut offrir. Cette nuit ils font l'amour, ce genre de voyage qui est un autre pays, un pays en soi, ni le tien ni le mien.

En acceptant l'amour on gagne l'autorité pour imposer des conditions. Ils n'ont jamais échangé de vieux mots usés, ce sont des clichés bourgeois à leurs yeux, ou peut-être leur faudrait-il un vocabulaire différent dans chacune de leurs langues. Mais la conséquence est commune : si tu m'aimes, tu feras comme je t'ai dit, ou tu feras au moins quelques concessions pour me plaire. Il est juste qu'elle informe son père de sa décision. Cette idée la remplit de désarroi. Il insiste. Elle vit toute la scène à l'avance, et la réalité le confirme : elle se rend seule, s'assied sur la terrasse où se déroulent les lunchs du dimanche et ses intentions deviennent grotesques dans ce cadre où son père l'écoute. *Tu as toujours mené ta barque comme tu l'entends, et par amour pour toi j'ai respecté ton choix même si par moments cela m'a causé du souci – et même blessé, oui blessé. Tu manques d'égards pour le tort que tu fais, indirectement, à ta famille. J'ai dû te gâter, c'est ce qui arrive aux parents après un divorce. C'est ma faute. Quoi qu'il en soit. Plusieurs fois il m'a fallu t'épauler, prêt à te soutenir, à te rattraper quand tu tombais, et je ne respirais que lorsque tu avais recouvré tes esprits. Je n'ai jamais pensé que les gens que tu fréquentes sont dignes de toi – ne souris pas, cela n'a rien à voir avec l'argent ou la classe sociale – mais je me disais qu'avec l'âge tu le découvrirais par toi-même. Que tu ferais quelque chose de ta vie et de tous les avantages que tu as reçus – dont ta liberté. Tu as presque trente ans. Et voilà que tu débarques sans crier gare et que tu nous annonces que tu pars dans la semaine pour l'un des pires pays du tiers-monde, pauvre et arriéré, suivant un homme qui a vécu ici en clandestin, te laissant expulser – oui – de ton propre pays, jeter dehors avec lui, quelqu'un dont on ignore tout, Dieu sait quels sont ses antécédents. Qui est-il chez lui ? Qu'y fait-il ? Quelle est sa famille ? Ce que l'on sait, ce que tout le monde sait, c'est qu'il s'agit d'un endroit dangereux, une région de gangs politiques rivaux, un système de santé effroyablement inexistant – sans parler des femmes : toi, toi pour qui l'indépendance, la liberté, sont si importantes, hein, là-bas les femmes sont traitées comme des esclaves. C'est la culture, la religion. Tu perds la tête. Que puis-je dire d'autre.*

Et tout d'un coup il a l'air vieux, son père, désarmé plutôt que fâché, une tactique familière, elle est reconnaissante que son amant ne soit pas là pour le voir.

La rencontre est presque aussi dramatique que ce qu'elle a envisagé, grâce à la confirmation imparable des deux billets d'avion – aucune autorité tapie dans l'amour paternel ne saurait les annuler – parce qu'il semble qu'il y ait une autre crise dans la famille dont elle n'a pas eu vent.

— Ma fille et mon frère... Qu'est-ce qui peut encore nous tomber de plus. Tous deux en danger. Tu as toujours été très attachée à ton oncle, je parie que tu as été le voir pour ton affaire, n'est-ce pas. Tu sais ce qui lui arrive, le sais-tu ? Tu tournes le dos à tout ce qui fait ta vie.

Elle demande très vite : – Archie – Archie est malade ? Son père fait un geste à sa femme. – Danielle saura mieux te le raconter, ce sera mieux expliqué par une femme, tu connais bien le contexte.

Après que Danielle a raconté ce qu'il lui a demandé de dire, et que sa fille l'a quitté sur une embrassade gauche qu'il a tout juste acceptée, Danielle s'approche de lui par-derrière et substitue sa propre embrassade par-dessus ses épaules. – Tu t'attendais à quoi. Avec les gens qu'elle a toujours fréquentés. Dès le dimanche où elle l'a amené, j'ai pressenti des problèmes. Celui-là est différent des autres.

Le docteur Archibald Charles Summers exerce depuis près d'un demi-siècle.

Après quarante et un ans son éthique professionnelle est inaltérable, comme l'amour; il s'y est toujours conformé.

Avec son harem de beautés lui passant littéralement sous la main, le gynécologue aurait eu pendant quarante et un ans d'innombrables occasions d'y déroger. Cet après-midi comme tous les après-midi l'antichambre où elles attendent son appel est bondé. Ses filles. Ce jour-là une ou deux sont de nouvelles patientes, attirées sans doute par la foi des autres dans les pouvoirs curatifs et compatissants de leur « Archie ». Les nouvelles venues sont identifiables car elles sont en train de remplir des formulaires à la réception sous l'œil serein de l'élégante Farida. Celle-ci se souvient bien – on peut faire confiance à sa mémoire – des deux femmes, la première du genre à venir pour une première grossesse et l'autre, trente-cinq ans d'après son formulaire, une femme d'allure jeune – bien dotée à tous égards (l'image qu'en gardera plus tard Farida), vêtements de luxe et bagues, des seins moelleux comme des marshmallows se rejoignant dans le décolleté plongeant de sa robe tandis qu'elle se penchait pour écrire. Elle était parmi les premières sur la liste et n'a pas eu trop longtemps à attendre. Farida connaît tous les spécimens : celle-là est du genre à feindre qu'il n'y a personne d'autre autour d'elle, aucune autre femme. Elle n'a pas apporté de livre, à l'inverse de ce que font les intellectuelles, elle n'a pas fouillé dans son sac ni pris et rejeté les magazines comme le font les autres. Du genre tendue et arrogante, pleine d'elle-même.

Dirigée vers le cabinet de consultation, elle salua le médecin comme soulagée de quitter la salle d'attente et de se retrouver avec un égal. Elle s'adossa confortablement sur la chaise face au bureau, peuplé de signes de gratitude de la part de patientes, presse-papiers en malachite, agenda gravé à son nom, un lot de stylos dorés et argentés, une calculette miniature, deux statuettes, copies de quelque divinité – il fut interrompu par un coup de fil urgent, et elle se saisit d'un des objets sacrés et le retourna, souriante. Comme il raccrochait avec un geste d'excuse, elle remit le dieu en place. – Comme le bon docteur Freud vous aimez vous entourer d'art ancien.

— Ils sont beaux n'est-ce pas. Egypte, période hellénistique, m'a-t-on dit.

— Eh bien ils constituent j'en suis sûre un changement judicieux par rapport au présent, aux problèmes de gens comme moi.

Il reconnut alors, soudain, que ce n'était pas une femme à approcher avec de menus propos. – Ecoutons donc ces problèmes. – Il sourit légèrement en jetant un œil sur son dossier médical.

— Je suis au beau milieu d'une procédure de divorce et vous savez ce que c'est, l'avocat dit que si je veux obtenir la décision qui m'est due, je ne dois pas être surprise avec quelqu'un d'autre – si les avocats de mon mari apprennent qu'il y a un autre homme...

— Je comprends. Oui, c'est généralement le cas...

— Voilà. J'ai un problème.

— Il y a un autre homme. Oui, c'est aussi généralement le cas. Vous avez – voyons voir – trente-cinq ans. C'est un âge difficile pour les femmes. Si seulement les hommes pouvaient comprendre cela, il n'y aurait pas autant de divorces.

Ils rient de concert.

— Vous me voyez donc venir, docteur. Je pense que je suis enceinte. Dieu sait comment c'est arrivé, je suis prudente. Le symptôme classique, pas de règles depuis deux mois. La première fois j'ai mis ça, comme tous les gens qui se plaignent aujourd'hui, sur le compte du stress. J'ai un nouvel emploi – gestionnaire des crédits dans une multinationale et voilà ce qui me tombe dessus. J'ai fait cette espèce de test urinaire – résultat négatif, mais je ne m'y fie pas.

— Des enfants de votre mariage ?

— Non. Un avortement, il y a cinq ans. Je ne suis pas du genre maternel, c'est un des – nombreux – points noirs de ce mariage.

— Si donc nous trouvons que vous êtes enceinte, vous ne souhaitez pas garder l'enfant. Ou votre amant. Il me faut vous le demander, savez-vous. De votre réponse dépend ce que nous allons, par la suite, examiner ensemble.

— Pas d'enfant. Non. Il n'en saura rien non plus. D'ailleurs je crois que c'est fini avec lui. Je ne veux aucune complication. Je ne pensais pas que vous fussiez un de ces médecins qui désapprouvent l'avortement.

Cette femme fait donc partie des insatisfaites. Elle croit qu'elle est une mauvaise femme, elles le croient toutes, les filles, quand elles veulent avorter pour une raison de ce genre, elles prennent l'air effronté, mais se sentent anormales, c'est ce que leur diraient leur mère et leur grand-mère, elles ont encore leur avis à l'oreille. – Mais non, ma chère, je ne suis pas contre. Une vie non désirée vaut rarement la peine d'être vécue. Mais je dois avoir quelques pistes quant aux options, pour votre bien. Venez, nous allons voir.

Cela a dû se passer comme ça.

Elle s'est déshabillée dans la cabine où pendent des peignoirs informes pour couvrir discrètement la nudité obligatoire exposée au médecin, un rituel très différent d'un déshabillage par un amant, bien qu'il en soit la conséquence. L'infirmière l'appela « darling » et tout en fredonnant la conduisit à la salle d'examens, le saint des saints d'Archie, sans fenêtre ; l'infirmière se retira ; elle s'allongea sur le drap blanc impeccable qui recouvre un lit d'acier et contempla le lavabo et ses robinets que l'on peut manœuvrer avec les coudes, les gants de latex poudrés, les pots d'onguents et un long instrument luisant sur une petite étagère.

Le médecin entra par une autre porte, la ferma doucement derrière lui, lui fit un signe rassurant de la tête et s'en fut à ses préparatifs avec le calme sacerdotal qu'appréciaient tant ses filles, toutes traitées avec le même respect lors de cet abandon de leur corps sans intimité. Il entrouvrit le peignoir, déposa une serviette de lin sur le pubis afin qu'elle ne fût pas gênée de voir sa main gantée qui commença par ouvrir l'entrée, puis pressa ce qui devait être les longs doigts de sa main chaude tout à l'intérieur jusqu'à toucher quelque résistance ; ce devait être l'utérus, le centre de toute vie, objet sacré de la mission du docteur. La main lui procura une brève sensation, une douleur vague comme le chagrin ; la main, le contact – tout se retira.

Il retira le gant, tourna vers elle un visage annonciateur de bonne nouvelle. – Vous n'êtes pas enceinte.

Il la vit pousser un grand soupir et pencher sa tête en arrière. Ses filles. Si les hommes savaient les angoisses qu'endurent les femmes.

— Mais tout n'est pas parfait à l'intérieur, ma

chère. Laissez-moi vous expliquer. Il referma les pans du peignoir tandis qu'il retirait la serviette. Il s'était perché comme à l'accoutumée sur le rebord du lit d'acier, une jambe tendue au sol, l'autre repliée sur le genou, pour réconforter par sa présence ses filles anxieuses, pour elles, quelle que soit la gravité de ce qu'il avait à leur dire. Il posa une main rassurante sur le bout de peignoir qui couvre la hanche et lui dit : – Il n'y a pas de quoi s'inquiéter à l'heure actuelle, mais vous avez une inversion de l'utérus, cela veut dire qu'il est retourné, pas bien en place – vous n'avez pas mal au dos ?

Il vit – il s'en souvint – qu'elle se mordait la lèvre inférieure, comme un enfant réprime un sentiment de triomphe.

— Non. Non, non.

— Eh bien n'y touchons pas. Si vous commencez à avoir mal, nous ferons quelque chose. – C'est une femme intelligente, elle aimera une de ses vieilles boutades de l'armée que toutes ses filles ont entendue. – Ne demandez pas à voir le général avant qu'il ne vous appelle.

Elle se saisit de la main posée sur elle et la pressa. Il la retira doucement mais fermement, il était habitué à ces mouvements de remerciements impulsifs, les femmes sont en effet soumises à de fortes tensions.

De retour à son bureau, sa patiente et ses vêtements élégants devant lui, la tenue d'une femme qui se croit quelqu'un, qui se présente non sans raison comme belle, il écrivit l'ordonnance habituelle en cas d'aménorrhée et la renvoya avec un mot de prudence, mi-remontrant, mi-amusé – mais ne vous fiez pas à votre utérus – prenez chaque matin la pilule, hein

— Je n'ai pas besoin de revenir ?

— Vous êtes une femme en parfaite santé. Prenez simplement soin de vous. C'est ce que je dis à toutes mes filles et j'espère qu'elles m'écoutent.

— Toutes. – Moue ironique. – Oh. – Elle prit la petite divinité, la reposa. – Vous ne pensez pas que je doive vous revoir. De toute façon.

Ses filles. En tant que mentor parfois leurs attentes dépassent ce qu'il peut donner. Quand la consultation est finie – c'est l'heure de la suivante – il l'indique en se levant, en faisant le tour du bureau et en venant leur serrer la main : aujourd'hui, avec cette femme, comme d'habitude.

Ce week-end-là le docteur et Sharon son épouse s'octroyèrent, dans leur double amour de la musique et de la campagne, des marches à pied dans un site touristique où un trio de musique de chambre donnait un concert, rien que du Mozart. Lorsqu'il rentra le lundi de sa tournée hospitalière du matin une citation à comparaître l'attendait à son cabinet, pour harcèlement sexuel. La plaignante était sa nouvelle patiente.

Ils ne consacrent leur temps à rien d'autre qu'aux

à-côtés des deux billets d'avion, sa demande de visa, la commande de traveller's cheques en dollars, lettre aux propriétaires du cottage signifiant qu'il sera libéré dans la semaine, que le locataire ne reviendra pas, non, tout ce qui pourrait y rester serait à leur disposition. Une élégante valise à roulettes avec des poches pour les documents et une fermeture à code (un cadeau d'anniversaire choisi par Danielle et remis par son père voici un an ou deux) se trouve à côté du sac de toile. Elle ne sait que penser, que dire, en rentrant précipitamment de la visite d'adieu à son père, imposée par son amant. Qu'elle revienne sur les nerfs, c'est inévitable, il l'accepte à l'avance. Confusion totale, il ne s'agit plus d'elle ni de son père mais – quoi – d'un oncle, quel oncle ?

Archie. Celui que je suis allée voir, quand on essayait de... Comment est-ce possible ! Pourquoi lui en veut-on, pourquoi nous en veut-on à nous tous, que se passe-t-il, que se passe-t-il.

Qu'espère-t-elle qu'il dise. Chaque société a ses règles propres et une façon de traiter ceux qui les transgressent – mais il ne connaît pas les termes anglais appropriés. C'est un homme âgé, n'est-ce pas ? Il faut comprendre que ces choses-là arrivent.

Mais il ne comprend pas ce qu'elle veut dire par *que se passe-t-il* ! Il ne comprend donc pas ! Une succession de tremblements de terre inimaginables : un bannissement, une expulsion, une accusation que l'on ne saurait porter, jamais de la vie, à l'égard d'un tel homme, l'homme qui aurait dû être son père. Et maintenant voilà qu'elle est abasourdie de ce qu'il pense, lui, l'amant, l'aimé : suffisant, pas même choqué. *Impensable* de croire qu'il réagirait ainsi ! Impensable !

Mais est-ce que je le connais. Je n'ai jamais vu cet homme. Je parlais des hommes âgés en général. Pauvre homme.

Archie était toujours disponible pour elle. Il avait dit, il y a quelques jours à peine, viens me voir, Sharon et moi, à tout moment. Et maintenant : comment le soutenir... elle s'apprête à téléphoner, mais lui, l'amant, sait ce qu'il convient de faire. Ce n'est pas bien. D'appeler. Il vaudrait mieux que tu ailles le voir. C'est ainsi qu'il convient d'agir, si tu veux...

Oh ! oui, elle *veut*. Cette horrible chose n'a pas le droit d'atteindre Archie.

Harcèlement sexuel – la main du chef remontant la jupe de sa secrétaire, l'homme politique tripotant les seins de son assistante – ça c'est pour les gazettes à sensation. Il écoute patiemment – peut-être son esprit vagabonde-t-il ailleurs, elle est trop absorbée pour s'en apercevoir – tandis qu'elle continue de lui rabâcher ce que son oncle représente pour elle, pour les autres, ses années d'attentions, de dextérité, de guérisons, bien avant qu'elle ne soit née. Plus tard dans l'après-midi elle reprend la voiture, il l'entend partir. Il sait où elle se rend.

La maison d'Archie : à peine changée. Seuls les arbres ont poussé, comme des tours. Le même jardin où elle cabriolait sur Gulliver. Les chiens viennent la saluer, sautant en pagaille, elle presse l'interphone et de ce qu'elle ressent comme du vide lui parviennent dans un grésillement les accents d'une Noire, lui signifiant que le docteur et son épouse sont partis, qu'ils reviendront vers la fin de la semaine prochaine; il lui est interdit de donner à quiconque l'adresse où ils se trouvent.

La semaine prochaine.

Elle et lui seront *partis*; elle a les billets d'avion sur elle, son passeport est à l'ambassade en vue du visa.

Elle revient au cottage plus tôt qu'il ne l'escomptait, silencieuse. Tout ce que je peux faire c'est de lui écrire. Quoi d'autre. Qui est cette créature traversée d'une idée aussi folle. Mais la lettre ne sera pas rédigée. Le lendemain lorsqu'elle reçoit *son* document officiel, le visa tamponné dans son passeport, survient autre chose. Ils se sont réjouis, embrassés au point d'en perdre presque l'équilibre, puis soudain il a déclaré, grave :

Avant de partir il faut nous marier.

Le mariage, c'est pour les alliances convenables dans les Beaux Quartiers, pour Nigel Ackroyd Summers et ses femmes. Quoi que pense l'étranger de La Table au EL-AY, elle a découvert là d'autres formes de confiance.

A quoi bon. Nous n'en avons pas besoin.

Il la fixe pendant ce qui lui paraît un long moment.

A quoi bon. Elle répète. Nous n'en avons pas besoin. Un bout de papier… comme celui qu'ils ne t'ont pas donné… pour te laisser rester ici.

Mais elle sent qu'il lui refusera à jamais son sourire unique. Pour de bon. Le miroir noir de ses yeux se ferme à son reflet.

Si tu dois partir avec moi, il faut se marier. Je ne peux pas amener une femme – comme ça – chez moi, dans ma famille.

Prononce le mot.

Elle rit, en larmes.

Il la prend dans ses bras et l'embrasse solennellement comme s'il prononçait un vœu. Deux jours avant le départ de l'avion ils se rendent au tribunal d'instance et face à l'officier d'état civil, pour la première fois il ose montrer son visage dans une administration publique. David, de La Table, fait office de seul et unique témoin. Ils s'abstiennent ce soir-là de toute célébration au bistrot où jadis elle l'a emmené, sur un coup de tête, prendre un café. Il a raison à propos de La Table – abandonnée comme le cottage – La Table n'a pas plus d'utilité pour elle, pour lui et pour ce qu'il est, que les lunchs du dimanche sur la terrasse de Nigel Ackroyd Summers.

Allons dans un autre pays,
Le reste est sous-entendu
Prononce le mot.

Ibrahim ibn Moussa.

Il se redresse au pied de la passerelle où l'avion décharge sa cargaison humaine. Chargé et empêtré dans les bagages à main, il se retourne pour l'attendre tandis qu'elle descend.

Il est chez lui. C'est un homme qu'elle voit pour la première fois. La chaleur la saisit comme un bâillon sur le nez, la bouche. Il n'y a pas de palmiers.

Ibrahim ibn Moussa. Ils se traînent en heurtant des épaules à travers le crissement pierreux de la piste, pénètrent dans un brouhaha résonnant, mouvements et sons forment une seule confusion, et les voici devant les guichets de police. Un homme derrière la cloison vitrée abat son tampon. Ibrahim ibn Moussa.

Son visa à elle est détaillé un moment. L'épouse ; Ibrahim ibn Moussa. C'est tout, c'est fait.

Un aéroport dans un pays comme celui-ci est une masse humaine déferlante et mouvante, tout individualisme est subsumé en deux statuts, tous deux en suspension, temporaires, des huis clos aux portes de la réalité : Partir, Arriver. L'extrême concentration sur soi conduit à son contraire, une vaste condition amorphe. Les vieilles femmes accroupies, genoux écartés, les jupes pleines d'enfants allant et venant, les femmes voilées de noir observant, jouant des coudes, les bouches mastiquant quelque nourriture, les gros ventres des hommes engrossés par l'âge sous des galabiehs blanches, l'enchevêtrement des discours humains, les rires, l'exaspération, les discussions, le raffut des bagages, des reliquats de vie, des sommes de vie (lesquelles ?), au sein d'une « existence commune qui n'existe pas ». Julie n'est pas en reste, elle ne sait plus qui elle est dans cette immersion totalement anonyme : lui seul porte un nom, officiel, Ibrahim ibn Moussa.

Il est très efficace, dans sa langue, s'enquérant, se lançant avec familiarité dans des échanges avec ceux qu'il approche. Il récupère la valise chic et le sac de toile, pousse et crie pour attraper la porte d'un taxi avant tout le monde. Le trajet entre l'aéroport et les faubourgs de la capitale sur une route goudronnée pleine de trous se transforme en compétition avec les autres véhicules pour se dépasser comme dans la dernière ligne droite d'une course de chevaux. Elle se sent soudain euphorique et se met à rire, cherchant la main de l'être cher. Je suis ici ! Je suis ici ! Signifiant : peux-tu le croire ? Je suis avec toi.

Son regard va d'une fenêtre à l'autre pour apercevoir la silhouette de la ville lui sauter aux yeux au-delà de quelques bâtiments industriels décatis, des ateliers de réparation de voitures et, au pied de panneaux Coca-Cola, des abris en toile goudronnée où des hommes prennent le café. Blanche, blanche, blanche est la couleur du soleil sur le profil cubique des bâtiments où pointe l'index des minarets.

On ne reste pas une minute en ville. On va à la gare routière.

Je voudrais me promener, tout regarder.

D'accord. Mais pas aujourd'hui. Il n'y a pas beaucoup de bus pour mon village.

A la périphérie de la ville la gare routière offre une petite variante de l'affluence à l'aéroport. Ici seulement l'on trouve des cages de poulets parmi les ballots, les biens de toute une vie. Il la dissuade de se rendre aux toilettes. C'est un endroit sale.

Tu oublies que je viens d'Afrique ? J'ai campé un peu partout, vécu dans des villages, tu connais mes amis – nous ne recherchions pas particulièrement des commodités carrelées.

Il fronce les sourcils d'impatience. Tu ne connais pas ce genre de coin.

Elle est subjuguée d'amour pour lui : il est en état de choc, de retour chez lui. Son irritation, elle ne doit pas s'en formaliser. Ibrahim... (elle fait l'essai de son nom, l'écoute, le sent sur sa langue). Alors, que veux-tu que je fasse ? Que je mouille ma culotte dans le bus ? Elle rit toute seule.

Attends. Il attrape par le bras un homme dans un groupe volubile, lui pose une question à laquelle on répond tout de suite avec enthousiasme. Il y a un endroit où nous pouvons prendre un café juste au bout de la rue ; là-bas, tu pourras y aller, ce sera mieux.

Mais le bus ? Ibrahim. Allons-nous manquer le bus ?

On a une demi-heure.

Ils repartent, chargés de leurs bagages, comme les baudets aperçus sur la route de l'aéroport, et il la prend fermement par la main pour se faufiler, rusés comme des chiens errants, à travers la meute des bus, des voitures, des camions, des vélos. Entraînée, elle n'a pas besoin de regarder où elle va, son regard papillonne alentour, saisissant un collage d'images sombres et lumineuses, un vendeur avec des bracelets de pain autour des bras, une vieille sorcière de mendiante, les belles mains d'un bébé bien agrippées au voile de sa mère, le sourire toutes dents dehors d'un homme qui la fixe un instant, les enseignes des échoppes et leurs fioritures racolant Dieu sait quoi. Mais lui – on dirait qu'il s'enferme dans le chemin qu'il se fraie, il rentre en lui-même comme il l'a déjà fait si souvent dans cet autre café – si lointain –, La Table où *elle* l'avait emmené. Aujourd'hui le « café » est une boutique exiguë, sombre à première vue quand on vient de l'éblouissante blancheur du dehors ; des objets suspendus au plafond et un juke-box dévidant une musique nasale et bruyante. Ibrahim s'adresse à l'apparition en djellaba (on ne pouvait distinguer d'emblée le visage de l'homme) et reçoit la permission d'utiliser ses commodités personnelles. Son mari (autre identité nouvelle) doit l'accompagner, un étranger à la famille ne saurait emmener là-bas une femme, elle trouve amusant d'être conduite, comme à travers l'avenue, telle une enfant, vers un cabanon dont la porte ne tient que sur un gond. Il se place dos devant l'embrasure, une attention qui aurait fait rire La Table, si les copains avaient pu voir.

Quand elle sort, il lève brièvement les épaules de dégoût et serre les narines. C'est un endroit sale. Il le répète, une sorte de jugement, pas une remarque en passant sur le trou dans le sol cerclé de béton audessus duquel elle vient de s'accroupir en équilibre précaire.

Eh bien je me sens mieux... d'ailleurs c'est plus propre que ces sièges de cabinet où tout le monde s'assoit. C'est évidemment plus facile pour vous les mecs, il nous manque toujours l'accessoire idoine à nous les femmes, je suppose que je risquais peut-être de tomber dedans.

Viens. Il faut prendre un café.

Il n'aime pas cette façon de revendiquer l'intimité, cette manière de parler ne sied pas à une femme avec qui on fait l'amour. Une femme qui ne lui était même pas destinée.

Elle ne se rend pas compte qu'elle a heurté sa sensibilité, elle prend à nouveau sa main et la serre, ils sont assis à une minuscule table en fer sur le pas de la boutique devant deux petits verres de café. Je suis ici, je suis ici. *Nous sommes ici.*

Il entrevoit que tout ceci – la première tasse de café au EL-AY, l'amour au creux de son lit, la décision brutale de venir dans cette ville, dans ce pays, dont il n'a pas su la dissuader, même, oui même ce mariage qu'il a été obligé d'exiger, tout ceci participe de ces aventures dont elle s'enorgueillit, toujours prête à prendre ses distances avec la belle maison de son père.

Ils lui avaient choisi une fiancée. Bien entendu. Depuis qu'il a seize ou dix-sept ans une fille lui a été désignée. Plus tôt, peut-être même ; cette petite tout en coudes et genoux maigres qui balançait sa natte parmi les enfants avec lesquels il jouait, reconnaissable plus tard après la puberté à son regard mélancolique – afin d'attirer l'attention – au sein du groupe de filles. Celle-ci ne devait désormais plus être en lice, il s'était éloigné trop longtemps – il avait connu d'autres refuges que le ventre d'une voiture, ailleurs dans le monde où il n'était pas bienvenu. On marie les filles jeunes par ici, région que cette innocente, cette épouse étrangère collée contre lui, appelle son pays : chez toi, tu es chez toi ! Pour elle l'aventure efface les semaines angoissantes d'effort pour éviter ce retour. Mais le balancement de ce corps doux contre le sien lui apporte de la tendresse en un instant de distraction, il aime les rondeurs chez une femme, la chair qui accueille les angles et les éclats du destin des hommes. Cette Julie possède juste ce qu'il faut de chair pour le réconforter. Il est là, ce poids discret qui le touche de temps à autre, le console. Il ne sait que penser ; il ne veut pas y penser, son esprit fait des embardées à l'instar du bus surchargé qui s'efforce de garder le cap.

Il les a préparés à l'idée ; les a prévenus. Il revient, non pas comme le fils qui a réussi dans la vie, cette vie occidentale version télévision, les poches pleines à leur intention, mais comme un perdant avec rien d'autre qu'une épouse – une étrangère.

Au moins a-t-elle quelque fortune, car cette femme ne fait pas partie de celles qui lui étaient destinées. Mais il doute que cela puisse compenser, toucher sa famille, car Julie jouit même du luxe – comme ceux qui n'ont jamais manqué de rien – de pouvoir se vanter de ne rien accepter de son père quand bien même il offrirait de l'argent. La carte de crédit et les traveller's cheques dans son sac en bandoulière ne représentent qu'une somme limitée, les préparatifs habituels à l'aventure avant chaque voyage à l'étranger. Des fonds qui, à moins de rentrer sous peu, lui permettront de s'acheter en devises étrangères ce dont elle disposait avant de venir et dont elle va découvrir qu'elle ne saurait s'en passer – ce qui est essentiel à ses yeux ne l'est pas forcément ici.

Elle aura assez pour nous nourrir elle et moi tant qu'elle sera ici. Voilà ce que je ramène pour leurs vieux jours, moi, leur fils, pour mes sœurs et leurs enfants, pour mon petit frère qui espère suivre – au loin – les traces de son aîné.

A nouveau il ne sait plus que penser, non vraiment, traversé d'amour et de ressentiments face à l'inévitable famille qui attend les retrouvailles.

Elle s'exclame, pose des questions – qu'est-ce que c'est, oh ! regarde ça – sur le paysage désertique qu'on leur fait franchir, tout nouveau à ses yeux. Pour lui, rien n'a changé. Tout est en l'état ; tout ce dont il a cru pouvoir s'échapper.

Il sait que l'on s'approche du village et de l'image de la famille rassemblée, il la regarde de haut en bas, à tel point qu'elle se retourne vers lui, l'interrogeant d'un sourire.

Est-ce que tu as quelque chose à mettre. Dans l'un des sacs.

A mettre ? Quoi ?

Il se touche le sternum dans l'échancrure de la chemise. Ici. Pour te couvrir.

Mais il ne fait pas si chaud. Je n'ai pas l'air comme il faut ? Elle remonte à l'épaule le vêtement indistinct qui lui sert de confortable tenue de voyage avec ses jeans, le mouvement des muscles laisse entrevoir un instant la douce courbe de ses seins.

Un châle ou quelque chose d'approchant.

Je ne vois pas comment je vais accéder à cela dans notre bazar, avec tout ce monde, je risque de leur marcher dessus. Attends. Attends – j'ai une épingle à nourrice quelque part.

Elle rassemble, à la base de son long cou élégant qui sera un jour bordé de faux plis, les coins de son vêtement et les attache par l'intérieur, non sans difficulté, de façon que l'épingle ne soit pas visible. C'est bien ? C'est bien ?

Les yeux baissés, déjà préoccupé par d'autres soucis, il signale d'un geste de la main qu'il faut bien s'accommoder de tout arrangement de fortune. Elle n'est désormais plus chez elle, au café EL-AY ; elle était déterminée à venir ici, dans ce pays. Il a ses propres règles, de même que son père et ses invités dans sa splendide maison ont les leurs. Elle a pris sa décision ; on y est. Des deux, c'est elle qui a le choix. Elle détient la liberté du monde.

Les voilà. Dans son esprit à lui. Sa mère pour laquelle il aurait tant voulu épargner l'argent du garage afin de la soustraire au joug des tâches domestiques de cet endroit sale, saleté de politique des riches, saleté de pauvreté. Son père les mains toujours à demi recourbées d'un homme qui ne vit que par les attentes placées dans sa progéniture (ils doivent mener la vie qu'il n'a pu connaître), les frères restés au pays, les sœurs dont une, comme à l'accoutumée, sera grosse d'un enfant, un mari sachant que sa place est en retrait, une belle-sœur, l'épouse du frère parti dans les champs pétrolifères, dont les échos du caractère difficile lui sont parvenus ; des enfants, des bébés quand il est parti, probablement de grands échalas à présent, l'oncle qui ne possède plus d'atelier dans sa cour, mais une entreprise de vente et de réparation de véhicules, les voisins, témoins des faits et gestes, venus voir ce que le fils a rapporté de l'extérieur, ses bagages et sa curieuse femme.

Ibrahim ibn Moussa. Son visage se fige en un rictus de douleur et de colère à l'égard de leurs conditions de vie, mais ses yeux, aussi noirs que les leurs, se remplissent de larmes à la vue des siens.

Julie Summers. Dans la foule de l'aéroport, dans les yeux de l'homme se débrouillant non sans mal pour transformer sa cave en échoppe, dans les regards curieux qui la dévisagent de près dans le bus, il lui apparaît qu'elle est en quelque sorte aussi étrangère à ses propres yeux qu'aux leurs : elle est ce qu'ils voient. Cette fille, cette femme a vécu toute sa vie sous l'œil des Noirs, mais ils ne lui ont jamais renvoyé une telle prise de conscience de soi ; voilà donc ce qu'était son pays. Elle s'en rend compte avec un détachement qui l'intrigue. Cela signifie qu'en se présentant dans cet esprit à la famille d'Ibrahim, avec lui, ce fils qui leur appartient, elle s'offre à leur vue en toute connaissance de cause, pleine d'émotion : étrangement nouvelle à leurs yeux, elle l'est aussi pour elle-même.

Ils sont là. Au terminal du bus, les hommes de la famille ; ils ne pouvaient connaître l'heure exacte d'arrivée, mais ils sont là. Les photos qu'Ibrahim a pu conserver au garage – il n'en est pas sûr – parmi d'autres effets et qu'il ne lui a jamais montrées – les voici en chair et en os. Un groupe cérémonieux se fait reconnaître, se distingue de l'anonymat de la foule ; à l'écart, ils lui appartiennent, à lui Abdou-Ibrahim, la vague de leur joie s'abat sur le couple. Au milieu les anciens, visages burinés, aucune incertitude quant à celui qui est le père, il y a un instant de calme dans ce visage – un moment d'incrédulité face à l'incarnation d'un souhait tant désiré – qui fait qu'on ne saurait se tromper sur l'homme en dépit de l'absence de ressemblance physique entre père et fils. Longues sont les embrassades. L'affluence et les bavardages au terminus forment un chœur qui les accompagne ; elle se trouve enveloppée dans l'émotion de ces hommes, ne sait pas si elle fait partie de leur groupe ou du chœur. Comme si elle avait perdu Ibrahim de vue. Il la présente à son père. L'homme fait un discours de bienvenue, reculant d'un pas, elle perçoit son attention, il s'adresse à elle et elle s'ouvre à cette déclaration tandis que le fils, son mari, serre son bras de façon impatiente ou désapprobatrice tout en traduisant. *Parle anglais, parle anglais.* – L'interruption ne le perturbe pas. – Il le parle un peu. Assez pour te saluer.

Son bras se crispe sous la main qui la retient, en un geste de refus ; le débit rauque et le bourdonnement guttural de la langue la touchent dans un registre au-delà du verbal. L'autre homme âgé, les poings hauts sur les hanches avec assurance, considérant la cérémonie d'un sourire condescendant, lui est présenté – l'oncle. Le nom des autres personnes ne correspond pas à celui des frères qu'elle connaît, il y a aussi des cousins pour ajouter à la confusion. D'aucuns portent des vêtements occidentaux ordinaires, d'autres la longue galabieh blanche traditionnelle qui, aux yeux de Julie, leur confère une stature indéfinissable, la troupe se dirige dignement du terminus vers quatre voitures dans lesquelles, après des arguties de préséance, tout le monde trouve place. Elle partage le siège avant avec son mari, côté porte, tandis qu'il est coincé contre son oncle au volant de sa meilleure voiture. Les autres les accompagnent en procession dans un concert de klaxons vers leur destination : le quartier, la rue, la maison d'où est parti Ibrahim ibn Moussa pour le garage au coin du café EL-AY.

La procession s'arrête de klaxonner devant une maison où sont massés plein de gens souriants et enthousiastes, la voiture de l'oncle en tête, les autres, fatiguées, freinant dans les vibrations et les soubresauts de leurs châssis délabrés. On présente d'autres membres masculins de la famille dont les enfants de la maison. Les petits dévisagent la femme qu'Ibrahim a ramenée, gloussent, s'enfuient lorsqu'elle ouvre grand les bras pour les accueillir. Elle n'aperçoit la maison – son visage, la façade – qu'en arrière-fond derrière l'assemblée excitée qui se passe de main en main la valise chic, le sac en toile et les paquets. Un toit plat en béton où règne une pagaille visible ; des femmes regardent derrière le parapet, les yeux impatients et souriants.

Elle passe devant un vase à fleurs bleu posé sur un trépied mais vide, une grille anticambriolage entrebâillée près de la porte.

Coupée de la lumière extérieure, au centre d'une obscurité aveuglante, se distingue la forme plus sombre encore d'une solide silhouette assise sur un sofa ; l'âme de cette maison.

Elle arrive devant la mère, son mari la présente. L'accueil est formel ; à mesure que ses yeux s'accoutument à la rupture avec l'intensité du soleil, la pièce apaisée émerge, d'autres femmes aussi. L'âme – cette femme et son beau visage (elle savait que c'est à sa mère qu'il ressemblait) imposante sous un palimpseste de sombre fatigue avec les rainures d'épreuves inimaginables, s'adresse à elle de façon majestueuse, à loisir et dans leur langue, mais son regard fixe son fils, ignore les larmes qui coulent sur le calme de ses joues.

Il traduit brièvement, omettant probablement les circonlocutions, et puis sa mère l'enveloppe, une nuée de sœurs lui tombe dessus, sur l'épouse qu'il a amenée. Et soudain la demeure de ses parents à peine entrevue, sa maison à lui, dans laquelle elle vient d'être officiellement reçue, éclate d'un débordement d'activité, les gens se poussant à travers les portes dans le balancement des plats couronnés de vapeur et de fumets doux-piquants. Les femmes ne sont que tourbillon dans leurs vêtements enveloppants, mousseline en polyester et nattes, chaloupant et s'esquivant ; les hommes dirigent, donnent des ordres. L'on s'assied sur le tapis et les coussins autour de petites tables et l'on mange – d'une façon qu'il avait abandonnée en compagnie des habitués de La Table – agilement avec les doigts. Tous les plats ne trouvent pas place sur les nappes à fleurs parmi les plateaux de verre et les verres de couleur vive. Il y a des saladiers de fruits et des sucreries sur le téléviseur ; les petits enfants mangent avec concentration entre les pieds des adultes et les plus âgés traversent sans cesse la porte d'entrée en se servant au passage.

Ibrahim le jeune marié se trouve à côté de son père, Julie son épouse lui fait face au-delà des autres, à côté de sa mère. Elle touche de temps à autre l'épingle qui maintient le vêtement étriqué sur sa gorge ; la respiration d'une présence puissante à côté d'elle gonfle et dégonfle les robes, amples. La chère est délicieuse ; quand elle est rassasiée de couscous et de ragoût de légumes, les femmes apportent des côtelettes de mouton, de la salade et font passer les sucreries au miel ; elle en sait au moins assez pour observer l'étiquette, à savoir qu'il est impoli de refuser ce qu'on offre ; la force du café l'y aide, vieille thérapie après d'autres sortes d'excès, aujourd'hui oubliés.

Des sodas chimiques remplacent le vin ; pour signaler sa proximité, elle lève son verre vers lui, assis parmi les hommes, désirant son sourire magnifique et rare – mais rien ne vient, leurs regards se croisent un instant, mais il est apparemment en train de répondre aux questions de son père et de ses frères. C'est l'oncle qui déclenche son sourire, le fait éclater de rire la bouche pleine en racontant ce qui doit être une blague ou une remarque salace – on fête après tout des noces autant que le retour du fils. Une des sœurs se met à lui parler timidement en anglais, pressée par les femmes de se rapprocher de l'épouse d'Ibrahim. Un échange de manuel scolaire s'instaure, afin que le nouveau membre de la famille ne se sente pas isolé – les hommes discutent entre eux avec assurance et animation, les femmes se préoccupent d'approvisionnement, bavardant doucement tout en se déplaçant avec promptitude.

— Comment s'est passé le voyage.

— Le voyage s'est bien passé, mais vous savez, nous venons de très loin – Ibrahim et moi.

— Nous le savons. Il nous a envoyé une lettre. Elle a fini par arriver. J'espère que vous vous plairez ici. Ce n'est qu'un village.

— J'espère que vous me le ferez visiter.

— Ibrahim le fera.

Les deux jeunes femmes échangent un regard de profonde incompréhension, incapables d'imaginer la vie de l'autre; souriantes. C'est peut-être à cet instant qu'elle prend la décision : je dois apprendre la langue.

Une des portes donne directement de la réception sur la chambre qui de toute évidence avait été libérée pour Ibrahim et la femme qu'il a choisie. La belle valise et le sac en toile s'y trouvent, exactement comme là-bas dans son cottage. Il ferme la porte sur l'assemblée mettant fin à la fête dans la pièce commune.

Il y a un vieux lit, vaste et haut, la tête de lit, le pied de lit sont sculptés. Un déploiement de couvertures de couleur sous une courtepointe brodée au crochet. Elle admire : comme c'est beau. Ibrahim, quel lit.

Il le voit ; c'est le lit de son père et de sa mère, le seul luxe de leur mariage, leur seule prétention absurde au départ d'une vie de pauvreté programmée, l'asile où tous deux se sont écroulés, épuisés, chaque nuit de leur vie. C'est le lit dans lequel chacun d'eux mourra.

C'est dans ce lit qu'il a été conçu.

Julie commence à défaire les présents qu'ils ont apportés.

Non. Pas maintenant. On les leur donnera demain. C'est assez pour aujourd'hui. Il tire sur les rideaux de dentelle de la fenêtre. Demain. Il insistera pour que ses parents reviennent dans cette chambre, elle et lui iront dormir ailleurs.

Un peu plus tard elle s'approche de lui. Ce dont j'ai besoin maintenant c'est d'un grand bain chaud. Où est la salle de bains ?

Il n'y a pas de salle de bains. Y a-t-elle songé quand elle a décidé de le suivre. Cet endroit est noyé dans le désert. L'eau c'est comme l'or chez elle, il faut la faire venir de loin, de très profond, la pomper jusqu'au village – pour autant qu'il puisse y en avoir. A-t-elle idée du fardeau qu'elle va devenir ? Et voilà, c'est arrivé. Folie. Folie que de penser qu'elle tiendrait le coup, ici. Il est furieux – contre cette maison, ce village, ses gens – furieux de devoir dire des choses inacceptables à Julie, de lui dire une fois pour toutes ce que signifie son obstination d'ignorante à vouloir le suivre dans ce pays, alors qu'elle a échoué, malgré tous ses privilèges, à le faire accepter dans le sien. Demain. D'autres jours en perspective.

Il sait ce qui va se passer.

Elle veut « tout » voir. Cela ne fait pas deux jours qu'ils habitent chez ses parents qu'elle lui demande s'il n'a pas envie de sortir, s'il n'y a pas des gens à consulter, des choses à faire, qu'elle serait contente d'explorer le bourg, de sauter dans un bus pour visiter la capitale, toute seule.

Evidemment. Evidemment. Indépendante. Elle est habituée à vivre de cette façon, à se faire plaisir. Une fois de plus. Mais c'est impossible ici. Il faut qu'il l'accompagne, un membre de la famille, si l'on en trouve un qui puisse se faire comprendre, doit l'accompagner partout au-delà du périmètre des rues adjacentes, cela se passe comme ça dans ce pays qu'il a cru pouvoir oublier. Il n'est pas commun que les femmes s'attablent avec les hommes, aujourd'hui c'est une circonstance exceptionnelle – est-ce qu'elle peut le comprendre. C'est déjà beaucoup, pour ces gens, qu'elle circule tête nue – cela ils peuvent le tolérer, peut-être, d'un visage pâle. Il a déjà vivement résisté à sa mère qui l'a pris à l'écart pour obtenir que sa femme se mette un châle sur le chef quand elle quitte la maison ou quand elle se trouve en compagnie d'hommes qui ne sont pas de la famille ; il a résisté non sans douleur, car il s'agit de sa mère, pour laquelle il voulait une vie meilleure. Et c'est *elle*, celle qu'il a ramenée avec lui, la source de cette peine.

Ce n'est pas un réveil que l'on peut chercher à étouffer de la main. Le gémissement s'élève, prend son temps, s'estompe, revient comme si l'on avait donné voix à un rêve, ou – cette paupière grise préludant à l'aube s'entrouvre dans la chambre – quelque animal au loin dans le désert. Il y a des chacals, dit-on.

C'est l'appel à la prière.

La première adaptation à tout changement est celle des horaires imposés ; cela commence dès la petite enfance avec le premier jour d'école : les contraintes de la vie en société commencent. Les autres délimitations de la journée ne tardent pas à suivre, selon chaque société, l'heure du train, le pointage, la pause-déjeuner, l'heure de la sortie ou du cocktail, ainsi de suite jusqu'à la dernière tranche du jour au gré des circonstances. Cinq fois par jour la voix du muezzin détermine le cadre qu'elle vient d'intégrer, comme jadis, lors de ses voyages touristiques quand elle réglait sa montre pour changer d'heure et de rythme de vie.

Après beaucoup de discussions qu'elle ne comprenait pas mais dont elle sentait intensément le mélange de sentiments blessés et d'entêtement – elle en était un peu la cause – parmi les éclats de voix entre père et fils et dans le silence monumental de la mère ignorant Julie, ils ont fini par prendre la valise chic et le sac de toile et les transporter dans une chambre attenante avec un lit de fer. Il y a des bruissements derrière le mur de la maison et le claquement métallique de la grille d'entrée. Le père accompagné d'un seul de ses fils descend prier à la mosquée. A côté d'elle Abdou-Ibrahim se retourne et se colle l'oreiller sur la tête pour se protéger des injonctions du muezzin. A midi, l'après-midi, le soir, il semble ne pas l'entendre, du moins sans avoir à se boucher les oreilles. Elle demande quelles sont les autres fonctions du muezzin.

Il n'y a aucun muezzin, ce sont des enregistrements et un haut-parleur, tu le vois au sommet de la mosquée, voilà ce qui nous vient ici du miracle de la technologie.

Mais il se rend, sans commentaires, à la prière du vendredi avec son père et dès le lendemain de leur arrivée s'est mis à porter la calotte jetée sur ses vêtements qu'elle peut voir de leur lit quand le muezzin inaugure la journée. La calotte est finement brodée d'argent, œuvre de sa mère, devine-t-elle ; il lui recommande de rester respectueusement silencieuse quand sa mère étend sa petite carpette de velours, incline son front et sa cérémonieuse corpulence dans l'extase intime de la prière à l'angle d'un couloir où circulent les membres de la maisonnée.

Elle veut visiter le village. Qu'y a-t-il à voir dans un bled comme le nôtre.

Nous ne sommes pas au Cap où l'on crée des complexes en bord de mer, au pied de la célèbre montagne.

Pourquoi les touristes viendraient-ils ici. La tombe de Sidi Youssouf, un saint homme des temps jadis, explique le développement du village. Pas vraiment un sanctuaire, seuls les gens du désert alentour s'y rendent.

Elle met un bras autour de son dos et dépose ses lèvres sur les cheveux brillants de sa nuque. Je ne suis pas une touriste.

Il l'emmène avec sa sœur Maryam jusqu'à un vaste terrain inoccupé au grillage défoncé avec une barrière sans objet. Jour de marché. Des étals branlants distordus par la chaleur s'entassent, répandant sur le sable pierreux des arrangements géométriques de fruits, de légumes, de téguments séchés et de languettes non identifiables – du poisson ou de la viande ? – des céréales, du pain plat, des concoctions – des animaux ? – emprisonnées dans des jarres, des tours de plantureuses pastèques, resplendissantes avec leurs rayures vert et or, des guirlandes de roues de bicyclettes suspendues, des enjoliveurs et des outils cabossés, de vieilles radios, des monceaux de réfrigérateurs éviscérés – une œuvre d'art en *objets trouvés*, lui dit-elle, enchantée. Elle demande à Maryam ce que fait cet homme accroupi tapant sur une vieille machine à écrire tandis qu'une dame volubile s'adresse à lui. – Ils sont nombreux à ne pas savoir écrire. Ils paient pour une lettre. – Un autre est assis derrière de petites soucoupes pleines de poudres multicolores et brillantes disposées sur une carpette – des épices plutôt que des potions, pense-t-elle. Des cordonniers : les piles de vieilles chaussures dont la déformation due aux pieds vivants suggère des pieds morts. Un homme qui a l'attitude des aveugles se parlant à eux-mêmes est en train de psalmodier des textes, religieux, dirait-on. Ibrahim est obligé de l'attendre tandis qu'elle passe en revue le stock d'un vendeur de posters, la Kaaba à La Mecque, la Mosquée du Prophète à Médine, le Dôme du Rocher, la calligraphie élaborée des vers du Coran.

Je veux savoir.

Il grogne un petit rire, la pousse doucement pour avancer. Des vêtements de troisième main sont empilés en attendant d'être portés une quatrième fois, des vendeurs ambulants proposent des lunettes de soleil et des téléphones mobiles ; il y a des tas d'assiettes en plastique, des tasses, des bols et des cruches en fonte émaillée, des chaudrons, des bouilloires aux motifs floraux, ostentation bio dépourvue de tact dans un village du désert.

Pourquoi le monde se débarrasse-t-il ici de ces choses hideuses, les gens ne fabriquent-ils pas eux-mêmes de bien meilleurs objets ?

Ceux-ci ne se cassent pas aussi vite.

Mais elle prend tout de suite la responsabilité à son compte. Pourquoi n'exportons-nous que cette merde.

La sœur avec ses quelques mots d'anglais essaie de suivre, les yeux suspendus aux lèvres, aux paroles d'Ibrahim.

Parce qu'ici il n'y a pas l'argent pour se payer autre chose.

Voici l'endroit où elle voulait venir, elle est là, au milieu des bassines criardes en fer-blanc qui l'énervent, des enfants portant des habits dépareillés de quatrième main, de drôles de chaussures de sport au bout de leurs jambes maigrichonnes – Dieu sait comment ils ont pu les obtenir – harcelant le chaland pour trois cigarettes ou une poignée de bonbons.

Plus tard dans la journée l'Oncle s'en vient chercher son neveu et son épouse pour visiter sa maison – depuis longtemps il n'habite plus la maison d'à côté, dans la rue où est né Ibrahim ; d'autres parents, des cousins éloignés, l'occupent à présent. La voiture est pleine d'amulettes, d'enluminures en arabe, encaustiquée par un produit odorant, sa voix rieuse et gutturale pourrait être celle d'un disc-jockey, bavardage accompagnant les incantations sirupeuses, style pop américain à la mode orientale, qui montent de l'autoradio. Ibrahim baisse la vitre et au passage elle remarque la place du marché, vidée, envahie par les chèvres errantes, les corneilles et une nuée de garçons jouant au football. Curieusement elle se rend compte qu'Ibrahim, son mari, oui, la regarde afin de percevoir avant elle ce qu'elle pourrait voir. Il s'agit de la seule rue goudronnée du village, des hommes sirotent du café sous des auvents rudimentaires et inclinés, certains jouant à un jeu difficile à définir vu de la voiture. Partout, on achète et on vend. Drapées de noir des femmes suivent des enfants qui gambadent comme ailleurs dans le monde – l'exubérance de l'enfance est la réponse universelle au fait d'être en vie, somme toute peu différente entre ce qu'il a connu dans ce village et elle-même grimpant sur Gulliver dans un beau jardin, s'endormant parmi les peluches achetées par Nigel Ackroyd Summers dans la zone hors taxe des aéroports. Ce n'est qu'en grandissant, devenus l'homme qu'il est, la femme qu'elle est que les circonstances les ont différenciés. Dehors dans l'étirement diffus des cabanes, des bâtiments à demi construits ou à demi en ruine, difficile de savoir, elle aperçoit pour la première fois deux vieillards partageant un narguilé, comme dans les illustrations pour enfants des contes de Shéhérazade. Que de vie !

Mais il remonte la vitre tachée quand l'Oncle quitte d'un bond le tarmac pour une piste de sable qui doit mener à sa nouvelle adresse.

La maison de l'Oncle dispose de tout le matériel possible dans le cadre des ambitions du bourg – en entrant, son neveu se souvient une fois de plus de cet avertissement qui ne cesse de le tarauder, aiguillon qui l'a poussé à continuer à laver la vaisselle dans un restaurant de Londres, essuyer le vomi d'ivrogne dans une halle à bière de Berlin, se coucher sous des camions et des voitures à deux pas du café EL-AY – quel autre choix – devenir l'amant d'une femme qui possède tout (l'Oncle ne peut rêver d'en avoir autant) et qui pourrait s'avérer une façon de satisfaire une nécessité – un destin ! – à savoir qu'il est vain d'espérer réaliser ses ambitions dans ce village.

La tante, de l'or aux poignets et du vernis sang de bœuf aux ongles, emmène Julie dans le quartier des femmes où ses filles resteront le temps de la visite. La tante et Julie s'en retournent auprès des hommes – Ibrahim expliquera par la suite qu'un jeune homme ne saurait voir ses cousines, quoique, en contradiction avec cette pudeur orthodoxe, si l'une des filles est vêtue dans la tradition ondoyante de sa mère, l'autre porte des jeans et les derniers brodequins haut perchés à la mode.

Julie note qu'*il* est frappé – est-ce Dieu possible ! – par une appréhension, un pressentiment, dans les pièces que l'Oncle lui montre fièrement. Elle ne peut demander – parmi toutes les questions pour plus tard – ce qui lui vient à l'esprit dans cette maison inoffensive et vulgaire alors qu'ils sont assis sur des chaises sculptées et dorées et qu'on les gave de jus de fruits glacés, de dattes et de confiseries. L'atelier de réparation dans l'arrière-cour s'est mué en un grand hangar, caché derrière le mur savamment carrelé de la cour avec son hibiscus et sa balançoire à baldaquin. Là, l'Oncle demande à Ibrahim de traduire pour Julie, il a obtenu un contrat du gouvernement régional pour la maintenance et la réparation de tous les véhicules officiels et des voitures des ministres, il est devenu le concessionnaire de voitures américaines et allemandes, de pièces détachées américaines, allemandes et italiennes et il est le seul capable d'offrir une révision complète à tout possesseur d'un bon modèle, on vient le voir de loin, même à plusieurs heures de route dans le désert.

Voilà ce qu'il est devenu.

— Rappelle-toi, tu venais donner un coup de main quand tu étais gosse, les épaves que nous avons retapées ? Dans la vieille cour ? – dis-lui !

— Elle sait. Elle sait que c'est auprès de toi que j'ai appris à faire semblant d'être mécanicien.

Tout ceci dans leur langue ; elle se borne à rire quand ils rient, sans se rendre compte qu'il s'agit de la première image qu'elle a de lui, le mécano sous la voiture.

De retour dans leur chambre il s'étend sur le lit avec cette grâce insoupçonnée qu'il avait déjà dans le cottage, les yeux profonds comme des puits sur lesquels elle se penche avec précaution. Cet Oncle a réussi, n'est-ce pas.

Oui.

Elle a souvent l'impression qu'il ne la regarde pas quand il pose les yeux sur elle ; c'est elle qui se cherche dans ces miroirs.

Oui. Le succès qu'on peut avoir ici.

Mais parlent-ils d'une même perspective ? Est-elle en train d'admirer ironiquement ce succès, à modeste échelle, comme celui d'un Nigel Ackroyd Summers qu'elle a fui aussi loin qu'elle a pu par le biais du café EL-AY et d'un homme sans nom ni papiers ; est-il en train de noter sèchement qu'il n'y a pas de comparaison avec un succès atteint grâce à l'accès aux institutions financières cotées en Bourse.

Aucun des deux ne le sait.

Ils font l'amour, cette science non dite qu'ils partagent ; ce pays dont ils peuvent se réclamer.

Dès le bout de la rue commence le désert. Escortée par les enfants le long des maisons toutes semblables, des appentis et des murs branlants, des motifs de couleur vive, des plantes pleines de poussière, des bicyclettes affalées, des voitures crachotant par des pots d'échappement défectueux, des hommes se prélassant, des femmes aux fenêtres, du linge piqué sur une clôture, encore plus d'enfants qui se poursuivent et bondissent, du discours volubile de la radio, des appels du vendeur de rissoles aux haricots – la vie quotidienne s'arrête brutalement.

Elle est déconcertée d'aboutir à cette interruption. Au bout d'une rue il y a forcément une autre rue. Un district mène à un autre district. Une route débouche sur une autoroute qui relie des agglomérations entre elles. Il n'y a ici qu'un monceau effiloché de détritus, des cannettes éparses, des éclats de verre réfléchissant le soleil ; et puis selon les critères des hommes pour jauger leur présence – rien. Du sable. Pas de silhouettes. Pas de mouvement. De retour à la maison, il lui dit : Ce n'est pas la saison des vents. Crois-moi, personne ne tient à venir voir ça.

Elle rit. Pourtant nous y sommes.

Ils ont raison, les gens du village, il en est conscient, la perçoivent comme une chose inconnue, une touriste. Les touristes ne supportent pas les saisons difficiles, ce n'est pas pour eux.

Julie est du genre actif. Elle et lui ne peuvent rester tout au long de la journée dans la maison à attendre – que faire ensuite. Elle aimerait une petite expédition dans le désert mais sent les réticences d'Ibrahim – la chaleur est insupportable et l'on a besoin d'un 4x4. L'Oncle leur prête généreusement une voiture en bon état – Ibrahim insiste – non, c'est mon cadeau de mariage articule prudemment l'Oncle en anglais – et ils circulent dans le village, l'école où un instituteur a réussi à le pousser au-delà de la mémorisation du Coran, des ânes errent sur ce qui était un terrain de sport; un panneau renversé qu'elle lui demande de traduire indique une salle municipale condamnée, des étalages collés les uns aux autres – une pluie de copeaux tombe d'une menuiserie, des hommes, toujours des hommes, buvant leur café – le grognement d'un générateur et l'épaisse vapeur qui sourd des tuyaux d'un hôpital délabré, la mosquée où elle l'imagine le vendredi, elle est une femme, et même elle qui peut se promener partout dans le monde, agir à sa guise, elle ne peut y pénétrer. Quoi d'autre ici : voilà le bled.

Elle tient à s'acheter des sandales comme celles de

sa belle-sœur Khadija, ils partent donc en chasse d'un cordonnier. Se perdre dans un village dont il a écumé, enfant, tous les coins et recoins ! Débouchant sur des terrains vagues, des ateliers abandonnés, ils ne trouvent pas le cordonnier, mais dans ce quartier qu'elle considère en ruine alors que ce n'est que l'état de lassitude normal de la pauvreté extrême, il n'y a pas de démarcation entre voie publique et taudis où les chèvres sont attachées et les femmes vêtues de noir accroupies comme des corbeaux blessés – soudain il fait une embardée pour éviter un mouton mort, gonflé dans un linceul de mouches. Elle est consternée à présent. Pauvre bête ! pourquoi personne ne l'enterre !

Son pied sur l'accélérateur effectue la pression violente d'un demi-tour dans une gerbe de pierres et de sable.

Il gît comme un cadavre, une mouche se pose sur son front.

Un mouton mort. Putréfié.

Il est plein de honte et d'amertume en même temps parce qu'elle le remarque (à nouveau, il la voit), cela restera une image de son pays, de ses habitants, *d'où il vient,* de ce qu'il est vraiment – comme le nom qu'il revient revendiquer à juste titre. Ce n'est pas pour elle ; non, c'est là le hic.

Souvent il s'en va toute la journée. Il part tôt pour la capitale. Des trucs à faire là-bas ; des affaires de famille, se dit-elle, résignée : il est après tout de retour parmi les siens. La famille se dessine comme un graphique de responsabilités, non pas un arbre d'ancêtres, mais de complexités bien actuelles. Il y a la question de la belle-sœur vivant à la maison, épouse du frère aîné qui vit dans les champs de pétrole par-delà la frontière et dont les revenus, envoyés pour sa femme et ses enfants, ne sont pas arrivés pendant des mois, bloqués à l'agence de la capitale. Il y a aussi un problème à propos des droits du père sur une petite récolte de riz détenue par un cousin ; pas d'avocat pour régler ces disputes ? Non. On compte sur la responsabilité du fils revenu plein d'expérience sur les modalités du monde extérieur. Personne ne suggère qu'elle l'accompagne, il n'y a pas lieu de visiter la ville, quelle utilité pour elle d'avoir à faire la queue devant les administrations.

Elle rationne les livres embarqués dans la valise chic. Cela risque de prendre du temps avant qu'elle et lui ne décident ce qu'ils vont faire, leur projet (le vocabulaire des relations publiques lui revient, comme un léger accent étranger) – quelle nouvelle vie mener ici.

Une enfant douce comme une phalène entre dans la pièce et la regarde lire.

La seconde fois l'enfant s'assied par terre, tellement silencieuse que son souffle n'est même pas une intrusion. Ensuite elle vient avec la jeune femme qui parle un peu d'anglais.

Il a préparé une liste.

Maryam – ma petite sœur est... comment dit-on... domestique – elle travaille dans une maison comme celle de l'Oncle. Et ma sœur Amina, qui habite ici avec ses enfants, je ne sais pas ce que fait son mari maintenant – quel genre de travail, si même il en a un. Ahmed, le frère qui est grand, abat les animaux pour le boucher, on le sent quand il rentre. L'eau que tu vois bouillir – c'est ce que ma mère lui prépare tous les jours pour qu'il se lave. L'autre, c'est Daoud, il prépare les boissons dans un café. Mon frère Zayd, le mari de Khadija – on dit qu'on n'en a plus de nouvelles, on ne sait pas ce qu'il devient. Mon petit frère Mohamed est encore à l'école, il vend du fromage, il fait du porte à porte pour un épicier, il court partout. Voilà, c'est ma famille. La profession de chacun.

Ce doit être le jour de congé de la jeune sœur – oui, on est vendredi, Julie l'a aperçue prosternée ce matin, priant à côté de sa mère. Le livre posé, elles commencent à parler, meublant les hésitations par des gestes – Julie mime – riant aux efforts de l'autre pour se faire comprendre. Son Ibrahim ne lui a rien appris dans sa langue, pas même les civilités d'usage. Ils comprendront, même si tu dis bonsoir ou merci beaucoup. Mais la jeune sœur semble apprécier de voir l'étrangère répéter ces banalités qui deviennent des exploits, corrigeant la maladresse des sons de gorge inhabituels et des mouvements de lèvres. A son tour la jeune femme arrange lentement les séquences de ses mots d'anglais, et patiente, attentive à savoir si elle fait des erreurs. Pour aller manger après la prière de midi, l'enfant met sa main, une délicate feuille de doigts, dans celle de Julie et la mène avec Maryam dans une pièce sans objet défini où les femmes de la maison cuisinent pour tout le monde sur deux réchauds à alcool – le festin préparé pour le retour du fils parti chercher fortune a dû venir de chez l'Oncle. Julie veut aider à laver la vaisselle dans les bassines en fer-blanc (fleuries comme celles qu'elle a vues au marché) ; la règle au café EL-AY veut qu'on ne se fasse servir qu'au restaurant. Mais les femmes se précipitent pour l'empêcher même de tremper ses doigts dans l'eau. La mère se tient à l'écart ; ce doit être sur son ordre – venant de son fils ? – que l'épouse qu'il a ramenée pour toute fortune soit exemptée des tâches incombant aux femmes.

Maryam m'a l'air d'une fille très brillante.

Ah ! Oui ? Il ne la connaît pas vraiment ; c'était

une enfant lorsqu'il a tenté la première fois de franchir un service d'immigration.

Elle dit qu'elle veut étudier. Elle ne sait pas trop quoi – devenir médecin, secrétaire dans le privé – un métier prestigieux qu'elle voit à la télévision, à coup sûr. Mais elle *est* très avide d'apprendre. Pourquoi ne pas lui donner sa chance ? Pourquoi doit-elle jouer les bonnes d'enfants ? Elle est futée. Toi tu as pu aller à l'université.

Elle ne t'a pas dit qu'elle sera mariée l'an prochain. C'est arrangé avec le fils d'un ami de mon père, le commissaire de police. Le fils est policier. Tu ne l'as pas vu – on me dit qu'il est en poste ailleurs. Elle ira le rejoindre là-bas.

Et Julie de répéter sa conclusion coutumière : C'est ainsi.

Elle sera femme au foyer. Ma mère – tu ne peux pas lui parler donc comment peux-tu le savoir. Ma mère est une femme très intelligente. Elle est futée, comme tu dis.

Oh ! mais je le vois. Cela se lit sur son visage.

Mais tu ne sais pas qu'elle s'est battue avec tout le monde pour étudier, cette fille, elle a forcé son père à l'envoyer à l'école apprendre à écrire et lire le Coran. A l'époque c'était la seule fille parmi les garçons. Aucune autre fille ne lisait les journaux et les livres. Elle pouvait réciter des pans entiers du Coran – par cœur, n'est-ce pas ? Plusieurs sourates. Elle le fait encore. Mais tout était arrangé, on l'a mariée. Et elle s'est retrouvée ici à nous donner naissance, à nous nourrir, à faire bouillir de l'eau pour nous laver.

Julie ne peut comprendre l'hostilité qui l'habite en évoquant cette époque ni savoir qu'il ne la comprend pas mieux lui-même : gronde-t-il contre les chaînes d'une vie dont il s'est passionnément détaché, contre le chagrin en pensant à la vie de sa mère et au fait qu'il n'a pas réussi à l'améliorer – et pourtant ; voyez sa mère – que serait-elle devenue, cette image de dignité, avec tout ce qu'elle a enduré et contrôlé, débarquant dans la rue entre le garage et la compagnie du café ! Ou est-ce de l'animosité à l'encontre de Julie – la touriste qui comme tous les touristes ne sait pas bien ce qu'elle cherche véritablement. Le sens – la *force* – de sa relation avec elle, tient aux contacts de Julie, à ce qu'elle *est*, à ce qu'elle aurait pu obtenir chez elle d'inaccessible pour lui. Cette animosité, une protection pour se prémunir contre ce luxe appelé amour par les gens qui peuvent se l'offrir – sentiment auquel il se sent céder, pour elle. C'est *cela*, sa faiblesse – le jour où il l'a laissée boucler sa valise chic et partir, cette aventure qui va s'user jusqu'à la trame, inévitablement. Il demeure perdant une fois de plus. Elle n'est pas pour lui. Papiers refusés.

Il ne lui dit pas que dès le premier départ au petit matin pour la capitale il n'a eu qu'une idée en tête, trouver n'importe quel contact, élaborer toute stratégie ingénue ou rusée qui en découlerait, afin de demander un visa d'émigration pour un pays nanti dont il n'a pas été expulsé. L'Australie, le Canada, les Etats-Unis, n'importe où, bien loin de ce reproche permanent, ce sale bled qui est le sien.

Pas de raison de soulever de vains espoirs : il faut boucler l'affaire avant que l'aventure ne s'achève, que la valise chic n'embarque pour le café EL-AY et la magnifique terrasse de son père, même si elle ne se soucie pas d'appeler cela son pays.

Il retourne donner un coup de main à l'atelier de réparation de son Oncle.

Ibrahim ibn Moussa.

D'ici les procédures de demande d'entrée dans un pays étranger sont nombreuses et floues quant à leur durée. Le verdict – oui ou non, et sous quelles conditions – prend encore plus de temps. Le représentant du consulat local, après que le candidat est parvenu à franchir tous les guichets et à prendre place en face de lui, se doit d'envoyer à son ministère tous les documents nécessaires qui font alors des navettes ; ils glissent du haut de la pile, se perdent dans les interstices d'un classeur, sont effacés par une panne d'ordinateur, et toute la procédure doit reprendre de zéro. Ce n'est pas la peine de demander des explications ; en revanche le ministère pose d'autres questions, nécessitant encore plus de documents, de va-et-vient. Sous-jacentes à tout ce qui se passe ouvertement sur des formulaires tamponnés et des écrans d'ordinateur, il y a mille autres mesures à tenter pour se tortiller sous les fils électriques de la bureaucratie, avec le succès pour certains, la légendaire odyssée de l'émigration, l'échec pour d'autres – il suit chaque jour les expériences de ses compatriotes à la buvette.

Elle n'est qu'une Sirène pour son Ulysse. Chez elle, il lui revenait d'importuner les personnes influentes et d'engager des avocats dans son combat contre l'autorité bureaucratique – diversion non couronnée de succès, mais attirante – ici c'est lui qui doit posséder le savoir-faire, ou du moins l'acquérir. Ce qui lui avait servi par le passé pour entrer de façon discutable dans un pays ne marche plus aujourd'hui ; les symboles humanitaires du style « dame brandissant la torche », comme elle, ne favorisent plus la Lumière mais l'utilisent pour scruter aveuglément chaque formulaire à la recherche d'une éventuelle connexion avec le terrorisme international – des gens qui mènent leurs combats idéologiques sur le territoire d'autres nations ou qui transportent dans leurs veines la dernière épidémie mortelle. Ce pays qui le revendique par la naissance, ses traits et sa couleur, et dont il doit indiquer la religion sur les formulaires bien qu'il ne sache plus si le fils de sa mère est toujours un Croyant – ce pays est haut classé parmi ceux dont les immigrants sont indésirables.

Elle, son épouse étrangère, se trouve dans la bonne catégorie d'étrangers. Elle appartient à un groupe acceptable au plan international. Lorsqu'on lui remet un formulaire unique de demande de visa pour tous les pays auxquels il aspire, il lui faut expliquer la raison de ses déplacements dans la capitale.

J'ai commencé tout de suite à essayer de nous tirer d'ici.

Pour aller où. Elle parcourt le formulaire en parlant. Quel genre de pays.

Croit-elle encore au choix. Mais il la gratifie d'un lent et rare sourire grâce auquel il sait pouvoir toujours l'amadouer. N'importe lequel, celui qui se présentera.

Pas de problème en ce qui la concerne. Pour lui, son mari, s'il faut suivre d'autres chemins puisque les voies officielles s'annoncent bouchées, cela coûte de l'argent. Elle n'a pas de scrupules à ce sujet, pourvu que les pots-de-vin puissent être remis ici, sans danger pour Ibrahim ; la seule raison pour avoir écarté cette solution chez elle, tenait aux mises en garde de l'avocat quant aux risques d'ennuis supplémentaires. Elle dispose de ses dollars de touriste ; elle hésite cependant sur un point, comment pourront-ils contribuer aux achats de nourriture et autres produits de nécessité – dont la mère a certainement besoin – si l'argent vient à manquer ? L'Oncle ne paie pas Ibrahim, pour l'instant – apparemment la vieille voiture et l'essence gratuite constituent une compensation pour avoir remis le nez dans les moteurs. D'abord le parc de voitures de l'administration provinciale et maintenant un mécanicien *authentiquement formé* dans une grande ville de l'étranger ! – Voilà bien la bonhomie de l'Oncle, une fois qu'Ibrahim lui a traduit l'expression, qu'elle commence à reconnaître à force de l'entendre répéter.

Nous serons partis d'ici là.

Il se concentre sur sa détermination comme sur un objet palpable, comme il enlève jeans et T-shirt. Le jeans à la mode est désormais taché d'huile, il n'y a pas de syndicat pour veiller aux règles de protection, le business profitable de l'Oncle ne fournit pas de bleu de travail. Cette détermination s'apparente à une possession terrifiante qu'elle n'a jamais vue, qu'elle n'a jamais eu besoin de provoquer, ni lors de sa vie dans les Beaux Quartiers, ni pendant sa période alternative chez ses amis. Elle ne l'a jamais ressentie elle-même – sauf, peut-être le jour où, dans le cottage, elle s'est plantée devant lui avec deux billets d'avion au lieu d'un.

Elle ramasse le jeans et la chemise, et ce simple geste, celui d'une mère ou d'une sœur, le précipite vers elle. Ses pieds nus recouvrent ceux de Julie, ses jambes nues l'enserrent, et il lui presse la tête sur son sein comme pour bloquer quelque chose qui germe en elle.

Personne ne peut dire combien de temps prendra l'affaire. Quand on graisse la patte (quel qu'en soit le nom donné ici) il faut prendre le risque que le bénéficiaire-derrière-le-bénéficiaire soit en mesure de faire ce qu'il promet – pas de problème ! pas de problème ! – ou qu'on ne le revoie ni lui ni les dollars.

Et la vie entre-temps.

La vie. Une façon insidieuse par laquelle anticipation et impatience sont suspendues aux refus officiels et aux demandes renouvelées. Une entrée dans le quotidien de la famille, la rue qui débouche sur le désert, les hommes assis aux buvettes. Tout le monde attend un éventuel changement – un retour des zones pétrolières, le règlement d'une dette ancienne, un coup d'Etat par des généraux qui ne s'en mettraient pas plein les poches – un jour ou l'autre ou jamais.

Julie enseigne l'anglais non seulement à Maryam, mais aussi aux petites filles tranquilles du voisinage et aux garçons maladroits qui entrent furtivement dans la remise en chuchotant et font bientôt place à un autre enfant assis en tailleur. Maryam a dû mentionner cette petite réunion à la dame qui l'emploie ; la maîtresse de maison invite l'étrangère à venir prendre un thé et à parler anglais avec d'autres dames désireuses d'apprendre la langue. Quelles compétences peut-elle donc avoir en matière d'enseignement ! D'un autre côté, qu'a-t-elle d'autre à offrir ? Ses soi-disant qualifications, à quoi peuvent-elles servir ici ; qui a besoin de battage promotionnel ? C'est à elle maintenant de se glisser sous le bas-ventre d'une voiture. Les livres de la valise chic sont à présent des bibles de chevet consultés constamment, lus et relus ; elle accepte – mais en échange de cours de *leur* langue. Pourquoi continuer à vivre en sourde-muette ? Elle est toujours l'étrangère autour du plat commun, une intimité que La Table du lointain EL-AY tentait de reproduire hors de toute famille biologique. La meilleure façon d'atteindre son amant (son mari ! – elle a du mal à se considérer comme épouse) passe par la mère qui occupe une place prééminente dans le cœur du fils, elle le savait bien avant de rencontrer l'imposante masse de chair. Les amis de La Table sont toujours fauchés, même si elle envisage de retourner dans le cul-de-sac qu'elle a jadis fréquenté il n'est pas pensable d'espérer une contribution à l'achat et à l'expédition des livres ; elle écrit à sa mère, ne pourrait-elle pas commander une belle traduction du Coran auprès de ces merveilleuses librairies par Internet en Californie. Et le faire parvenir par un transporteur ; la poste du village n'est qu'un comptoir dans une boutique entre chewing-gums et cigarettes.

Sa mère, elle seule, bien entendu. Il lui a fait comprendre qu'au sein de sa nouvelle famille, elle était coupable de négligence envers sa mère. Il y a donc échange de lettres. *Ma pauvre fille, j'imagine l'effroi de ton papa… tu es comme moi, j'en ai peur, tu ne peux pas te limiter à des émotions rangées ! Mais n'oublie pas, ma chérie, que si cela ne marche pas, tu peux toujours en partir.* Elle trouve drôle de lire la lettre à Ibrahim mais saute la dernière phrase. Quelques jours après il demande si elle a répondu.

Non bien sûr. Cela ne va pas devenir une corvée hebdomadaire, comme quand j'étais en pension.

Ta mère peut nous fournir des attestations. Par ses amis, par son mari. Il est américain, n'est-ce pas. C'est nécessaire pour nos visas.

Le Canada, l'Australie – l'Amérique aussi ? Toutes les possibilités sont à explorer selon ses contacts. Le seul pays où Julie est d'une utilité quelconque c'est l'Angleterre, mais il traîne déjà là-bas un dossier pour entrée illégale.

Jusqu'à présent les lettres de recommandation qu'elle a demandées – sous la dictée de son mari, il sait comment elles doivent se présenter – ne sont pas venues de Californie. Mais le livre, lui, arrive, envoyé à grands frais par messagerie porte-à-porte avec le chauffeur de bus ; dans la capitale la personne en charge du colis connaissait son itinéraire. Elle hésite à demander à Ibrahim les versets du Coran que sa mère sait par cœur ; Maryam les lui indiquera. Ce n'est pas facile de faire comprendre ce qu'elle cherche, non seulement à cause de la langue, mais peut-être aussi parce que la fille pense qu'il y a maldonne : pourquoi la femme d'Ibrahim veut-elle savoir ça ?

La Sourate du Miséricordieux, la Sourate de Marie, la Sourate des Prophètes.

Il est sorti avec les hommes de sa classe d'âge, quelques amis susceptibles de l'aider à caresser des bureaucrates dans le sens du poil. Sa quête n'a point d'horaire, les chances de succès sont improbables. Elle se trouve seule sous la lampe pliante qu'il a achetée, se disant qu'elle peut au moins lire à la lumière d'un équipement familier pendant leur séjour en ces lieux. Des *sourates* comme les appelle une note en bas de page. Elle lit des passages à voix haute comme pour entendre l'emphase naturelle de l'intonation – parmi ce choix de conseils et d'exhortations, d'inspiration, de consolation que l'on trouve dans les textes religieux. Elle lit au hasard ; les versets ne viennent pas dans l'ordre désigné par Maryam.

Et Job qui invoquait son Seigneur disait : Oui, le mal m'a atteint mais tu es le plus miséricordieux des miséricordieux.

Nous l'avons exaucé, nous avons écarté de lui le mal, nous lui avons rendu sa famille.

Elle s'échappe du cercle de lumière tombant de la lampe.

Elle se retrouve aux côtés de la figure majestueuse comme une statue, drapée de noir, à la fête, au premier repas. Son amant, le fils, rejeté par le monde de Nigel Ackroyd Summers, rendu à sa famille par cette présence silencieuse dont l'autorité vient de cet amour excessif qu'il porte à sa mère. Comment la petite fille aurait-elle pu savoir que le verset qu'elle lit lui est destiné : personnellement. Appris par cœur.

Mentionne aussi Marie dans le livre. Elle se retira de sa famille vers un lieu oriental.

Elle tendit un voile entre elle et eux. Nous lui envoyâmes un esprit qui prit devant elle la forme d'un homme parfait.

Elle dit : Je me réfugie contre toi dans le Miséricordieux. Puisses-tu être fidèle.

Il répondit : Je ne suis que le messager de ton Seigneur pour te faire don d'un fils pur.

Elle dit : Comment aurais-je un fils ? Aucun homme ne m'a touchée, je ne suis pas une prostituée.

Il répondit : Ce sera ainsi ! Ton Seigneur a dit : Ce m'est facile et nous ferons de lui un signe pour les gens et une grâce. L'ordre est donné.

Elle fut enceinte de l'enfant et se retira avec lui à l'écart.

Fatras de textes saints pour pensionnat.

Le jour où l'une des habituées du Café, qualifiée de fana de Jésus, tombée enceinte, déclara ne pas savoir comment, la plaisanterie fusa... lequel parmi vous, messieurs les chauds lapins, a joué à l'ange Gabriel...

Ce que l'histoire peut signifier pour celle qui la récite toujours ? Eh bien, il faut avoir un fils à soi pour le comprendre.

La lumière tombe à nouveau sur les pages ; elle tourne, effleure ; une pause :

Le Miséricordieux a enseigné le Coran.
Il a créé l'homme et lui a enseigné à s'exprimer.
Le soleil et la lune ont une marche calculée.
L'herbe et l'arbre se prosternent.
Il a élevé le ciel et établi la balance...
Il a fait confluer les deux mers et elles se rencontrent,
mais elles ne se dépassent pas entre elles.

Chacun sait, dans de pareils textes, ce qui est signifié : pour elle. Elle laisse le livre ouvert sur ces deux versets.

Allongée sur le lit en fer elle attend Ibrahim, parti répondre aux exigences de son monde, comme il l'avait attendue pendant des nuits dans le cottage quand elle remplissait les obligations de son monde à elle.

Pendant un temps l'Australie paraît prometteuse.

Qu'y ferons-nous ?

Plein de choses. Un pays plein d'avenir. Il se développe. Ce sera bien pour toi, tu sais, cela ressemble à chez toi.

Elle hoche la tête en riant. J'ai laissé tomber mon pays.

Julie l'accompagne chez quelqu'un lié à quelqu'un qui connaît le représentant de Canberra dans la capitale, pour donner des renseignements qui peuvent jouer en leur faveur ; une épouse citoyenne d'un pays du Commonwealth, casier judiciaire et fiscal impeccable, niveau d'éducation élevé.

Et si l'on contactait ces gens, cet homme chez ton père qui partait pour l'Australie. Celui qui emmenait même son chauffeur noir avec lui, tu te souviens de la discussion.

Je n'ai aucune idée où ils peuvent se trouver.

Il y a de la sommation dans les yeux noirs d'Ibrahim.

Ton père doit le savoir.

Elle se passe les doigts bien écartés dans les cheveux ; il est figé devant elle comme le jour où il a émergé de dessous la voiture : me voici.

Je ne peux pas demander cela à mon père.

Elle est plus bouleversée par son silence que par une dispute, elle est bloquée par des pensées refoulées ; Ibrahim que l'on a si souvent rejeté a pris inconsciemment pour lui la réponse négative.

Elle s'approche de lui alors qu'il se met soudain à fourrager dans son sac de toile – il ne l'a jamais vraiment vidé, ni permis à Julie de le faire à sa place, jour après jour, mois après mois, l'objet demeure dans la pièce toujours prêt à quitter cet endroit, sa maison. Elle se penche sur lui, ferme les bras autour de sa taille, sa joue contre son dos nu. Son essence, l'odeur de sa peau surmonte son silence et la reçoit. Elle veut dire, je ferai n'importe quoi pour toi, mais comment le formuler quand elle vient de démontrer qu'elle ne le peut pas ?

Cela ne changera rien pour nous, à part nous humilier. Il dira non, qu'il ne songe même pas à mettre son collègue dans l'embarras, son associé accueilli en *grande pompe* dans un pays... s'attendre à ce qu'il recommande un immigrant croisé une seule fois lors d'un lunch, époux d'une fille envoyée au diable par son père si elle persistait dans son choix – voilà l'aimable adieu que j'ai reçu de mon père !

J'ai noté le nom de l'endroit où ils s'en allaient. C'est quelque part là-dedans. Perth, il s'agit de Perth. Je le pense... un bout de papier...

Le bout de papier reste introuvable. Le processus continue sans référence à Perth, de même les périodes d'attente tandis que les documents font la navette.

On ne leur accorde pas de visa d'entrée pour l'Australie.

Julie est confusément furieuse. Apparemment envers les Australiens ; envers elle-même pour n'avoir pas été capable de « tout faire » pour lui, ce qui aurait probablement peu changé le cours des choses.

A chaque demande qui échoue, il continue à dresser des plans pour le pays suivant. Ils essaient d'empêcher d'entrer tous ceux qui viennent d'Orient, ils n'ont pas besoin de gens comme moi. C'est tout. C'est comme ça.

Entre-temps.

L'attente génère un rythme qui lui est propre ; la routine, qui dit-on tient à la permanence, s'installe du fait qu'il n'y a pas grand-chose à faire dans l'intervalle. Ibrahim prend la vieille voiture prêtée – donnée – par l'Oncle et va travailler le matin à l'atelier, Julie donne des cours d'anglais chez l'employeur de Maryam et à l'école – l'enseignement oral fait appel à plus de qualités ou de dons qu'elle ne pensait avoir. Dans la maison de famille Maryam a rassemblé sa sœur Amina qui vient d'avoir un bébé et Khadija, la femme du fils perdu dans les champs pétrolifères ; elles et d'autres arrivent discrètement pour se joindre aux échanges, apprendre la langue de Julie, celle-ci apprenant la leur, sous un auvent déchiré qui rejoint un laurier-rose aux fleurs lourdes de poussière, comme une femme abusant de poudre. Aucun palmier. L'ombre est mince et le déplacement de lumière sur les visages un jeu que chacune ignore, mais qui, étrangement, commence à révéler l'autre à coups de regards et d'intuition. Maryam devient presque à l'aise en anglais, ou bien Julie est-elle plus prompte à saisir ce que la fille découvre dans les locutions et les inévitables substitutions d'un mot pour l'autre. Maryam souligne que Khadija est tout indiquée pour transmettre leur langue à Julie, bien mieux qu'elle-même, Khadija vient de la capitale, elle a été à l'école « jusqu'au bout ». La raison de ce plaidoyer ne vient pas seulement de sa façon confuse de s'exprimer dans une langue étrangère ; tout le monde sait, même la femme d'Ibrahim l'a vu, Khadija est dans un état de frustration qui va de la crise de larmes dans un coin (celui qui est réservé à la prière de la mère, en plus) aux imprécations contre son mari, un fils de la maisonnée. En privé Ibrahim la traite de folle. Elle en veut à mon frère d'être mort, peut-être est-il mort, Dieu sait. Afin d'aider sa belle-sœur avec tact, Maryam essaie de la distraire en reconnaissant sa supériorité, la flatte et la pousse à en tirer parti pour en faire profiter leur nouvelle belle-sœur, la femme d'Ibrahim. – Je vais le dire à Khadija, elle est si seule sans notre langue.

Julie le répète à Ibrahim.

N'est-ce pas singulier ? Maryam est une fille pour le moins étonnante, cela ressort même dans son anglais de fortune. Elle a cependant raison concernant Khadija. Celle-ci ne me regarde jamais, tu sais, elle est quelque peu hautaine, mais elle m'écoute et me corrige, avec elle j'apprends vraiment la prononciation. Parle-moi. Tu verras. *Nous* devons parler ta langue ensemble...

Il est de retour de l'atelier de l'Oncle et s'est emparé de l'eau réchauffée par sa mère. Le tub en ferblanc est prêt dans la chambre ; il n'autorise pas Julie à chercher de l'eau : les femmes de la maison sourient à le voir transporter le seau, travail de femme ; sa mère se ferme à ce spectacle, se détourne de lui. Il est en effet peut-être absent : un de ces exils auxquels elle n'a pas accès, elle ne le devine que de façon biologique, à travers son sang pompé par le cœur.

Quels sont les noms – je ne sais pas, le, les... tu sais... les mots d'amour... J'aimerais les entendre. Tu ne me les as jamais dits... ?

Il faut que nous parlions anglais. J'ai besoin de parler anglais. Je dois parler anglais avec toi si je veux trouver un bon boulot quelque part. Là-bas je pourrai étudier encore mieux. Uniquement grâce à l'anglais. Il verse l'eau dans le tub.

Il se brosse, en s'accroupissant il sent les taches de graisse jaillies du tréfonds des moteurs, la saleté noire des outils sous ses ongles, comme s'il étalait partout sur son corps ses conditions de vie toujours ignorées d'elle, cette femme qui s'est entichée de lui dans cet état qu'il cherche à fuir, comment pourra-t-elle jamais savoir. Et il est conscient qu'il est en plein dialogue avec lui-même dans cette langue qu'elle a la fantaisie d'apprendre, sans utilité pour elle, pour eux, là où ils iront. Mais quel besoin – quelle cruauté – y a-t-il à lui dire que, dans la vie qu'elle s'est choisie en le suivant, les projets menés à bien sont un luxe. Le ramadan approche. Qui aurait pu penser qu'elle serait encore avec moi dans ce bled, que nous serions encore ici. La belle valise n'a pas bougé depuis qu'elle l'a poussée sous le lit, son aventure n'est pas terminée, on fait l'amour sur ce pauvre lit de fer et je la satisfais, Dieu sait que je la satisfais. Et toujours pas de visa pour moi.

Il lui dit qu'il n'est, bien entendu, pas nécessaire qu'elle jeûne. Ce que feront néanmoins son père et le reste de la famille : à cause de la mère.

Avec la famille et tout le village, n'est-ce pas ainsi ?

Pourquoi serait-elle l'exception ? La seule. Isolée sans la langue. Il devrait pouvoir le comprendre ; ici, chez lui, elle est ce qu'il a été parmi ses amis à La Table au EL-AY, au lunch sur la terrasse pour saluer le couple et son chauffeur en partance pour l'Australie. Evidemment je ferai carême.

Tu vas te rendre malade. Ne pas boire, c'est terrible. Ne pense pas seulement : pas de nourriture ; ne pas manger, ce n'est rien, rien comparé à ne pas boire. Crois-moi.

Des broutilles, mon chéri ! Je peux perdre un peu de rembourrage, je mange trop à ces repas de famille, je prends du poids par-derrière, regarde.

Une autre aventure.

Il pense qu'elle n'apprendra jamais ; ou peut-être

qu'elle n'aura jamais à apprendre les règles de survie, qu'elle a toujours le choix.

Dans la complainte rouillée du lit de fer pendant l'amour, à moitié dévêtue elle murmure, reprenant un thème inépuisé, je te soutiens jusqu'au bout. Une phrase banale du temps de La Table, mais elle n'a rien d'autre.

Le rythme de l'attente change complètement. La réaction à la durée d'un jour de ramadan ressemble exactement aux réactions du corps et de l'esprit en arrivant dans un pays avec un grand décalage horaire. La même sensation d'oscillation en regardant les environs à travers des lentilles déformantes, pas vraiment déplaisante, une résistance paresseuse au relâchement des muscles des paupières, une voix disant, laissez-moi dormir, éteignez la lumière, ne répondez pas au vide qui suçote l'estomac : *fais-moi plaisir, c'est l'heure*. Et une curieuse surprise : les nuits sont froides à présent; la chaleur perpétuelle de ce village n'est qu'un cliché; il n'y a pas eu d'hiver dans ce désert comme dans l'hémisphère Nord. Elle manque le premier repas avant l'aube qui n'a pas de nom particulier, c'est le repas, l'ultime occasion de s'alimenter; elle n'arrive pas à se réveiller suffisamment pour avaler. Les pensées et les gestes ralentissent tandis que la maison s'emplit du bourdonnement des femmes en prière et que les hommes partent à la mosquée. De quelque façon qu'ils s'occupent aux autres moments de la journée, les hommes de la famille demeurent en mâle compagnie. Julie n'espère pas revoir Ibrahim avant le coucher du soleil. Parfois les femmes se rendent visite, rassemblées dans l'une ou l'autre maison du voisinage. La mère voit la femme de son fils partir en compagnie de Maryam, Amina, Khadija et les enfants pour la maison d'un cousin ; elle observe tranquillement de son sofa. Après un bout de temps, elle se rend à son coin de prière. Une heure, voire plus, passe avant qu'elle ne s'en retourne au sofa dans la grande pièce déserte, et reconnaissant, comme toujours, la démarche de son pas, entend le retour inopiné de son fils. Elle se lève, s'approche de lui alors qu'il entre calmement. Ils se regardent un instant en silence ; dans leur visage leur amour réciproque. Puis le ton de la mère, réservé pour lui seul, prend la cadence des prières qui ont empli son après-midi, comme un passage musical continuant à résonner dans l'oreille : – Tu n'es pas bien, mon fils.

Il incline la tête vers sa mère en un geste spécial – soumission ? amour ? Qu'il lui réserve. Avec son père, il a toujours des échanges vifs, souvent un combat de désaccords contrôlés. Avec sa mère il semble souvent n'avoir presque pas besoin de mots. Une pause. – Je ne sais pas... non, juste de la fatigue. – Son regard va vers sa chambre et revient.

Tous deux connaissent le tabou absolu, à savoir que mari et femme ne peuvent se retirer dans leur chambre pendant les heures de soleil tout au long du ramadan, toute intimité entre homme et femme est interdite.

— Ta femme est avec Maryam et les autres chez Zuhra.

A nouveau l'inclination de la tête vers sa mère.

Tout le temps travailler dans les voitures et les poids lourds puis retourner à ces bureaux étrangers dans la capitale pour tenter de partir. Quand donc prendra-t-il soin de lui.

— Tu as besoin de repos.

Pas besoin d'observer qu'au retour des femmes il entendra et quittera sa chambre avant que sa femme n'entre. Mère et fils s'asseyent quelques minutes avant qu'elle ne retourne à son coin de prière.

Il se rend dans sa chambre – et elle s'y trouve, Julie. Il reste dans l'entrebâillement, puis tire prudemment la porte mal ajustée derrière lui.

Tu as quitté les hommes ?

Il pourrait répondre : Tu as quitté les femmes. Il gratifie sa femme d'un sourire, celui qui est destiné uniquement à *elle*, Julie. J'étais fatigué.

Moi de même. Elles sont gentilles, mais ce bavardage – à la longue c'est comme si j'étais prisonnière d'une volière.

Il balance ses chaussures et, un moment d'hésitation, enlève la calotte brodée fixée par une barrette au sommet de son épaisse chevelure, se couche sur le lit, un enfant obéissant parti faire sa sieste. *Tu as besoin de repos.* Elle est allongée à côté, leurs corps ne se touchent pas. Peut-être est-elle au courant du tabou, Maryam a pu le lui dire ; peut-être pas. Cela semble long ; aucun d'eux ne dort ni ne parle.

Elle sent le désir monter en elle et se déplier, gonfler ses autres lèvres, submergeant la lassitude de la faim et la sécheresse de la soif. Elle en est honteuse ; elle sait que les activités sexuelles, comme toutes les autres formes de plaisir, sont interdites pendant ces jours austères, même s'il est prouvé que cette abstinence ajoute une excitation différée aux joutes amoureuses la nuit. Sa main se hasarde à chercher la sienne pour s'assurer qu'il lui tient compagnie, une autre forme d'amour, mais elle rencontre de façon déconcertante son pénis dressé sous ses vêtements. Après ce contact elle ne sait plus que faire de sa main. A nouveau un bout de temps se passe à ce rythme qui ne ressemble à aucun autre. Ils se tournent l'un vers l'autre au même moment, il la dépouille de son déguisement et elle le dévêt. Mais c'est elle qui pose sa paume sur son sein à lui pour le retenir, pensant aux ressorts plaintifs du lit de fer, et s'allonge à même le sol pour le recevoir.

Il y a de l'eau dans une jarre à côté du baquet en fer-blanc. Ils se nettoient l'un l'autre ; peut-être l'illusion coupable d'une absolution purificatrice de la part d'une infidèle. Mais il s'habille en silence, épingle la calotte brodée sur son chef et s'en va. Sa mère n'est pas à sa place dans le sofa. Elle doit être encore en prière, mais elle aura su, ne serait-ce que par la perturbation de l'air dans la maison – produite par le corps de son fils, seul entre tous, le passage de sa présence – qu'il a recouvré ses forces et qu'il est parti rejoindre les hommes.

Femmes et enfants reviennent, la marée haute submerge les fleuves secrets de la maison. Maryam demande : – Julie est-elle ressortie ?

— Elle était avec toi.

— Oh ! elle n'est pas restée longtemps, elle nous a quittées pour rentrer à la maison.

Maryam frappe doucement à la porte de la chambre d'un coup de jointure du doigt.

— Oui ? J'arrive.

Le son de la voix étrangère saisit la mère qui s'étrangle sous le choc.

Là, là dans la chambre. Avant que son fils n'ait quitté les hommes, qu'elle ne lui dise que son épouse se trouvait avec les autres femmes, pendant qu'elle-même, la mère, était seule à la maison, pour lui tout seul – la femme était revenue, discrètement dans la concentration des prières, l'alcôve de la dévotion, et elle avait tout ce temps-là occupé la chambre.

Là. La peur et la colère transforment son souffle en halètement. Amina et Maryam s'inquiètent de voir cette grande poitrine qui se soulève ; qu'est-ce, une attaque cardiaque ? Sa main les efface plus qu'elle ne les chasse ; une longue journée privée d'eau, le soleil descend, elle va bientôt boire un grand coup, c'est tout ce dont elle a besoin.

Au repas qui brise le jeûne son fils est aussi animé

que le reste de la famille tout à la joie de combler faim et soif, propre au temps de ramadan, récompense pour s'être abstenu de tout plaisir.

La mère boit à longs traits. Non seulement de l'eau, mais le péché et la honte de ce qu'il a fait : son fils ; elle ne peut contempler son visage bien-aimé, comme si elle craignait de le voir horriblement enlaidi, putréfié – alors que les autres le voient toujours élégant et plein de grâce. Car cette tête, puisqu'elle lui a légué ses traits, deviendrait aussi son visage à elle.

Si elle ne le dénonce pas à son père, à ses frères et à son beau-frère et si elle dénonce la femme, son épouse, à ses filles et à sa belle-fille, qui prendra cela comme un triomphe sur l'honneur de la famille ?

Ce qui s'est passé derrière la porte fermée, l'épouse déjà allongée – n'importe quelle femme qui a vécu suffisamment longtemps ne saurait avoir de doute là-dessus. Comme son fils est à l'aise à présent, cette décontraction particulière que reconnaît aisément une vieille femme qui a dormi des années aux côtés d'un homme.

Comment son fils serait-il traité par les hommes de la famille. Le couple – que lui arriverait-il. Mais elle sait, elle sait ce qu'il adviendrait. Ibrahim rejettera tout opprobre par ici, de tels édits brisent les repères, ne pèsent pas sur les fils perdus sous l'autorité étrangère de l'exil, de l'émigration – cela elle le sait.

Son frère. Si l'oncle Yacoub l'apprenait. Et bien

sûr il faudrait l'informer, le membre le plus âgé et le plus important de la famille. C'est le seul dont elle espère en son for intérieur qu'il peut aider son fils à rester plutôt qu'à chercher à émigrer de nouveau. Si Yacoub était mis au courant ; qu'adviendrait-il.

Elle sait ce qui se passerait.

Son fils repartirait quelque part, elle le perdrait une fois de plus.

Personne n'était dans la maison. Elle seule. Elle n'a pas entendu – non – la femme, son épouse entrer et se rendre dans la chambre, elle était en prière. Il n'y a eu que lui, son fils, dont elle ressent toujours la présence ou l'absence, à faire un aller et retour. Sa fille Maryam ne sait pas que son frère est venu au cours de l'après-midi, a partagé une chambre avec sa femme.

Qu'adviendra-t-il d'elle, la mère, si elle ne parle à personne de ce qu'elle sait – à personne.

Aoodhu billah. Elle prend sur elle le péché, comme si elle présumait être la seule à savoir distordu le visage aimé. *Astaghfar Allah.* S'il est blâmé, rien ne l'arrêtera. Il partira. Elle le perdra une fois de plus. N'importe quelle punition, *inch' Allah*, plutôt que celle-là.

Quand un des hommes rapporte en passant que son fils s'est éclipsé de la compagnie des hommes au cours de l'après-midi, elle répond avant qu'il ne le fasse. – Il a besoin de repos.

Elle, Julie, appréhende le repas du soir en famille, que lui a-t-elle donc fait ; est-ce qu'ils ne seront pas gênés d'y prendre part, lui parmi les hommes, elle parmi les femmes. Mais il rentre de la mosquée avec son père, Ahmed, Daoud, Suleyman le mari d'Amina, le jeune Mohamed et la salue comme s'il ne l'avait pas vue de la journée.

L'intoxication confuse qui tient au fait d'être éveillé quand on est habitué à dormir et de sommeiller quand il convient d'être debout finit par se dissiper de même que l'horloge interne se remet à l'heure au bout de quelques jours dans un pays situé aux antipodes. Elle se lève dans le froid pour prendre le repas d'avant l'aube et les cris de faim et de soif ne deviennent clameur qu'au coucher du soleil. La modification de l'échelle du temps devient complète lorsqu'elle se souvient : là-bas, à La Table, ses amis viennent de saluer il y a quelques semaines la fin d'une année, se sont saoulés, défoncés; Nigel Ackroyd Summers et sa Danielle ont fêté au champagne le redémarrage de leur longue vie sur un nouveau calendrier. Ici, à la façon dont on mesure le temps, le Nouvel An reste à venir.

On m'a appris que le temps est divisé par la naissance d'un enfant dans une étable et que la mention « av. J.-C. » ou « ap. J.-C. » suit chaque grand événement. C'était *ça* le temps. Suite aux lavages de cerveau par les missionnaires et aux tabassages par les colons, les Noirs ont coopté ce système. Ils y croient donc eux aussi. Forcés. Je suppose que mes parents avaient quelques amis – j'ai dû connaître leurs enfants – qui étaient peut-être juifs, mais leurs rituels quels qu'ils fussent ne comptaient pas beaucoup à nos yeux et de toute façon ils venaient chez Nigel aux surboums de Noël et de Nouvel An, s'ils étaient du bon niveau social. Les musulmans – nous n'en connaissions pas... mais les commerçants indiens fermaient le jour de la naissance du fils de Dieu et le jour dont nous avions décidé qu'il commençait l'année – oh ! je sais les cycles de la lune et le changement de saison s'y trouvent mêlés, mais il s'agissait du cycle chrétien. Ce monde est *le leur*, le monde chrétien.

Il est assis sur la seule chaise de leur chambre, cochant au stylo-bille des passages d'un exemplaire de *Newsweek* qu'il a ramassé lors de son dernier passage dans la capitale pour un entretien dans quelque consulat. Le bic ne laisse qu'un sillon, il gratte le papier avec acharnement pour que l'encre coule. Il s'arrête ; pour l'observer.

Le monde est leur monde. Ils le possèdent. Il est géré par des ordinateurs, les télécommunications – il faudrait s'en occuper par ici – l'Occident, ils possèdent quatre-vingt-onze pour cent de tout cela. L'Afrique d'où tu viens ne fait que deux pour cent, détenus pour l'essentiel par ton pays. Ce pays-ci ? Pas même de quoi mettre un chiffre ! Du désert. Si on veut être dans le monde, la seule façon est de faire en sorte que ce monde chrétien, comme tu l'appelles, nous laisse entrer.

Le Canada. La fin du ramadan signifie qu'il peut reprendre sans blesser sa mère le chemin des demandes de visa pour le Canada. Deux lettres de recommandation fondées (« A qui de droit »), sans doute délibérément et correctement sur le mariage d'un inconnu avec une femme provenant d'un bon endroit et pourvue des bons papiers – une mère aisée citoyenne américaine de même qu'un père aisé, mentionné cette fois-ci – sont arrivées de Californie. Surprise ; Julie les lui a remises. Elle n'aurait pas pensé que Beverly – sa mère – aurait pu ou voulu trouver quelqu'un pour signer de son nom. Le beau-père dans les casinos a apparemment des relations chez ses copains de jeu, bien que personne ne connaisse la valeur de ces signatures. Quoi qu'il en soit, Ibrahim range les lettres dans le dossier où il conserve les documents – demandes en souffrance, demandes refusées – annotés d'ondes en écriture arabe qu'elle admire.

Dans un autre pays on aurait fait appel à un ordinateur, tous ces papiers ne sont pas à conserver.

Il fourre le dossier dans le sac de toile avec ses possessions. Le Canada – des frères, au sens villageois du terme, y sont déjà installés ; Toronto, Calgary sous la neige brillante comme des éclats de verre, ces coins gelés peuvent plier un doigt de consentement face au désert où le sable crisse entre les dents.

Timidement, prête à se faire rembarrer par la politesse exquise des sœurs ou par le regard maussade et sévère de Khadija en femme abandonnée, elle s'est proposée d'aider aux préparations culinaires de l'Aïd el Fitr, et on l'a acceptée. La fin du ramadan signifie pour elle que les sœurs et les enfants reprendront aux heures habituelles leur place dans la pièce commune de la maison pour l'échange d'arabe et d'anglais.

Un après-midi après le ramadan sa mère s'assoit parmi les femmes. Elle ne parle pas. Mais elle est là. Le moule d'où vient le visage d'Ibrahim. Une déclaration à lire, si l'on savait comment la déchiffrer dans la durée, un bronze de vie sous la peau tirée par de fines amarres musculaires autour de la bouche élégamment ourlée, plissée sous les arcades sourcilières, envahie par la poussée de poils rêches sur le menton. Tout ce que Julie peut discerner dans cette présence, c'est qu'elle a gagné en reconnaissance en observant l'interdiction de boire et de manger entre le lever et le coucher du soleil pendant trente jours, même si elle n'a pas passé ces jours en prière.

Même si le fils a péché à nouveau, au sein de sa famille retrouvée, pendant les jours sacrés. Le visage de la mère cache-t-il qu'elle le sait aussi. Il est absous : « Il a besoin de repos. »

Cette étrangère le lui donne.

Parfois – quand il entre dans la pièce où elle se trouve parmi les femmes, dans la chambre où elle régale les enfants d'Amina et de Khadija de jeux issus du jardin de Gulliver – sa bonne humeur montre que le Canada se porte bien. D'autres jours il jette des regards furieux à ses sœurs et à sa belle-sœur éplorée comme s'il chassait un troupeau ou comme s'il disait à des enfants dans leur langage commun – salut, ouste, allez-vous-en – jouez ailleurs !

Il y a de la frustration dans l'air : pas de nouvelles du consulat, un contact promis fait défaut. Elle et lui ne parlent guère de l'attente et de ses impondérables ; il existe un pacte tacite de sentiment qui pourrait attirer le mauvais sort, comme si des forces maléfiques planaient au-dessus d'eux, les épiant, ricanant, pleines de faux espoirs, tendant les deux poings – dans lequel ? lequel ? – savourant de savoir ce que contient celui qui est désigné : visa refusé. Pourquoi susciter de l'espoir chez elle. Pourquoi répondre aux questions sur ses démarches pour les tirer de là. Agir tout simplement. Tout ce qui est possible. N'importe quel jour il peut trouver la belle valise bouclée. Et cette fois-ci elle n'aura qu'un billet à la main. Les semaines succèdent aux semaines ; la vue de sa belle-sœur, cette Khadija, hautaine et accusatrice envers la famille qui a produit son mari, le met en rage. Sa manière de couvrir des mains son visage bien maquillé, son tic de désespoir. Que diable ce foutu Zayd fait-il dans ces putains de champs pétrolifères ! (Les jurons entendus dans le garage où sa femme l'a rencontré lui reviennent.) Oui, c'est ça. Putain, il a trouvé une autre femme là-bas et ma mère doit nourrir Madame qui vient de la capitale et dont il était si fier, mon père doit payer pour que ses enfants aillent à l'école.

Qui aurait cru qu'ils seraient encore là quand reviennent les mois venteux. Le *rih* souffle.

Il rentre de chez de vagues amis d'amis où l'on calcule en dollars la somme qu'il faudra glisser dans une main discrète, et la voici enveloppée d'un haïk autour de la tête comme toutes les femmes de la rue. Elle remercie Maryam d'un sourire : c'est gentil de la part de ta petite sœur de m'équiper contre le vent, n'est-ce pas ? Elle se recouvre le nez et la bouche pour lui montrer comme elle a été bien protégée de la fureur cinglante du sable en allant chez l'employeur de Maryam donner la leçon de conversation autour d'un thé, pour laquelle elle accepte désormais une modeste rétribution.

Il se met à hurler à sa sœur des mots qu'elle comprend en partie, suite à ces réunions : qui te crois-tu que fais-tu qui sort dans le *rih* es-tu folle enlève-lui cette chose, et la douce fillette se balance de gauche à droite comme si on la frappait.

Il disparaît dans la chambre. Julie entoure la fillette et la berce. Maryam se libère et retire le haïk de Julie qui se fait incantation, s'excusant pour lui, Désolée, désolée, désolée. Mais la fille la réconforte en arabe, puis se reprenant, en anglais, léchant une larme qui coule de sa joue à sa lèvre, suffoque à se moquer d'elle-même : – Il a beaucoup de soucis – il est trop occupé avec des choses dures. Je le sais. Ce n'est pas contre moi. Ibrahim, il est furieux contre lui pas contre moi. – S'enlaçant de nouveau, elles s'assoient doucement sur le sofa comme si la femme d'Ibrahim était une sœur.

Bien sûr il a raison quant au vent ; même complètement couverts, ne montrant que les yeux, s'aventurer dehors est terrifiant, excitant pour les femmes autant que pour les hommes – un phénomène jamais vu, au-delà de l'imagination de Julie, la plus violente des forces de la nature étant jusqu'à présent le vent appelé le Sud-Est noir qui claque les portes et éloigne des plages les estivants du Cap. Ceci s'annonce comme la matérialisation d'une explosion cosmique lâchée par la bouche de dieux en colère, représenté dans les gravures prophétiques. Attendant à présent le Canada ou quelque autre destination – pour lui, c'est tout ce qui compte – elle ne pense plus souvent à son enfance, sa chambre au panda en peluche qu'elle a essayé de retrouver dans la mauvaise maison, ce dimanche-là ; à cet enclos de domestique retapé avec salle de bains étincelante, savon bio et huiles de bain, cuisine miniature avec congélateur et micro-ondes, modestes mais pratiques, la dame qui vient chaque semaine pour le linge, le large lit toujours prêt à recevoir un nouvel amant : les ornements d'un cénacle à l'opposé des repas du dimanche chez Nigel Ackroyd Summers, La Table au café EL-AY – ce qu'elle croyait être simplement la vie. Nous jouions avec la réalité ; c'était une maison de poupée, ce cottage ; un jeu, le EL-AY.

Au bout d'un mois, exactement comme on le lui a dit, le vent qui a fait plier toute chose et chacun dans le village s'épuise à souffler. Son temps est passé ; le Canada toujours en question, on attend des décisions de l'ultime autorité à Ottawa. Julie sait qu'il a d'autres fers au feu pour d'autres pays ; mais quels pays peut-il encore essayer. Cela cesse d'être une question : une déclaration non dite, concluante. (C'est comme ça.) Il quitte de plus en plus souvent la maison familiale pour la capitale au volant de la vieille voiture – un oncle n'est pas un étranger, au fils d'une sœur on ne peut refuser des congés comme à tout autre employé – passant les soirées au village ou peut-être dans un autre village, en compagnie d'amis qui connaissent les contacts à suivre. Le père et les hommes de la maison s'absentent généralement le soir ; Suleyman, le mari d'Amina, Daoud le torréfacteur, Ahmed qui travaille à la boucherie et même Mohamed l'écolier, une fois sa livraison de fromage achevée, ses devoirs supervisés par sa mère, disparaît pour jouer au foot sous les réverbères faiblards où croisent les chauves-souris. C'est un moment calme dans une maison qui retentit de tant de vie ; les petits enfants sont au lit, les femmes attendent les hommes. Les deux sœurs, Maryam et Amina, parlent d'un air rêveur tandis qu'elles tissent inlassablement un tapis – est-ce déjà le suivant – sur un métier fait main, rien que deux jeunes arbres, écorcés et élagués, reliés par de grossiers soliveaux. Elle est assise avec les femmes qui regardent des séries américaines sous-titrées, à l'écart pour ne pas déranger, comme au bout de la rangée d'un cinéma, à lire sous la lampe qu'il lui a fournie. Parfois Maryam s'approche d'elle avec hésitation, s'assied par terre jambes croisées sous son vêtement à côté du lit où elle se prélasse. Maryam a fait des progrès extraordinaires ; elles peuvent communiquer maintenant, échanger des idées au-delà des propos aimables des manuels ; des confidences, même. Maryam veut-elle se marier ? Le fils du commissaire de police : l'aime-t-elle ?

La jeune fille montre ses dents serrées, glousse doucement, renverse la tête. – Je n'en connais aucun autre. Juste mon père, mes frères. Il a l'air gentil. Il parle bien. Et il n'est pas gros – tu sais – je n'aimerais pas un gros. – Elles rient ; la jeune fille frissonne, comme pour un baiser imaginaire. – Je pense que je peux l'aimer, on verra. – Elle raconte des anecdotes et des réflexions sur les autres femmes. Toutes parlent de Khadija, si ennuyeuse et pourtant si humiliée dans son désespoir hostile. Oui, une sacrée enquiquineuse... mais c'est une expression difficile à expliquer à Maryam... – Pauvre Khadija. Elle était – comment tu dis – affreuse, mais affreuse, avant, quand mon frère Zayd était ici avec elle, quand ils se sont mariés et qu'il l'a ramenée de chez ses parents, elle n'aimait pas notre maison, c'est elle qui l'a poussé vers le pétrole, pour faire de l'argent et lui acheter une maison. Maintenant elle est – encore plus affreuse – parce qu'elle est malheureuse. Elle te regarde de travers, elle hait parce qu'elle est jalouse. Tu as un mari, ton mari va t'emmener dans un bon pays, tu as de l'argent. Pauvre Khadija. Personne ne l'aime dans cette maison. Et mon frère... ? Est-ce qu'il veut encore d'elle. Nous ne savons pas. S'il ne revient pas ?

— Mais les enfants sont adorables. Ton père et ta mère aiment les avoir chez eux.

La jeune fille se tait un instant, pèse ses mots entre ragot et blessure. Elle découvre son beau visage à la femme d'Ibrahim, à moitié connue, à moitié mystérieuse, s'apprête à parler. – Les autres, elles se demandent pourquoi tu n'as pas d'enfant. Alors seulement tu te marieras peut-être ici, à notre façon. Elles te regardent. Nous en parlons. Et puis – je dois te le dire... Ma mère a demandé. Elle me demande.

Compris : la mère a donné instruction à Maryam de m'informer qu'elle souhaite que je fasse un bébé.

Il faut faire passer le message en douceur. – Il y a plein de petits enfants ici, ceux de Khadija, ceux d'Amina, tu auras bientôt des bébés toi aussi.

— Ma mère pense à un enfant d'Ibrahim.

Elle quitte le contact de son dos, se glisse hors du lit, éveillée très tôt. Une habitude récente, qui sait, venue des heures du ramadan. Elle enfile son jeans et une chemise sur ses seins nus, ramasse ses sandales et les tient encore à la main quand elle s'esquive de la maison. Il n'arrête pas de dire, comme un adage sèchement répété, ici, chez lui, on ne peut vivre qu'aux petites heures du matin, mais il ne se lève jamais assez tôt pour ce faire – pour les rituels d'avant l'aube un de ses frères venait tambouriner à la porte. Elle s'accroupit à côté de l'urne bleue et vide pour glisser ses orteils dans les sandales. C'est vrai qu'il est agréable de pénétrer dans l'air pur du matin, différent de l'air de midi qui s'apparente à une immersion, un passage de la terre ferme à l'eau. Le *rih* a poncé les silhouettes des habitations, le ciel ; l'immobilité de la clarté parfaite. Elle se promène, juste le long de la rue, accompagnée un temps par un de ces chiens battus qui savent qu'ils sont méprisés dans le village. Sans qu'elle le menace, il se détourne d'elle et s'enfuit. Elle arrive à la fin brutale de la rue : le désert est là. Son immensité a mis un frein aux gens, aux maisons : n'allez pas plus loin avec vos voitures hoquetantes, vos lumières chassieuses dans la majesté de la nuit, vos vendeurs à la criée et votre caquetage sur les ondes : ne poussez pas plus loin vos aspirations.

Il y a un amas de briques à quelques mètres dans le sable, les restes d'une construction qui s'est écroulée, là-bas, ensevelie. Elle en prend la direction et pénètre un nouvel élément ; la fraîcheur du désert, le sable refroidi par la nuit qui s'insinue par les lanières de ses sandales pour caresser ses pieds. Elle s'assied sur les débris d'un mur et contemple – si l'on peut dire, il n'y a aucun point fixe, aucun horizon qui se dégage. Les sables sont immobiles. Elle essaie de penser à l'espace au travers d'un hublot d'avion, mais un brin de nuage finit toujours par passer pour donner l'échelle. Au bout d'un temps un objet – des objets – passe dans son champ de vision, des points noirs, des taches devant les yeux ? – qui en grandissant deviennent une femme drapée de noir menant quelques chèvres éparses. Elle se rapproche suffisamment pour qu'on distingue la houlette qu'elle brandit, poussant les chèvres dans une autre direction. A la recherche d'herbages. Ici ? Cet espace brut, le temps de lever et de poser le pied, il oblitère et recouvre sa trace, interruption passagère. Les taches devant ses yeux ont disparu. Elle songe soudain à un verre d'eau, le désire. Et ce besoin est étrange. Quand on a soif dans les sables l'eau prend une nouvelle signification : c'est un élément qui n'a pas sa place. Elle demeure assise un moment, elle n'a pas mis sa montre, puis retourne vers le début de la rue avec la sensation d'être accompagnée alors qu'il n'y a personne. La rue s'éveille. L'appel à la prière électronique se dévide à partir de la mosquée et d'une maison s'échappe la voix vive et séduisante d'une publicité radio. Le vendeur de beignets vient vers elle, elle trouve, comme elle l'espère, quelques pièces pour en acheter, aussi agréablement chauds à sa main, dans leur petit bout de papier que ne l'était la fraîcheur du sable à ses pieds.

Qu'est-ce que c'est.

Il fait un geste en la voyant, se lève et s'habille. Se recouche gonflé de sommeil sous la peau couleur miel sombre, à l'ombre d'orbites bleues luisent ses yeux noirs, mélancolie ou érotisme. Me voici.

Revenue d'un désert au pas de la porte.

Sortie chercher des beignets. Regarde, encore tout chauds. Elle lui agite les disques parfumés sous le nez.

Ibrahim se rase. L'eau chaude vient d'une bouilloire qu'il a achetée et qu'Ahmed le bricoleur a branchée sur la maison avec une rallonge qui sert aussi alternativement pour le ventilateur et la lampe – chaque appareil ne fonctionne que lorsque les autres sont déconnectés, l'électricité vient à manquer parfois dans le village : quelques heures d'eau froide, d'obscurité. La maisonnée a recours aux réchauds à paraffine; personne n'a faim, le frère équarrisseur a son bain chaud tous les jours, préparé comme de coutume par sa mère, et l'épouse d'Ibrahim, désormais installée dans les tâches pour femmes, attend patiemment son tour pour le prendre; les lampes à huile donnent à la maison l'aspect d'un refuge troglodyte.

Il ouvre grand la bouche, tendue afin de raser les coins sous la boucle des moustaches lustrées. Ses belles dents bien en vue forment une variation de son sourire rare et tant attendu. Il lève des sourcils inquisiteurs : elle le regarde?

Elles se demandent pourquoi nous n'avons pas d'enfant.

Il poursuit le rasage des coins délicats. L'aura de sa présence qu'elle connaît si bien depuis le premier jour se rétrécit; elle a déjà connu cela aussi.

Qui se le demande.

Ta mère veut que tu lui fasses un petit-fils.

Elle ne le dit pas, mais il voit, il sait, elle est soudain saisie par cette idée. Une nouvelle aventure.

Qu'allons-nous faire avec un enfant. Nous ne sommes pas comme Zayd, Suleyman et le reste. Nous allons partir. Quelle drôle de façon de démarrer, toi malade, accouchant, un bébé dont il faudra s'occuper.

Est-ce qu'elle lui fait des reproches par le biais de sa mère.

Es-tu folle? A peine dit, il sent que sa cruauté se retourne contre lui. Il jette le rasoir sur la serviette, retient son souffle et plonge la tête dans la cuvette d'eau fumante. Lorsqu'il relève la tête, elle a pris le rasoir et lui présente la serviette. Le temps de se sécher le visage, tout l'échange semble s'être évaporé. Tout redevient comme avant, comme chaque matin d'une vie d'attente; suspendue. Il sort donner un coup de main à l'atelier de réparation qui, dans le cadre du système d'entraide familial, lui procure un peu d'argent (on le paie désormais) et l'utilisation d'une voiture. Elle a fini par se faire accepter comme une des femmes partageant les tâches domestiques et elle met à profit ses études pour enseigner l'anglais aux écoliers et à tous ceux qui le souhaitent dans le village – le mot est passé, ils sont de plus en plus nombreux à vouloir améliorer leurs chances d'accéder à ce qu'il appelle « le monde ». Parfois, se souvenant de son jargon de relations publiques sur son portable, rivé comme la bague à la patte d'un pigeon voyageur, elle pense que c'est la première fois qu'une formation coûteuse sert à quelque chose.

On ne peut voir la bédouine que très tôt le matin. (Maryam, à qui l'étrangère a posé la question à titre de curiosité, dit qu'il doit s'agir d'une bédouine, ils promènent leurs tentes et leurs chèvres par là-bas.)

Elle continue d'aller s'asseoir sur l'amas de briques aux heures où il s'active dans l'atelier de l'Oncle, où le père de famille s'est installé sur le banc d'une buvette pour mener à bien ses affaires, où les frères sont au travail et les enfants à l'école. Les femmes – sauf Maryam qui nettoie la maison de sa patronne – font la cuisine, regardent la télévision ou prient – elle comprend : la prière est la seule forme de repos que la mère s'autorise.

Personne ne remarque son absence. Bien qu'il ne soit pas correct de flâner au marché ou parmi les échoppes sans être accompagnée d'une sœur, ou au moins de deux enfants, marcher au bout de la rue ne compte apparemment pas. Les voisins qui vont et viennent en visite à la maison sont habitués à sa présence et la saluent quand ils la voient passer ; un coin de rideau parfois se lève et s'abaisse : elle ne peut aller nulle part ou faire quoi que ce soit digne d'intérêt ; la rue n'aboutit qu'au désert.

Elle porte un vieux chapeau kaki rescapé des jours de camping avec le EL-AY qu'elle a heureusement jeté dans la belle valise en listant les choses utiles avant de quitter le cottage et le superflu. La chaleur tend à se concentrer sous le bord en coton vert foncé, protection adéquate dans son pays, mais pas ici ; en atteignant sa place sur le reliquat de maison elle tire de sa poche un châle sordide acheté au marché et l'enroule autour du chapeau et de ses épaules – les gens d'ici savent que le soleil est un ennemi auquel il ne faut pas s'exposer contrairement au bienfaiteur sensuel des plages du Cap. La bédouine cachée dans la sagesse de ses vêtements noirs est à l'abri du mélanome, seule avec ses chèvres dans le désert.

Le désert. Jamais en fleurs, jamais en déclin. Juste l'alternance sans fin du jour et de la nuit. Hors du temps : elle le contemple, non de loin, mais prise par lui, car son espace ne connaît pas de limites, de bornes marquant les distances. Il n'y a pas d'horizon dans une pellicule de brume, la pâleur du sable, souligné de rose, lumineux comme du lilas avec sa propre couleur dans la lumière légère ne trace aucune frontière entre ciel et terre. La brume du ciel est indistincte de la brume du sable. Tout cela se noie, et sans aucun spectateur ; le désert est une éternité.

Qui pourrait le replonger dans le temps ? L'eau.

Une ère glaciaire – s'il doit en revenir une. L'eau

est une mémoire disparue : la mémoire, la preuve éphémère de l'existence du temps.

De la glace pour recouvrir les sables et les refondre avec son eau dans le temps, pendant des millénaires. Boire une ère glaciaire ; quand tous les sucs de la vie se sont purement évaporés – seul ce qui est inerte peut atteindre la pureté. Le vide c'est la pureté ; ce qui perdure n'est pas vivant.

Quand fondra la glaciation, ce paysage sera obligé de renaître : redevenir la vaste prairie qu'il était voici des milliers d'années ?

Ensevelis sous le sable reviennent avec insistance des versets pour perturber son esprit tranquille... « et elle conçut... et se retira avec lui dans un lieu éloigné ».

Elle s'éveille, passe mollement le bras autour de lui, la main ouverte sur sa poitrine, les yeux toujours clos, souriante et murmure.

J'ai rêvé vert.

Il ne demande pas ce qu'elle fait de ses journées – les cours d'anglais, d'accord... Il ne sait pas sa rencontre avec le désert ; elle ne la lui a pas racontée, parce qu'il évite, ignore, fuit le désert. (*Es-tu folle ?*)

Oui, vert. Si nous ne partons pas d'ici bientôt elle ne le supportera plus longtemps, ce maudit pays de poussière qui est le mien. Elle va rentrer là-bas. Les grands arbres autour de son cottage. La pelouse qu'un Noir vient tondre. Les siens ; ce café. La magnifique terrasse pour les lunchs du dimanche. Résident permanent : pour obtenir ce statut, tant de demandes, tant de démarches en tout genre, partout. Partout sauf ici. Et même si elle n'était qu'une des démarches saisies au bond ce jour-là dans le garage quand il lui décocha son sourire pour lui répondre (ou n'était-ce que dans la rue), même si elle avait manqué de l'aider, si elle n'avait pas exercé l'influence qu'il escomptait de par son statut (Blanche, bonne famille, aisée), même si cela n'avait pas abouti à faire de lui un résident permanent – elle l'a accompagné tout au long du chemin (n'avait-elle pas dit qu'elle le ferait) ; ce chemin fait de refus, d'échecs, enterrés ici dans ce village maudit parmi les sables qui le revendiquait, *chez lui*. L'amour. Il lui faut y croire, niché en elle. Il ressent quelque chose de non désiré, de non nécessaire, aucune obligation pour un immigré clandestin et désargenté d'avoir du sentiment pour l'une de celles qui tiennent le monde, peuvent acheter un billet, prendre l'avion, présenter un passeport et revenir dans leur monde quand elles le souhaitent, elle partira, avec des larmes et des embrassades, une dernière et merveilleuse étreinte sur le lit de fer, n'importe quelle semaine désormais ; il ressent de la responsabilité – oui, c'est ça – de la responsabilité à son égard. Pourtant il n'en a aucune ; il n'a pas voulu qu'elle vienne ici, elle n'a pas voulu le lâcher et il n'a pas pu lui dire que son utilité dans sa vie à lui touchait à sa fin. Il l'a donc épousée ; il le fallait bien, il ne pouvait pas l'amener chez sa mère comme une pute ramassée dans sa solitude ; en amenant chez sa mère, qui mérite tout, une épouse de haute classe (même s'il s'agit d'une étrangère à l'Islam), c'était au moins une marque de respect de la part d'un fils errant.

Un de ces présents sophistiqués que l'on ramène à la maison, mais pas utiles pour un sou, et donc rangés dans une remise. Il se maudit, une malédiction qui remonte de loin.

Elle rêve vert. Mais l'idée de la chambre sans elle, sans son étrange intimité, le vide d'un coup et l'oblige à respirer à fond, à travers tout son corps, cœur et reins.

Elle se sourit à elle-même, à demi éveillée, à l'idée d'avoir rêvé vert par erreur, transgressant une ligne dans le vieux catalogue subconscient des paysages, alors qu'elle s'était en fait endormie en se transposant dans l'éclat pâle du désert, pénétré l'après-midi, au-delà de la lumière et du temps de la croissance.

Un matin, il se réveille aussi dans un rêve. Il ne peut s'en souvenir ; les yeux fermés, lui aussi sort la main. Il trouve un espace vide et plat. Soudain, c'est le rêve, c'est arrivé : elle est partie.

Partie acheter des beignets.

Le Canada a suffisamment d'Arabes, de Pakistanais et d'Indiens – différents de leurs frères rouges qui sont les résidents permanents aborigènes. La Suède, petit pays mais refuge généreux pour ceux qui sont persécutés pour des raisons politiques, se montre plus prudente pour ceux qui avancent d'autres motivations. Il commence à se sentir atteint dans sa virilité. Elle est sa femme, après tout, il ne doit pas la satisfaire qu'au lit. Vert. Il exige à présent un pays pour elle autant que pour lui. Et il ne peut pas admettre sa défaite en en discutant avec elle. Quand il ne travaille pas dans le fracas, le vrombissement, les grincements, la puanteur du carburant à l'atelier, il gravite autour d'un groupe de jeunes gens, jadis branchés, qui affirment qu'on peut aller n'importe où en graissant la patte, montrant qu'ils vivent d'espoirs impossibles à matérialiser – notamment pour eux-mêmes ! Sinon pourquoi choisiraient-ils de continuer à végéter ici, à vendre des pastèques au marché, à réparer les chaussures, à tuer des moutons ou préparer le café, à l'instar de ses deux frères.

Ces jeunes gens ont fait quelques études – comme lui – l'un possède un diplôme universitaire mais occupe un poste d'agent subalterne dans l'administration régionale : il a essayé de quitter le pays mais comme on lui a refusé au bout du compte un passeport à cause de son passé étudiant, de trublion politique, de dissident contre le régime, il ne dispose même pas du document de base pour demander un visa. En raison du même dossier il n'a aucune chance de promotion dans le service public ; dans ce groupe qui finit par se retrouver chaque nuit autour des lampes à huile d'un bar déguisé en buvette, d'autres ont des histoires similaires. Trois d'entre eux – comme lui – reconnus immigrants clandestins ont été expulsés des pays où ils s'étaient faufilés, où ils avaient travaillé à la petite semaine. Ils parlent tard dans la nuit afin de ne pas rentrer dans les terriers familiaux dont ils se sont jadis échappés et où ils sont revenus tels des rebuts – les clandestins n'ont pas d'adresse fixe, pas d'identité. Ils parlent de choses dont il est mal avisé de parler, même dans ce pauvre trou où jamais l'Oncle ni le mari de la patronne de Maryam, ni le maire issu du parti au pouvoir ni l'imam ne viendrait les surprendre, bien qu'un policier en civil, en galabieh, puisse toujours rôder dans l'ombre. Ces jeunes gens veulent le changement, non la récompense du Ciel. Le changement tel que l'ont promu d'autres au siècle passé, le changement pour ce qui doit advenir dans un nouveau siècle. Rattraper ! Avec des élections qui ne soient pas truquées ou annulées si l'opposition gagne ; des négociations pied à pied avec l'Occident dans une position de contre-pouvoirs et non pas une attitude servile de béni-oui-oui, de lèche-cul (ils rapportent d'Occident ou d'ailleurs le vocabulaire adéquat) ; le changement avec une voix sur l'Internet, pas sur le minaret, une voix capable de se faire entendre des dieux financiers qui règnent sur le monde.

... amener le monde moderne à l'Islam, mais sans se faire absorber par lui, non

... révolutionnaires, mais pas comme les autres révolutions, il faut qu'ils comprennent qu'il s'agit d'une révolution religieuse et morale

— mais on n'y parviendra qu'en prenant les leviers du pouvoir, comme dans toutes les autres révolutions ! Qui êtes-vous –

— Oui, oui ! Pas question ! Ne croyez pas qu'il y ait une autre façon de se débarrasser de ce gouvernement qui s'engraisse sur notre dos et nous explique que la pauvreté c'est la liberté, *bismillah* –

... on ne peut plus continuer d'accepter ce que font nos grands-pères, quelle vie est-ce donc, Ibrahim – les interprètes traditionnels de l'Islam... à leurs yeux l'Islam n'a rien à voir avec l'avenir, tout est complet, à jamais, il n'y a qu'à...

... islamisation totale – contre les grandes puissances ? – quel rêve absurde ; non, non

— si les idéaux de l'Islam doivent survivre, il faut croiser l'Islam et le monde, le vieux modèle ne fonctionne pas, aucune forme d'isolement ne tiendra contre ce qui se passe dans le monde, Ibrahim le sait bien, là-bas ils en sont déjà à la révolution technologique tandis que nous ne faisons que parler, parler... !

Et comme le font les jeunes gens autour d'un verre ils parlent aussi des femmes, mais non pas à la façon du garage près du café EL-AY.

— Ecoutez, on ne va pas rejeter notre passé au profit des films de fesse américains que nous regardons à la télé (rires et sifflets)... mais *hijab*, je veux dire s'il arrive qu'on fasse l'amour avec une femme mariée, c'est qu'elle le veut bien, oui – et elle devrait être lapidée à mort, qui peut accepter une loi pareille même si elle n'est plus appliquée – qui peut accepter cela à notre époque !

Le diplômé vide son verre et propose une perle :

— Je viens de la lire. « Un musulman ne tombe pas amoureux d'une femme, mais seulement d'Allah. » – Il garde sombre mine, c'est peut-être un amant en difficulté, tandis que les rires augmentent – les autres ne considèrent pas le cynisme comme blasphématoire.

— Qu'est donc notre vie ? Avec les femmes ? Quoi ? Dites-le-moi. Quelle liberté ont-elles et nous avec elles ?

— Mais ce sont elles à présent qui font leur propre révolution.

— Oh ! cela fait partie de la nôtre.

— Mais elles veulent décider pour elles-mêmes. Elles ne veulent pas qu'on les oblige à porter le tchador, d'accord, mais si elles veulent le porter, elles n'aiment pas qu'un Occidental lambda vienne leur dire de le jeter aux orties. Elles veulent étudier et travailler en dehors de la cuisine, dans le monde moderne où les hommes pensent qu'ils sont les seuls à avoir une place.

— Il faut en inviter une pour parler, tu sais, à la prochaine réunion – on n'a jamais fait ça, nous sommes bien les fils de nos grands-pères.

— Est-ce qu'elles oseront venir ?

— Elles viendront. Elles viendront. J'en connais quelques-unes...

— Ah ! tu verras alors que les pères du gouvernement nous mettront la police aux trousses...

Le diplômé de l'université – il y a décroché un diplôme qui lui permettrait dans un autre pays d'être employé comme mécano, comme disent les amis de Julie – se tourne vers Ibrahim qui écoute en silence.

— Je vais te prêter un livre. N'as-tu jamais entendu parler de Shahrour Mohamed Shahrour ? Il a écrit un livre, *al-Kitab wa-l-Qur'an : Qira'a mu'asira*. Il dit que jadis les gens croyaient que le soleil tournait autour de la terre, mais on a découvert par la suite que l'inverse était vrai, hein ? Certains musulmans croient toujours aux préjugés des autorités religieuses à l'encontre des perspectives scientifiques – les autorités religieuses traditionnelles ne peuvent cohabiter aujourd'hui avec les forces du marché ! Mais sois prudent. Ne laisse pas traîner ce livre. On ne peut pas le trouver ici, quelqu'un me l'a envoyé, et là encore avec la couverture d'un autre livre, une ineptie. Un paquet avec des publications de l'étranger, c'est ouvert par les autorités, tu l'as peut-être oublié, mon frère.

Il est son frère en frustration. Parfois il se sent incité par le groupe à agir, à les rejoindre pour comploter, jouer les agitateurs, à prendre des risques pour changer... ce désert. Mais quelque chose en lui le fait reculer devant cette proposition ; l'avenir de ce village où le monde cherche à le confiner, ce n'est pas son avenir, ni son monde. Résident permanent ; sous aucun gouvernement, aucune loi, religieuse ou séculière, aucun président, affublé d'un keffieh ou d'un uniforme avec galons et médailles – ce n'est pas pour lui. La compagnie de ses frères en frustration le sort de la sienne, ce refus secret, *son* refus, l'excite aussi fort qu'un désir sexuel.

Le vendredi est jour de visite et d'affaires de famille. Les magasins sont fermés pour la prière de midi à la mosquée, de même l'atelier de réparation. Au cours de la journée il arrive que la BMW bleu métallisé avec ses stores à glands s'arrête devant la porte. On prépare alors vite du thé, on sort les pâtisseries de la boîte à biscuits, le Coca du réfrigérateur (comme la voiture pour le neveu, il s'agit d'un cadeau pour la famille) car les péchés mignons de l'Oncle sont bien connus. Il apporte toujours des cadeaux pour les enfants, particulièrement pour les enfants de celui dont on n'entend plus parler, le fils parti dans les puits de pétrole, et il salue chacun avec l'enthousiasme d'un maire face à ses administrés, puis se retire avec la mère, sa sœur. On les laisse tranquilles sous l'auvent voire dans la chambre des parents où une chaise confortable est amenée spécialement pour l'Oncle par le jeune Mohamed. L'on comprend qu'ils discutent de sérieuses questions de famille. Le père y prend rarement part, mais ni lui ni personne ne considère que cela affecte son apparente autorité. Personne ne conteste la place de la mère d'Ibrahim.

Cet après-midi-là le frère et la sœur sortent de leur tête-à-tête et se mêlent au reste de la famille, prenant thé et rafraîchissements. Seuls manquent Ibrahim et sa femme ; sur ordre de sa mère, Maryam s'en va les appeler, frappant doucement de son majeur la porte en bardeau. Ils ont entendu – impossible d'y couper à travers la porte mince – les bruits de conversation et de rires, orchestrés par la voix reconnaissable de l'Oncle, mais Ibrahim lit les journaux sur le lit ; Julie s'occupe de la petite Leila qui aime passer du temps dans la chambre à se couvrir des quelques colliers de perles zoulous et ndebeles qui ont été jetés à la va-vite dans la belle valise, elle vient d'envoyer l'enfant rejoindre le rassemblement du vendredi. Leila, ta maman te réclame. La fillette capte l'essentiel du pidgin arabo-anglais, elle rit et obéit, posant un instant sa joue rebondie et douce sur la main de Julie.

A la suite des coups sur la porte, Julie s'étire, jette un œil au-dessus du journal, ouvre grand les yeux et baisse la bouche en un sourire fermé : viens. Un doigt situé sur une colonne indique qu'il veut finir un article. Elle se brosse les cheveux en vue de la réunion de famille.

Elle lui prend la main quand ils entrent, soit pour le soutenir, le réconforter afin qu'il surmonte ses réticences à perdre son temps précieux avec la voix qui retentit chaque jour dans l'atelier, soit pour s'encourager dans sa revendication à faire partie de la famille. Les salutations sont chaleureuses ; seule Khadija ne semble pas les voir ; chaque fois que l'Oncle apparaît elle se cloue sur place, le fixe, ses enfants sous ses ailes, observant ses lèvres pour l'entendre dire qu'il va faire quelque chose pour elle – pour trouver et ramener son époux, le père de ces enfants. Les autres ne peuvent que détourner leurs regards de cette belle-sœur, loin de son spectacle d'humiliante imploration. Chacun peut voir qu'elle attend une sorte de déclaration, pensant que sa situation d'épouse de bonne famille abandonnée par le fils de la maison pour une femme dans les pays pétroliers qui n'en veut qu'à son argent, doit être l'objet de la délibération entre l'Oncle et la mère.

Mais apparemment, de façon inhabituelle, le père a participé au conciliabule ; a-t-il été convoqué ? Ils siègent tous trois côte à côte.

La poitrine de la mère, figure de proue de la famille, gonfle et descend profondément ; la femme d'Ibrahim juge cela de mauvais augure. Un signe à Maryam, le service du thé et la conversation s'arrêtent, la gaieté des enfants est réduite à un murmure.

La mère invite son fils et sa femme à s'approcher d'elle et à s'asseoir où on leur a fait place. Elle se redresse et se penche en avant, prend une profonde inspiration qui d'habitude aboutit à un soupir (elle souffle ainsi en se relevant de sa prière) qui donne du poids à ce qu'elle va dire. C'est une annonce, oui, mais pas pour celle qui attend.

La mère jette un long regard sur son fils et sa femme, les distinguant comme si elle leur imposait les mains, et s'adresse à eux dans une langue dont Julie, soudain inexplicablement tendue, a tout oublié et ne reconnaît que le nom de l'Oncle – elle répète Oncle Yacoub, Oncle Yacoub et une invocation familière, *Al-Hamdu lillah*. Quand la mère en a terminé, le fils, l'amant, le mari se lève ; distant. C'est ainsi qu'elle le perçoit, elle qui l'a trouvé, suivi et rendu à sa famille. La main ouverte sur son front, la main tombante à son côté, une drôle de forme d'obéissance, il semble qu'il prenne la permission de se tourner vers elle et de lui traduire d'une voix basse et monocorde.

Il envisage, il pense me nommer directeur de l'atelier.

Le père fait appel à son vieux fonds d'anglais et comprend ce que le fils a omis. – Votre Oncle Yacoub, il peut vous prendre dans son business...

Tout le monde – la pauvre Khadija n'est personne – se répand en exclamations, en congratulations, en murmures, une interruption joyeuse saluant la générosité de l'Oncle et son pouvoir à transformer leur vie.

Ce n'est plus la peine qu'Ibrahim réponde : la famille le fait pour lui. Merveilleux. Oncle Yacoub ! Du business avec l'Oncle Yacoub ! Mais sa mère le contemple la tête haute. D'un coup le message devient limpide : elle a fait ça pour lui.

Julie est enveloppée par les propos excités, incapable de suivre, saisissant quelques approximations qu'elle déduit de la joyeuse modulation des voix, quelle chance, quel veinard, quel Oncle bon, généreux. Et l'un des frères, Ahmed le boucher dont le seul avenir est d'avoir du sang sur les mains, se lève d'un bond, généreux à sa manière, et parle au nom des frères, l'émotion poussant sa voix un ton plus haut que de normal. Ibrahim entend dans sa langue : – Nous sommes pleins de joie pour toi, tu le mérites. C'est formidable, mon frère, de t'avoir à nouveau parmi nous comme quand nous étions enfants ! Sans toi, ce n'était jamais bien. Allah soit loué. Que ta femme et toi soyez heureux et prospères. Et maintenant que c'est arrivé, s'il vous plaît – que nos parents, vos frères et sœurs aient le bonheur de vous voir mariés selon notre rite, organisons un vrai mariage, nous n'avons pas été invités à celui qui a précédé ton retour.

Ce dernier point fait rire tout le monde. Maryam traduit fébrilement à l'oreille de son amie, les jeunes femmes rient et opinent ensemble.

Sa mère, la seule peut-être dans l'assemblée, attend qu'il ait l'occasion d'exprimer lui-même ce que chacun pense qu'il doit ressentir, ce qu'il souhaite dire à son Oncle qui l'a distingué parmi ses fils, le très cher, la réussite.

Ibrahim lève et baisse vaguement ses mains ouvertes – pour calmer les voix affectueuses qui répondent à sa place ou saisir dans ces mains – un joli geste, estiment certains – cette chance qui lui est offerte.

De toutes ces attentions qui l'immobilisent, il sent celle de sa femme et se tourne un moment vers elle et lui donne une version – étrange, finale dans son atroce beauté – une version culminante du sourire qu'elle attend toujours de lui. Il s'adresse à l'Oncle avec tout le formalisme de leur langue, comme si personne d'autre n'était présent : il ne sait que dire. C'est une offre qu'il n'a jamais envisagée, jamais espérée. Jamais. Il sait ce que l'entreprise montée par son Oncle représente à ses yeux. Il le remercie, avec le plus profond respect, pour sa générosité, au nom de sa mère et de son père, de ses frères et sœurs, pour ce qu'il vient de faire aujourd'hui. Il demande, avec beaucoup de respect, d'avoir... un peu de temps... pour réaliser...

Il ne se tourne pas vers elle. Il cherche les yeux de sa mère ; maintenant c'est elle la seule personne présente.

Et ils comprennent tous : c'est gagné ! Ils applaudissent et l'embrassent à tour de rôle, hommes et femmes.

Julie demeure un peu à l'écart, même si on l'embrasse aussi. Elle a reçu ce sourire qui ne peut s'expliquer.

Il reste d'autres choses inexpliquées : par délicatesse, au sein de la famille présente, bien qu'ils y songent tous. L'Oncle a décidé de prendre Ibrahim avec lui ; comme gérant de l'entreprise ? Cela fait de lui son dauphin. A la tête de l'atelier de réparation avec de juteux contrats d'entretien pour les véhicules de l'administration provinciale, la flotte du maire, des quelques notables de ce pauvre district, la franchise pour les pièces détachées, la concession pour la vente des véhicules d'occasion et des nouveaux modèles des meilleures marques allemandes et américaines. L'Oncle n'a, hélas, pas de fils en vie et ses beaux-fils, officiels ou à venir, n'ont pas envie d'apprendre les affaires en se salissant les mains – ils veulent des situations dans la haute administration, le derrière posé dans des bureaux climatisés de la capitale. Donc quand l'Oncle Yacoub se retirera – puisse-t-il vivre longtemps en bonne santé – puis mourra, Ibrahim héritera de l'entreprise et vivra dans la maison avec les somptueux tapis et les meubles style or et velours qu'affectionnaient les rois de France, avec une bonne pour nettoyer tout ça, comme dans la maison du notable où travaille Maryam. Voilà le bienheureux avenir d'Ibrahim. *Al-Hamdu lillah*. Loué soit le Seigneur.

Ibrahim a refusé l'offre de son Oncle. La chance de sa vie. La chance de sa vie.

Es-tu fou ?

Elle lui a dit : Cela peut prendre des mois avant que nous n'obtenions les visas, au moins tu aurais entre-temps... je ne sais pas, plus de responsabilités.

Entre-temps.

Résident permanent. Voilà ce que ça veut dire.

Ce serait comme quand j'étais là-bas, sous la voiture d'un autre.

Tu ne ferais pas de toi-même ce genre de métier, tu es comme ça, donner un coup de main, désormais.

Toujours dire aux autres ce qu'ils doivent faire, leur crier dessus comme mon Oncle le fait. Mettre le nez dans le capot pour voir si le boulot est bien fait, attendre que mon Oncle meure. Es-tu folle ?

La nuit elle le sent se retourner dans le lit, se frottant les pieds, ils s'affrontent pleins d'agitation. Elle a peur de le réconforter par crainte d'une parole malheureuse, d'un geste mal interprété, qui renverrait à la face cachée d'un conflit intérieur. Il a pris sa décision, pourquoi faut-il qu'il continue à se tourmenter ? Quand elle avait pris sa décision, c'était ferme ; quitter les beaux quartiers, quitter la maison de poupée et la comédie au café EL-AY : tandis qu'on attendait, elle était en paix, à sa place dans le désert. Toutefois elle n'est plus trop certaine de ses réactions face à l'offre qu'on a mise brutalement sous le nez d'Ibrahim, elle n'y avait pas songé, jamais. Quelque chose qu'il s'était juré de fuir à tout prix dans ce monde inhospitalier. Quand il s'est levé l'autre jour, sous le choc : a-t-elle pensé qu'il avait déjà dit non, que le refus avait déjà jailli, éclaté, que son cœur le clamait par toutes ses veines. Attendait-elle une autre réponse ?

Ruminer dans un lit crée une sorte de télépathie par le contact des corps sans que les paroles ne sortent. Qu'elle soit éveillée ou endormie – il parle. Tu pensais que j'accepterais.

Une voix sans visage. Je ne sais pas ce que je pensais. Oui et non. Parce qu'il y a tant de choses que j'ignore – de toi. Depuis que nous sommes ici à la maison. Tu dois comprendre, je n'ai jamais vécu dans une famille auparavant, je l'ai remplacée par d'autres gens, d'autres liens, je suppose – bien que par ailleurs je ne m'en sois pas rendu compte à l'époque. Il y a... des choses... entre les gens d'ici qui sont aussi importantes, non, nécessaires à tous... je ne parle pas de la façon dont tu te comportes avec moi... cela ne se compare à rien d'autre, à personne, et c'est très bien comme ça, mais... Tu aurais pu avoir des raisons de dire « oui » que je ne connais pas parce qu'elles sont... sans lien avec moi, rien à voir avec toi et moi, tu vois ?

Elle parle donc de ma mère. Il ne discutera jamais de sa mère avec elle ; il ne le fera pas.

Elle ne sait certainement pas qu'une autre réunion de famille va se tenir la semaine qui suit l'annonce de sa décision. Elle se doute qu'il a dû en parler d'abord à sa mère – mais probablement parce qu'il croit que sa femme, dès la déclaration de l'Oncle, était convaincue qu'il refuserait. C'est seulement dans l'obscurité qu'il a envisagé une possible trahison de Julie. – Tu pensais que j'accepterais.

La décision a été transmise à l'Oncle par la mère. Il semble que pareille décision ne peut être prise de son propre chef par un jeune homme. Il a omis le processus normal des discussions de famille pour justifier son refus – une insulte même, si l'on considère la situation de l'Oncle dans la famille, dans la société.

L'histoire de la stupéfiante réaction d'un jeune homme issu d'une famille aussi pauvre que la leur, envolé pour les pays lointains sans parvenir à rien, ne ramenant au village qu'une épouse étrangère, de maison en maison, de café en buvette, cette navette finit par filtrer chez quelques personnes importantes et aisées du bourg – la dame qui emploie un membre de la famille tire d'un air inquisiteur les vers du nez de sa bonne, la sœur du jeune homme, Maryam.

La BMW se gare à nouveau devant la maison. Plus question de thé et de pâtisseries ni de se tenir à l'écart dans la chambre. Il dit, il faut que nous y soyons, et les voilà assis, un peu à part du reste de la famille, quand rentre l'Oncle tout le monde se lève. Ses salutations sont moins sénatoriales, mais convenues.

Il est revenu aux oreilles de l'Oncle que le fils de sa chère sœur et de son respectable beau-frère est en train de se mêler de politique. Tout le monde accepte qu'un jeune homme rencontre des amis, un menu plaisir que les hommes s'accordent loin de la maison et des femmes. Son assurance l'autorise à plaisanter même en ce moment pénible, mais personne ne glousse ; les hommes savent à quoi il fait allusion, un peu de kif et d'alcool dans des bars clandestins, les femmes ont la sagesse de ne pas s'enquérir de ces sorties nocturnes, tous manquent d'entrain comme si la fratrie prenait sa part de responsabilité pour une incartade bien plus importante. Soit – le kif, le whisky et même une femme à l'occasion – l'Oncle a été jeune lui aussi ; côté virilité, il n'a pas besoin de préciser, il pense que tout le monde comprend. Mais il semble qu'Ibrahim – le fils de sa sœur, presque son propre fils – cela lui a été rapporté, et avec chagrin, fréquente des gens douteux. C'est un choc pour ses chers parents, et c'est en leur nom qu'un ancien prend la parole aujourd'hui. Ce jeune homme aimé de toute la famille passe son temps avec une bande de mécontents qui rejettent tous leurs échecs sur les autres – sur les autorités, le gouvernement. Tout ce qu'ils n'arrivent pas à réaliser eux-mêmes, travailler dur comme la vieille génération, sa génération (il pose sa main à plat sur sa poitrine), se sacrifier pour l'honneur de la famille, s'élever dans la société – tout cela est la faute du gouvernement. Le gouvernement leur doit tout. Le Seigneur leur a donné ce dont un homme a besoin pour mener une vie décente dans la Foi, leur famille leur a payé des études, ils peuvent se marier, élever des enfants en toute sécurité, il n'y a plus d'Européens pour hisser un drapeau étranger sur notre pays – que veulent-ils de plus ? Ils veulent renverser le gouvernement, *aoudhou billah*. Voilà le mal qu'ils nous veulent. Ils agitent dans leur tête des idées qui montent le frère contre le frère. Ils veulent tout casser – ne voient-ils pas ce qui se passe dans les pays où c'est arrivé ? – un pays finit alors dévasté. Ces jeunes gens possèdent déjà tellement de choses que nous, leurs parents, n'avions pas. Et pourquoi pas ? Nous nous en réjouissons. Du progrès, du monde extérieur. N'est-ce pas suffisant d'avoir sa voiture, son portable et sa télé. Qu'y a-t-il d'autre qui mérite d'être possédé dans ce monde de faux dieux ?

Il veut dire : c'est la fréquentation de ces gens qui

est dangereuse, ils représentent un danger pour eux-mêmes, pour nous, pour notre gouvernement – ce doit être pour cette pauvre raison que le jeune homme laisse tomber une occasion lui apportant promotion, biens matériels, tout ce qu'il faut pour s'assurer une bonne vie, au bout du compte une place importante dans la société et de l'honneur pour sa famille. Cette chance offerte provient d'un grand chagrin, mais c'était une façon de trouver à la douleur une issue joyeuse, *ma sha Allah*, de transformer un drame – il place sa main sur sa poitrine, doucement cette fois-ci – en un bien pour la famille. *Inna lillah*.

Chacun se sent seul dans le silence qui s'ensuit. Les enfants le perçoivent et regardent les adultes avec crainte. Les larmes coulent sur le visage tranquille de la mère comme pleurent dit-on les statues vénérées les jours de bon augure, les traits figés dans la pierre ou le bronze.

A ses côtés l'Oncle, son frère, a parlé assis ; mais son fils, le neveu, se lève.

— Personne dans ce village, dans cette région, n'est responsable du fait que je ne puisse accepter l'offre dont tu m'honores, Oncle Yacoub. Je me moque complètement du gouvernement. Ce n'est pas lui qui me dirigera. Je pars en Amérique.

L'Oncle a parlé avec mesure et clarté – aux oreilles de Julie – contrairement aux jeunes de la famille dont le discours rapide est difficile à suivre, probablement parce qu'ils utilisent un langage familier alors qu'elle étudie la langue à partir de manuels élémentaires et parce que les bénévoles qui donnent des leçons autour d'un thé pensent qu'il est de bon ton de ne lui enseigner que les expressions classiques.

Ibrahim lui donne après coup un compte rendu complet des paroles de l'Oncle. Elle peut donc rassembler les mots et les phrases qu'elle a saisis dans le discours de l'Oncle et, grâce à cet écho, rectifier in petto la paraphrase sans emphase présentée dans l'anglais d'Ibrahim. Elle a besoin d'explication à propos du chagrin, d'un drame, qui à la fin a produit un tel effet sur l'assistance qu'elle l'a ressenti elle-même.

Elle ne se rappelle pas que le fils unique est mort ? Ah ! oui – le dauphin – elle s'en souvient, comment cela s'est-il passé ?

Une histoire horrible. Il est mort carbonisé dans sa voiture, un accident. Personne ne le dit, mais c'était un jour où il avait pris de l'alcool. Ivre.

Elle comprend donc; l'Oncle y a fait référence pour terminer sur une allusion destinée à faire honte à celui qui refuse un privilège auquel il n'a pas tout à fait droit. Comme les autres femmes de la maison, elle ne savait pas ce que son mari partait faire la nuit, ne s'attendait d'ailleurs pas à ce qu'il le lui dise à chaque fois; il s'agit d'une attitude naturelle, parmi les mœurs de La Table au café EL-AY – chacun est libre d'aller et venir, surtout en matière de vie privée, personne ne s'épie; même en ce qui concerne l'intimité ultime appelée amour, on ne se mêle pas de faire la morale comme dans les quartiers chics. La référence d'Ibrahim à l'Amérique, qu'elle a comprise quand il l'a articulée d'une voix égale dans sa langue maternelle, l'a submergée d'un besoin de le protéger, elle a voulu se lever, aller vers lui, le défendre de l'humiliation pathétique à laquelle il s'exposait aux yeux de la famille, alors que chacun sait, mais vraiment chacun, que depuis sa dernière expulsion, il n'arrête pas de demander des visas pour d'autres pays et qu'il revient après des heures de queue dans la capitale pourvu du même papier : refusé. Il s'embarque pour le Canada, l'Australie, la Nouvelle-Zélande. Le dossier bien rangé dans le sac de toile est plein de tels documents.

Afin de ne pas le gêner, elle ne mentionne pas le prétexte qu'il a lui donné pour motiver son refus;

elle en connaît les raisons profondes. Le bleu de travail raide de graisse et la puanteur d'essence lorsqu'il a émergé du garage au coin du café. Peut-être a-t-il senti que c'était – quoi ? – de mauvais goût, malencontreux, inconvenant, de remplir le vide du chagrin d'autrui, de prendre la place d'un jeune homme qu'il a connu enfant, un frère en quelque sorte. Il ne pouvait pas le dire ; il a sorti un prétexte auquel personne ne pouvait croire.

Ce n'est pas fini, pour lui bien sûr. Un père a le droit et le devoir d'infliger à son fils de longues homélies, à l'écart de la famille, la maison assujettie au *tlok tlok* de cette vrillette d'horloge décorative (également un don de l'Oncle). Sa mère, se relevant de prières dont il pressent qu'elles sont pour lui, lui ordonne de venir à côté d'elle et le mélange des voix est si bas qu'il semble continuer les prières. Mais si l'autorité suprême de l'Oncle n'a pas réussi à influencer leur fils, personne ni rien d'autre ne le pourra.

Ce qui se passe entre mère et fils doit ressembler à l'apocalypse pour tous les deux, une sorte de nouvel accouchement déchirant son corps, pour lui une poussée ré-émergente, effrayante. Son épouse qui n'a pas connu, et ne connaîtra jamais, de telles émotions – ni avec Nigel Ackroyd Summers ni avec sa mère que l'on croit en Californie – en perçoit cependant la force avec humilité et offre par reconnaissance tout ce qu'elle a : son art de faire l'amour. En elle il se sent lui-même, il n'appartient à personne, elle est le pays où il a émigré.

Par suite d'un compromis avec l'Oncle au cours d'un conseil de famille, le neveu prodigue continue de donner un coup de main à l'atelier comme si de rien n'était, à jouir de la voiture et à se rendre à la capitale pendant les heures de travail pour ses propres projets. Il s'occupe toujours des affaires familiales, étant instruit il est à même de les traiter, et un jour il apporte en effet des nouvelles de son frère Zayd, le mari de Khadija – une lettre est arrivée à l'agence, un virement bancaire. Quelles que fussent les explications quant au long silence, Khadija la renfermée ne dit pas si elle les accepte ou non. Elle utilise un parfum puissant, une façon de souligner sa présence dans la maison, rappel constant et cuisant de son abandon par un fils de la maison ; lorsque l'épouse d'Ibrahim, impulsivement audacieuse, s'approche d'elle pour lui dire comme elle est contente de savoir son mari sain et sauf, la femme lui jette un sourire fier et narquois – puis, soudain, elle qui ne touche personne si ce n'est ses rejetons, elle embrasse Julie. Peut-être parce que Julie passe beaucoup de temps avec une de ses enfants. Leila est amoureuse d'elle, comme le sont les petites filles avec certains adultes qui offrent des activités différentes des parents ; de la même façon que Julie était tombée amoureuse d'Archie-Gulliver. Son Oncle à elle.

Voici près d'un an qu'ils sont arrivés chez lui. Elle est à présent occupée à plein temps. Curieux ; elle n'avait auparavant jamais travaillé de la sorte, sans restriction, jadis elle se contentait simplement d'essayer ci et ça, sachant toujours qu'elle pouvait, à tout moment, passer à autre chose, sans en attendre satisfaction, se regardant vivre, à moitié amusée, comme une fourmi affairée. En plus du cercle de conversation pour dames, des cours que lui réclament d'autres adultes et l'invention de jeux éducatifs pour les petits (elle s'en découvre capable, probablement grâce à Leila), des classes qu'elle donne à l'école primaire, on l'a incitée à devenir répétitrice d'anglais pour les garçons plus âgés qui espèrent un jour aller au lycée dans la capitale ; elle a réussi à persuader – par flatterie – le directeur de l'école locale de permettre aux filles de suivre ces cours, bien qu'il soit pour le moins improbable que leurs familles les laissent partir.

Elle s'adonne aux tâches de base que l'on attend d'elle, avec ses belles-sœurs, dans la préparation des repas quotidiens. La mère dirige tout, on lui obéit comme au gardien du savoir culinaire et des décrets diététiques, l'on suit à la lettre la liste des ingrédients qu'elle choisit, la cuisson qu'elle commande. Les ingrédients sont simples mais combinés et transformés en mets subtils et délicieux, les soi-disant pilafs et autres plats « ethniques » violemment pimentés de la cuisine alternative appréciée par La Table s'avèrent n'avoir rien à voir avec ceux-ci. Incroyable ce que l'on peut fabriquer avec deux brûleurs à paraffine. Apparemment la mère remarque l'intérêt de Julie ; peut-être un signe d'une autre forme de reconnaissance du haut de sa dignité drapée de noir, elle commence à appeler la femme d'Ibrahim pour lui montrer, puis l'autorise d'un geste à tenter elle-même l'enchaînement des préparatifs, comme il faut. La mère sourit – le sourire d'Ibrahim – en voyant que ses leçons et ses règles de cuisine sont appréciées. Parfois elle prononce (à la façon d'un ventriloque) quelques mots d'anglais ; les échanges avec l'arabe hésitant de sa bru peuvent-ils devenir des cours de conversation en cuisine ? Quand elle parle leur langue, le nez dans les pots et les couteaux, Amina et Maryam rient et l'encouragent. Le soir elles commencent à échafauder les plans quant au mariage de Maryam, pas si lointain, et Maryam aime bien que Julie soit parmi elles, fait l'interprète et quête une approbation venue du monde extérieur sur le style de l'événement. En envisageant ces jours de célébration, toutes deux gardent à l'esprit que Julie ne sera plus ici à ce moment-là. Le Canada, l'Australie ; tout pays où ce frère, qui persiste à forcer l'entrée en dépit des refus, l'emmènera.

Leila la tient par la main.

A son retour de l'école, après le goûter, ni sa mère ni ses camarades de jeu ne s'attendent à la voir. L'enfant se glisse dans la chambre pour voir si Julie, elle aussi, est à la maison ; s'il ne fait pas trop chaud, elle la cherche, il se peut qu'elle soit en train de lire sous l'auvent. Quand Julie se rend chez la patronne de Maryam pour les conversations autour d'un thé, Leila la suit (la première fois, elle a sollicité la permission de sa mère). La femme d'Ibrahim adore les enfants, s'enthousiasment ces dames ; elle ne s'est plus occupée d'enfants depuis son enfance, depuis les jeux de Gulliver – elle les a laissés derrière elle en quittant les Beaux Quartiers. Dans ce village – par ce village ? – elle se construit, se perçoit d'une autre façon. Au cours de sa vie elle s'est fait plusieurs images d'elle-même ; elle récapitule – la petite fille bien élevée au panda qui doit épouser le joueur de polo bien élevé du club de son père ; la fille des relations publiques avec de la personnalité ; l'acolyte d'un vestige de communauté hippie, resucée d'un mouvement trop ancien pour que leur génération en fasse vraiment partie ; de toutes les expériences, aucune n'est profondément la sienne. Jusqu'à présent. Depuis le jour où elle s'est pointée dans la maison de poupée pour lui montrer deux billets d'avion.

Leila à la main. Un pliage d'os et de coussinets charnus si petit qu'on dirait un talisman au creux de sa main. C'est ainsi que Leila l'accompagne dans le désert. Personne ne se soucie de l'enfant. Personne ne sait où elles se sont rendues à la fraîche ; quand elles rentrent tout le monde présume, puisqu'on n'a pas vu la fillette, qu'une fois de plus elles ont joué dans la chambre ; Leila adore les jeux avec des fiches et des jetons de couleur que Julie s'est fait envoyer d'une boutique de Londres avec une liste de livres – elle veut qu'Ibrahim lui installe une étagère, n'est-ce pas mon chéri ?

Range-les dans la valise, nous les emporterons.

L'enfant et elle marchent jusqu'au bout de la rue. Sans mot dire ; Leila chantonne souvent. Leurs pas ont un rythme et un contre-rythme, parce que ceux de Julie sont plus longs, deux fois plus longs. Et puis l'on débouche sur le sable. Assourdi ; il pénètre entre les orteils ; elles ne laissent aucune trace, le sable clôt la rue, le village reste en arrière. Elles restent assises, main dans la main – le désert est trop loin et trop vaste pour l'enfant – alors que le soleil, lui aussi, les quitte et que les ombres finissent par se voiler. Parfois apparaît le chien errant ; que peut-il dénicher dans le désert, que broute le troupeau de chèvres de la bédouine ; mais ceci n'est pas l'endroit pour se poser la question ou y répondre. Par moments l'enfant incline la tête et pourrait s'endormir ; les enfants mènent une vie épuisante, on ne s'en souvient que lorsqu'on enseigne. De temps à autre, main dans la main, elles quittent l'amas de briques pour s'avancer un peu dans le désert, une démarche rendue douce et traînante par le sable, et s'assoient jambes croisées dans le sable. Il s'écoule, se faufile autour de leurs derrières, l'un charnu l'autre osseux. Un pas de plus et même la voix du muezzin, écharpe ondulante venue de la mosquée, est couverte, hors du champ. Mais avec l'enfant elle ne va pas plus loin.

C'est très tôt le matin qu'elle se rend seule dans le désert ; – elle ne peut se l'expliquer et ne tient pas à creuser la question au cours de ses dialogues intérieurs – mais même avec l'enfant elle se sent seule en ce sens qu'elle n'est pas accompagnée par une partie d'elle-même, un reliquat de son passé. Les livres qu'elle a commandés sont arrivés, une fois de plus, aux bons soins du conducteur du bus, la font glousser, elle les abandonne à moitié lus – cette Hester Stanhope et ce monsieur Lawrence, comédies anglaises dans le désert, impérialisme en bas de soie, condescendants au point de s'octroyer l'honneur d'imiter les gens du désert. Un autre jeu, un autre répertoire comme au théâtre du café EL-AY, mais avec apparemment de sérieuses conséquences pour les pays traversés par ce monsieur. Rien à voir avec sa vie d'aujourd'hui ; elle ne s'enveloppe dans des robes noires qu'en cas d'agression du vent.

Il dort sur le lit de fer, mystérieusement calme dans cette autre région solitaire et familière, et s'il se réveille en son absence, à son retour il ne demande pas d'où elle vient.

Partie lire, tant qu'il fait encore frais sous l'auvent. Partie acheter des beignets. Son esprit est à la fois distrait et concentré : déconnecté d'elle, de leur double existence et focalisé sur la nouvelle tactique qu'il engage avec les autorités. Quelles qu'elles soient, elle ne pose pas de question non plus ; elle a un peu peur que ne se lise sur son visage ce que lui répètent Maryam et les dames lors des conversations autour d'un thé : de façon terre à terre, cela prend plusieurs années avant d'obtenir à nouveau la permission d'émigrer. Amis et connaissances en ont tous fait la banale expérience.

Elle pénètre dans le désert par des sables refroidis la nuit. Sans crainte de se perdre ; elle peut à tout moment se détourner du désert, se retourner et repérer le minaret, le doigt du signal ; les maisons s'entassent derrière elle. Les chèvres et la bédouine émergent du désert comme par magie. Elle fait du chemin vers elle, cela lui semble long, mais comment mesurer les distances dans cette atmosphère ; les silhouettes s'éloignent alors qu'elles semblaient virer lentement, changer de direction. Un matin elle les découvre à deux pas ; suffisamment voisines pour s'en approcher. La femme s'avère à peine plus âgée qu'une enfant – douze ans peut-être. Pendant quelques instants le désert s'ouvre, toutes deux se regardent, la femme sous son chapeau de safari, la fille réduite à deux yeux emmitouflés face au soleil.

Elle sourit mais l'autre ne salue sa présence que d'un mouvement des yeux.

La rencontre sans mot ni geste devient une sorte de salutation matinale ; une reconnaissance. Ensuite elle s'assied dans le sable et oublie la petite bédouine et les chèvres ; ou parfois, mue par une vieille habitude, elle suit l'éclipse des silhouettes telle une séquence au ralenti qui permet d'observer une fleur se refermant le soir.

Le chien n'a plus peur d'elle. Il balance la queue si elle s'assoit sur l'amas de briques mais ne l'accompagne pas si elle fait plus d'un mètre dans le désert ; cet animal, la lie du village, vient fouiller ici parmi les déchets échoués contre ces vestiges, une tentative de repousser les limites de l'habitat qui a tourné court.

Enfin, elle se retrouve dans la capitale. C'est là qu'elle avait voulu, le jour de leur arrivée, « tout voir » comme si tout pouvait être su par ici ; avant qu'ils n'occupent le grand lit conjugal puis le quittent pour l'appentis, avant de faire l'amour sur les ressorts bruyants du lit de fer, avant de franchir le ramadan et la saison des vents, avant qu'elle n'apprenne à échanger les sons d'une langue à l'autre, avant qu'elle ne découvre que l'on peut faire autre chose que pondre des communiqués de presse et des itinéraires pour chanteurs pop.

Je n'ai jamais pu faire le détour avec toi.

Une demi-question.

Mais c'est lui qui l'a décidé. Lorsque la suggestion venait d'elle : Qu'y feras-tu, à poireauter dans les bureaux. Et du coup elle est restée au village où – il l'a constaté – elle a occupé le temps pour lequel il n'était plus comptable. Il a entrepris tout ce qui est possible pour les sortir d'ici, et il continue. Chaque fois que quelqu'un lui remémore l'offre de l'Oncle, ce piège tendu par sa famille pour le happer, par sa mère bien-aimée – son corps se gonfle d'un sang accusateur et rageur, une détresse qui lui donne une érection en même temps qu'un sentiment confus de honte et de désir, qui ne peut être assouvi que par une étreinte fougueuse, qu'elle prend pour autre chose tant son existence l'a peu préparée à ce genre d'émotions, liées ici à une forme de combat pour la vie.

Photos et pièces d'identité suffisent en général pour qu'il fasse une demande de visa au nom d'une femme comme Julie, avec des références susceptibles d'en faire partout une immigrante acceptable. Souhaitable, même ; une personne avec un carnet d'adresses qui vaut de l'or. Mais à un certain stade – il n'arrive pas à se l'expliquer, trop de bureaucratie, il y est pourtant expert – les consulats exigent de rencontrer l'épouse en personne, afin de vérifier les photos et reposer les questions auxquelles on a cent fois répondu par écrit.

Le service des visas dans les consulats et le bureau des consuls honoraires – plusieurs Etats ne considèrent pas ce pays comme suffisamment important pour y établir un poste diplomatique plus sérieux – sont la scène de dialogues sans cesse recommencés. Le scénario ne change pas, elle le sait de première main à présent, jadis c'est lui qui récapitulait quand elle demandait des nouvelles ; les locaux sont conçus pour impressionner ou intimider, des chaises dans la salle d'attente, des brochures d'information, chez certains des textes encadrés de poètes nationaux ou d'hommes politiques, chez d'autres seulement des files d'attente avançant à chaque appel bourru, mais tous affichent de grands portraits de leur chef d'Etat, présidentiel ou royal, qui suivent du regard les hommes debout dans la queue qui adoptent la posture de Julie et les femmes accablées de bébés et d'enfants qui la considèrent puis détournent les yeux comme s'il était impossible qu'elle se trouve parmi eux. Dans un de ces consulats, un officiel d'origine orientale, envoyé peut-être par un pays occidental pour son aptitude à traiter avec les gens du cru, l'interroge d'un air dégoûté : ce regard qui la compare au mari qu'elle s'est choisi souligne, le monde étant ce qu'il est, ce choix inexplicable. Flanqué de la bannière étoilée et d'un aigle de bronze sur un lutrin, un diplomate noir américain, sympathique, lève le nez de son dossier et sourit : – Vous venez vraiment d'Afrique ?

Il avait raison de lui avoir épargné cette corvée. Elle a déjà patienté chez le dentiste ou chez le médecin, mais n'a jamais traîné dans une file d'attente dans l'espoir d'obtenir un droit – cela avait été le lot de ses compatriotes noirs pendant des décennies, mais elle est blanche, la fille de Nigel Ackroyd Summers, eh oui ! Et même quand elle s'en est extraite pour aller vivre dans la maison de poupée, la seule attente qu'elle ait subie avec ses copains de La Table est celle d'une entrée de cinéma. *C'est comme ça*, en ce qui la concerne ; dans la bousculade des demandeurs-suppliants, elle glisse une main derrière son dos pour prendre une autre main qui lui appartient. Il chuchote à son oreille (dans l'intonation, son sourire) : Ce type, il pense que tu devrais être noire.

Elle se rend compte qu'il est impossible de deviner si la demande a une chance ou non d'aboutir, selon l'attitude du sous-fifre on risque même de ne pouvoir se présenter à quelqu'un de plus important ; impossible de savoir si les lettres de références, les motifs de quitter son pays, les bonnes raisons pour être admis dans un pays particulier sont des arguments susceptibles de faire mouche – voire au moins examinés avant que ne tombe la sentence, le coup de tampon rédhibitoire.

Les portes des consulats se ferment sur les files d'attente avant les prières de midi. La matinée passée, reste la ville qu'elle a voulu explorer en descendant de l'avion comme s'il s'agissait d'une destination touristique. Mais tous deux ont d'abord besoin de se désaltérer et de se restaurer. Ils marchent longtemps, le maquis des véhicules, les collisions entre piétons, la répercussion des cris, les interpellations, la véhémence des voix qui résonnent dans les devantures, les bâtiments, traversés par les appels, proches ou lointains, qui tombent des mosquées, comme les invites sous-marines de créatures mythiques. Dans cette agression urbaine, analogue à ce qu'elle avait subi en sortant de sa voiture dans d'autres circonstances, il y a bien sûr de menus agréments dont il faut profiter puisqu'on ne les a pas au village. Peut-on inclure dans cette catégorie le McDonald's qu'ils longent. Voici un restaurant qui ressemble à ce qu'on peut voir ailleurs, isolé de la frénésie des rues, des plantes en pot encadrant une belle porte sculptée. Il est de bonne humeur, Ibrahim, peut-être parce que pour une fois il n'est pas seul dans sa quête routinière.

Comment je connais cet endroit ? Oncle Yacoub m'y a emmené un jour.

Ils rient : une manœuvre pour préparer le neveu au genre de vie qui lui serait offert. Ce rire les rapproche, Ibrahim et elle, comme rarement auparavant sur le sujet brûlant de la proposition refusée.

Le restaurant est climatisé, la température celle d'un autre pays ; les plats sont succulents, élégamment servis par de jeunes hommes. Elle apprécie le service ; observant en silence le ballet des serveurs parmi les tables, il les perçoit comme des rivaux, des frères, oui, faisant la queue pour un visa. Pas de vin ici, bien sûr. Désolé.

Ça m'est égal. Tout est délicieux – mais même si c'est raffiné, ce n'est pas meilleur que la cuisine de ta mère.

Ils paient en dollars, reliquat des frais de visa. Les bazars des ruelles, les échoppes, vendent à peu près les mêmes choses que le marché du village, mais en plus grande quantité, et les boutiques présentent, parmi les guirlandes de robes, les miroirs dorés et les meubles à fioritures que l'on retrouve chez l'Oncle et la patronne de Maryam, le choix classique de produits internationaux, boots de chez Nike, téléphones portables, téléviseurs, équipement hi-fi et vidéo. Les mosquées – mais veut-elle vraiment visiter les bâtiments provinciaux et les mosquées ? Tu ne verras que l'extérieur, de toute façon tu sais qu'ils ne te laisseront pas entrer. Ils arrivent devant un complexe cinématographique, honnête exemple d'un concept qui partout fait florès. Ils n'ont pas vu de film depuis que La Table les a mobilisés au café EL-AY pour aller voir un festival brésilien dans un cinéma d'art et d'essai. Parmi les regards géants des affiches, la plupart des visages sont inconnus de Julie, mais ces films ne disent rien à Ibrahim, même si les noms des acteurs lui sont familiers. Ils voient un James Bond, sous-titré, il l'a choisi. S'ils ne se tiennent pas la main comme elle avec ses amants de jadis (il observe certaines convenances du village), elle lui pose la main sur la cuisse dans l'obscurité absolue. Si l'on abandonne l'église ou la mosquée, le cinéma peut s'avérer un terrain de méditation.

Comme dans un lieu de culte, l'un se prosterne front au sol, l'autre s'agenouille, nul ne sait quel abîme absorbe le voisin.

La fois suivante, il n'a pas besoin d'elle pour se rendre à la capitale – dit-il. A son retour en début d'après-midi il ne se dirige pas vers la maison de sa mère mais vers l'atelier, retire veste et cravate que tous les pauvres diables de demandeurs portent en signe de respectabilité, et se glisse dans le moule rigide d'un jeans graisseux qui pend au mur ; il faut que l'Oncle en ait pour son argent avec ce neveu ingrat, la honte de la famille. Quand il revient à l'appentis, elle est allongée à même le sol – il la trouve souvent couchée sur le ventre pour plus de fraîcheur en train de lire, d'étudier l'arabe ; à cet instant elle essuie le sable de ses orteils. Elle lève la tête et remarque : pas de nouvelles. Cette nuit-là elle se met à le caresser, descendant de la poitrine soyeuse vers l'aine, mais il ne s'émeut pas sous cette main, il est accaparé par une autre forme de tension. Elle revoit cette curieuse image de sa mère en prière.

Elle se couche, furieuse à l'encontre des autorités, des exigences, des clauses restrictives, des arguties de fonctionnaires mesquins et prétentieux qui ont le pouvoir de le mettre dans cet état de tension. Et pour quel but ? Pourquoi tout cela ? L'Oncle, la famille ont dit que ce monde qui se ferme à lui ne veut pas même le réduire au rôle de mécano – oui, ils l'ont dit, et à l'époque elle avait réprimé un bafouillage de rires moqueurs – N'est-ce pas suffisant d'avoir un portable et la télé ? N'est-ce pas déjà du superflu ? Qu'est-ce qu'il vaut la peine de posséder, là-dehors dans ce monde de faux dieux ?

On lui donne sa journée. L'idée vient de Maryam.

Ce que Maryam appelle son « souhait » ; le père s'apprête à rendre une visite occasionnelle chez un parent qui cultive du riz dans une oasis. Maryam demande si Julie et elle peuvent l'accompagner.

Le père y ferait-il objection ? Peut-être ne tient-il pas à présenter sa belle-fille étrangère.

Non, non, Maryam lui a dit que l'épouse d'Ibrahim souhaite voir un bout du pays avant qu'Ibrahim ne parte à nouveau et ne l'emmène avec lui.

Seulement... elle, Maryam, doit demander l'autorisation de sa patronne pour s'absenter un jour de travail. Son visage se tord de gêne à l'idée d'une requête aussi présomptueuse : – Demande-le-lui à ma place, elle me donnera la journée. – Aussi au cours du thé suivant, Julie explique à la maîtresse de maison qu'on lui propose une petite sortie (une expression familière afin que l'assemblée s'en souvienne) et qu'elle souhaiterait que Maryam lui tienne compagnie. On lui accorde sur-le-champ la permission.

Le père emprunte la voiture de son fils. Ou plutôt, c'est le fils qui insiste. Julie, tu ne peux pas rouler dans cette vieille épave, elle casse de partout. Il est temps que mon Oncle nous en donne une autre où ma mère est à l'aise.

Soit à l'aise, pas *est* à l'aise.

La professeur lui passe la main dans les cheveux en même temps qu'elle apporte la correction ; il se plaint qu'elle aide à améliorer l'anglais de tous, sauf le sien, alors que c'est capital pour lui.

Tu es folle, par cette chaleur, dans le désert.

Je sais. Je sais.

Maryam ne lui dit pas de se couvrir la tête pour l'expédition, mais emporte à l'intention de Julie un grand châle, une consigne douce plutôt qu'une indication, s'il lui prenait l'envie de décider toute seule ce qu'elle devait porter. Un homme tient compagnie au père à l'avant du véhicule, les deux jeunes femmes se retrouvent sur les sièges arrière. – Tout va bien pour toi ? – Maryam chuchote son souci de confort en vue de sa petite expédition.

Les deux hommes parlent sans arrêt tout au long du chemin avec une telle volubilité qu'une débutante, même en progrès, ne capte rien d'autre que quelques déférents *inch'Allah*.

La route se hasarde dans le désert, elle ouvre le passage à peine flanquée, de part et d'autre, par un reliquat de petites échoppes, de chantiers de réparation indéfinissables dans le fouillis des carcasses disparates, de buvettes où consomment des hommes venus de nulle part, de quelques chèvres broutant parmi les détritus de plastique déchirés et les paquets de cigarettes ; ce n'est pas le désert où elle se rend parfois ; qui la reçoit. En quelques mètres il devient pierreux ; n'affleurent plus à la surface que des ossements d'habitations, d'animaux et d'humains, submergés par le désert comme l'amas de briques qui lui sert de siège. Le désert se retire quand la route s'interrompt ; même quand elle ne devient rien de plus que des sillons parallèles creusés par le passage des véhicules dans le sable qui la recouvre. On lui refuse l'expérience du désert qu'elle espérait rencontrer lors de cette expédition.

Au nom de Dieu Si Dieu le veut.

Peut-être est-ce le cocon de bruit qui isole Maryam et Julie ; le va-et-vient bruyant de la conversation entre les deux hommes, lié aux complaintes tortueuses de l'autoradio dont la musique suit la même cadence que leur langue, et les gémissements de la voiture usée de l'Oncle. Torride, oui, si la voiture a pu jadis être dotée de l'air conditionné, cela ne fonctionne plus. Mais Maryam a cette capacité des locaux à se reposer dans la chaleur épaisse et Julie a appris à faire de même, sans chercher à s'y opposer.

Ils n'arrivent pas d'un coup à destination. A côté de la piste au loin le soleil se réverbère, sur un fragment de fer-blanc peut-être, un éclat de verre scintillant. Mais le chatoiement de lumière persiste : de l'eau, de minces filets d'eau. Et puis quelque chose qui ressemble à de l'herbe, mais non des herbes florissantes que l'on trouve dans les pays de pluie. Ce sont des palmiers. Enfin. Un groupe de chameaux se repose, repliés sur leurs pattes, leurs têtes perchées comme des périscopes. Ils sont probablement entravés ; l'un d'eux essaie de se relever, la partie inférieure de sa patte avant ficelée au niveau du genou à la partie supérieure. Elle a oublié comment là-bas chez elle, elle se représentait les palmiers de carte postale. Ils arrivent dans un village, étendu autour de sa mosquée, offrant à peine mieux que des activités éparses en bord de route. Les visiteurs sont reçus dans une cour bordée de palmiers où, comme l'image d'un autre monde transmise par la télévision, les bureaux d'accueil sont occupés par deux jeunes gens tapant sur un ordinateur ainsi qu'une jeune femme, en tchador mais dont la jupe vaporeuse révèle des cuisses boudinées, qui annonce les arrivées par interphone d'une voix séduisante d'aéroport.

Le parent éloigné du père sort lentement d'un bureau de l'intérieur, comme si la visite était plus inévitable que bienvenue. C'est un homme court, dont l'aspect ramassé donne l'impression d'un concentré de compétence. Devant lui le père fait désarticulé et flasque ; un face-à-face silencieux de la position de chacun au sein d'un destin commun. Elle s'aperçoit que Maryam est sensible à cette différence d'allure, peinée que l'on rappelle à son père ce que chacun sait mais qui saute aux yeux aujourd'hui : il est dépendant de la charité, ou guère moins, de cet homme, quelle que soit la fonction subalterne de ce dernier dans son entreprise.

Maryam se ressaisit et retient son souffle pendant les salutations. M. Mohamed Aboulkanim ne montre ni surprise ni curiosité lorsqu'on lui présente l'Européenne portant un châle, une épouse qu'Ibrahim a dû rencontrer à l'étranger; Julie s'aperçoit qu'il s'agit pour ce protecteur de faire comprendre au père qu'il a fait tout ce que l'on pouvait attendre de lui, qu'il n'est pas question de s'intéresser aux affaires d'un parent lointain – si c'est le but en amenant l'étrangère. Mais le père est habitué à traiter avec une certaine dignité les rebuffades de cet homme, comme celles du frère de sa femme, l'Oncle Yacoub. Il demande si, une fois l'affaire traitée, ils peuvent montrer à la femme d'Ibrahim comment pousse le riz « dans notre pays sec ».

Aboulkanim fait servir du café et de l'eau glacée aux femmes et à l'ami du père tandis qu'il introduit le père dans son bureau, passant devant des paupières baissées et des lèvres serrées.

Les trois voyageurs patientent sur des chaises aux armatures d'acier... style mobilier de bureau d'il y a cinquante ans et Maryam répond aux questions brillantes de la secrétaire avec une application d'écolière. L'ami fume et fixe la porte comme s'il pouvait surveiller la façon dont le père applique la tactique discutée tout au long du trajet.

M. Aboulkanim les emmène dans sa propre voiture vers les rizières. Le père est assis à côté de lui ; au ton de sa voix il veut indiquer à ceux qui sont assis à l'arrière que l'entrevue ne s'est pas mal passée ; c'est-à-dire, rien n'a changé : il garde le contact.

Pendant une demi-heure ils prennent une route étrangère au désert ; dans de grands espaces de la planète, comme celui-ci, la route est unique, elle n'a pas d'alternative. Le père est volubile comme lors de ses échanges avec son ami, bien que son protecteur ne réponde que par des grognements ou des raclements de gorge, personne n'écoute le bavardage de la radio, l'une des options de cette belle voiture allemande. Au contact de l'air climatisé ses bras prennent la chair de poule ; mais Maryam fait une petite grimace de bonheur et ouvre les narines afin d'inspirer la fraîcheur, comme pour la stocker prudemment en vue de la chaleur.

La route se termine, et apparaît un bâtiment bas en ciment, précédé d'une grande fosse bien équipée où se trouvent des pompes et autres machineries lourdes dont les femmes ignorent la fonction. Le protecteur donne des explications à Maryam comme si l'autre femme n'était pas là. Maryam traduit à voix basse. Voici l'endroit où l'on contrôle l'eau, où le riz est – Julie comprend le mot qu'elle cherche : battu. Un ouvrier pieds nus, visage aquilin et brûlé de soleil, se tient en silence, respirant bouche ouverte, comme un chien de garde patient.

Mais elle contemple, distraite et concentrée à la fois, ce qui vient de lui sauter aux yeux, dans les limites de l'horizon et de la densité éblouissante, à hauteur d'homme, un rideau de roseaux soyeux, vert, vert, vert. Une sorte de passerelle en bois se présente – l'eau fraîche scintille entre les planches – elle se détourne du groupe et l'emprunte. Cette intoxication de vert est auditive autant que visuelle, le pépiement d'une grande quantité d'oiseaux accrochés, tissés dans le vert tandis qu'ils picorent; tremblements, balancements, oscillations, passant continuellement au travers des tiges comme une brise ondulante, sa tête se remplit d'un tangage de chants, le chant comme mouvement. Le désert est muet; au milieu du désert voici pourtant cette netteté infinie : le son pur. Quoi d'autre? Coexistence de miracles. Une ouverture parmi les tiges, juste à côté du passage; un vernis particulier d'eau immobile. Un héron l'attend, debout; elle s'arrête; l'oiseau plonge son bec. Assourdie par la musique de cette atmosphère elle n'entend pas les voix qui l'appellent et prend son temps pour revenir.

Elle les a fait attendre, le regard du protecteur est masqué par des lunettes de soleil, mais la forme de sa bouche le montre clairement. Ils sont alignés comme pour une photo; de fait, il s'agit d'une photo. L'ami du père essaie de les cadrer avec un Polaroid. On la place entre son beau-père et Maryam; puis Maryam la fait poser sur la surface en béton devant le bâtiment où l'on a répandu le riz.

— Ramasse, s'il te plaît, vas-y, avec tes mains – Maryam rit et mime.

Elle ramasse une poignée d'enveloppes de riz glissantes et les fait couler entre ses doigts, souriante, l'ami recule d'un pas, s'avance à nouveau, et prend la photo. Le tirage en couleurs sort, il l'agite un instant et le lui donne.

Sur le chemin du retour le père et son ami s'adressent à Maryam au cours de la conversation, rendus chaleureux par la luxuriance qu'ils ont approchée, comme s'ils avaient bu. Maryam ne veut pas la laisser en dehors, et lui traduit. – Ils disent que c'est possible, ils peuvent acheter quelques parcelles cultivées, ou chercher de l'eau – comment dis-tu ?

— Forer. Forer pour trouver de l'eau, tu veux dire ?

— Oui, faire un puits. Et planter.

— Planter du riz ?

— Du riz, des oignons, des tomates, des haricots, beaucoup de choses. Ils disent que c'est possible, s'ils rassemblent l'argent.

— Il faut une autorisation pour forer un puits ?

— S'ils ont l'argent, ils peuvent le faire, dès maintenant. Ils le feraient s'ils avaient l'argent. Juste l'argent ! – Maryam rit d'elle-même – c'est toujours « juste l'argent » pour tout ce qu'on voudrait et qu'on ne peut avoir.

— Et ils s'y connaissent en culture de riz ?

— Ils savent, Julie, oui, depuis des années – M. Aboulkanim leur a appris, bien sûr que oui, ils savent... l'argent seulement...

Au cours de ce voyage commence désormais un dialogue avec elle-même.

Quelle est la législation concernant les finances dans un trust – pourquoi ne s'est-elle pas plus intéressée aux questions d'argent ! C'est bien beau de les dénigrer, de se pincer le nez devant leur mauvaise odeur quand, à dire vrai, on ne veut rien acheter ; la voiture d'occasion qu'il avait trouvée était parfaite. Elle a toujours entendu parler du Trust – l'avocat de la famille avait signalé à son père qu'il était juste et correct que la bénéficiaire en soit informée. Elle a donc signé quelques papiers qu'on lui a mis sous le nez. Le Trust a été monté, apparemment, pour limiter les frais de succession à la mort de Nigel Ackroyd Summers ; sa fille devrait hériter d'une somme considérable, même s'il laisse la majeure partie de ses biens à sa seconde épouse. Des raisons fiscales – au profit de l'héritière, évidemment, la veinarde. Il y a toujours des raisons fiscales dans ce que fait Nigel Ackroyd Summers. Il existe un moyen peut-être – sûrement – de retirer une partie de cet argent. Vivre à presque trente ans dans un pays perdu, n'est-ce pas un cas de grande nécessité pour la fille unique d'un homme riche, sans attendre la mort de personne ? Elle se souvient avec force d'un terme, employé peut-être par l'avocat – avance d'hoirie. Si elle l'a entendu de la bouche de l'avocat, cela veut dire que théoriquement cela peut arriver, c'est une possibilité. Donc cela peut se faire. Pourquoi pas ? Tu dois écrire à quelqu'un – à l'avocat, bien sûr. Non, à Archie. Oui, toujours à Archie. Demande à Archie de jeter un œil sur le principe, cette possibilité, avec un avocat – pas celui de mon père qui, alerté par son client, multiplierait les objections, connaissant la réputation de la fille dans la famille...

Elle ne se manifeste aux autres passagers qu'une seule fois, demandant à Maryam de s'enquérir auprès des hommes du prix d'un bout d'oasis cultivable. Combien ? Un débat animé entre les deux hommes balance d'accord en désaccord, puis on annonce la somme, étirée de façon imposante comme si les fioritures de l'écriture arabe étaient déroulées sur le ciel.

Maryam traduit. Mais Julie a compris, et elle s'est habituée à convertir rapidement leur monnaie en devises fortes, celles qui comptent dans le monde : rapportée en devises, le Trust en détient très certainement, on peut faire confiance à Nigel Ackroyd Summers sur ce point, la somme devient extrêmement, incroyablement modeste, confirmant ainsi la faisabilité du projet : il s'agit d'une vraie possibilité. Ce montant est dérisoire comparé à la valeur globale du Trust (l'avocat lui en a prudemment caché le chiffre). En dollars, en livres sterling ou en euros, c'est à peu près l'équivalent d'une voiture de luxe, neuve, comme Nigel peut en offrir à Danielle. – Arrête de te moquer des riches, tu es en train de te rappeler que tu en es une, toi aussi, n'est-ce pas ! Abdou (in petto, elle l'appelle par le nom qu'il portait quand elle l'a découvert dans le garage) avait raison, là-bas, quand il me reprochait de renier leurs valeurs, les fonceurs et les décideurs.

J'ai rêvé vert.

Je l'ai rêvé parce que cela existe.

Il y a un autre chemin et non pas un succédané de succession dans l'atelier de l'Oncle Yacoub, non pas le sale boulot dans le prochain pays – ici, une vraie possibilité. Possibilité : son mot fétiche : « il y a des possibilités » dans n'importe quel pays qui le laissera passer entre les mailles de services d'immigration.

Ici. On peut avoir deux avantages. Le désert muet et le refrain verdoyant de la vie.

A leur retour à la maison, il a déjà dîné avec sa mère. Celle-ci demande par le truchement de son fils comment elle a trouvé le voyage.

Je n'aurais jamais pu imaginer... C'est si beau le riz... le blé, le maïs – rien n'est aussi beau qu'un champ... cultivé...

Eh bien nous vous avons laissé de quoi manger. Il parle, tolérant et amusé, en arabe. Sa mère sourit royalement à Julie, et désigne la cuisine d'une main bienveillante. Maryam s'est précipitée pour préparer le repas du père, des enveloppes de riz argentées tombent de ses sandales usées. Mère et fils voient Julie en ramasser quelques-unes et les examiner au creux de sa main.

Dans l'intimité de l'appentis elle lui donne un baiser dans l'enthousiasme.

Tu t'es bien amusée. Fait chaud, hein. Sur ses lèvres il goûte le sel de sueur.

As-tu déjà été là-bas ?

J'y suis allé. Je connais Aboulkanim.

C'est une affaire qui a l'air de tourner... et qui produit...

Possible.

Tu sais, je comprends maintenant qu'il faille vivre avec le désert pour vraiment savoir ce qu'est l'eau.

Je te l'ai dit avant de venir ici. C'est sec, il n'y a rien. Dans ce coin.

Non, non... ce n'est pas ce que je veux dire... L'eau – l'eau change tout ; le désert ne bouge pas. Donc quand on voit les deux ensemble, une rizière en plein désert – il y a là une percée vers la vie – comme la nôtre – et derrière toute ouverture une *existence* devient possible. Tu le sais ?

Tu n'es pas croyante. Tu me le répètes sans cesse. Ni chrétienne, depuis que tu as quitté l'école, ni musulmane comme ma famille, alors qu'est-ce que c'est que cette histoire ?

Il pense qu'il est en train d'écouter un de ces débats sur le sens de la vie, lancé par le vieux radoteur à queue de cheval attablé au café, ce foyer qu'elle a laissé tomber pour venir avec lui dans l'annexe de sa maison familiale.

Pas le ciel, le nirvana – l'endroit où nous sommes, ce qu'on y trouve. Une sorte de preuve. Tu me suis – je ne peux pas t'expliquer.

Du pouce il s'enlève une croûte de cambouis

sous les ongles ; sa lassitude, plus que ses paroles, exprime un ensemble de blessures, la frustration et l'humiliation à devoir retourner sous le bas-ventre des véhicules de l'Oncle Yacoub. Elle s'allonge à côté de lui et lui caresse la main, un moment.

On me dit qu'on peut acheter des parcelles cultivables de l'oasis. Un propriétaire peut en vendre, je suppose. Ou bien l'Etat. On peut demander l'autorisation de forer un puits dans le désert. Tu le savais ?

Avec de l'argent, on achète n'importe quoi à l'administration. Les propriétaires terriens se proclament l'administration. C'est la même chose. Cela se passe comme ça *ici* chez moi, chez les miens. C'est une des premières choses que tu dois comprendre – la vérité quant à la vie dans ce coin. Il n'y a pas de mystère. L'argent – et l'administration te dira que l'affaire est conclue, *Al-Hamdu lillah*.

Il parle arabe.

Le prix me semble bien raisonnable – j'ai demandé à ton père et à son ami qui nous accompagnait. C'est à peine si j'ai pu le croire. Une somme que je peux presque certainement réunir – là-bas, il y a un Trust pour... enfin, si mon père meurt, mais il y a moyen...

Tu veux acheter une concession de riz ! Toi ! Pour faire quoi ?

Elle ne le regarde pas mais fixe les planches brutes du plafond, consciente qu'il scrute son profil.

Pour nous.

Il soulève son dos et laisse retomber son corps sur

le lit avec un grognement proche d'un rire. Julie, nous n'habitons pas ici.

Gagner notre vie en faisant quelque chose – d'intéressant ? D'utile, de différent, cultiver. Quelque chose qu'aucun de nous deux n'a jamais fait.

Une fois c'était une agence pour acteurs au Cap, maintenant du riz dans une oasis, encore une extravagance venue de son ignorance, de son innocence de fille riche.

De son côté, elle estime plus judicieux de lui présenter des calculs réalistes.

Ce monsieur Aboulkanim gagne clairement de l'argent.

Cet argent ne vient pas du riz.

Il parle à présent un mélange d'arabe et d'anglais, se traduit, saute d'une phrase à l'autre.

Ces rizières magnifiques sont – comment tu dis – sa couverture. Il fait de l'argent en effet – et même pas mal – et sais-tu comment ? Tu le sais ? C'est un trafiquant, il appelle ça de l'import-export, mais c'est un intermédiaire dans les ventes d'armes pour un tas de complices de l'autre côté de la frontière, c'est tout ce que je peux te dire sur M. Aboulkanim, il y a plein de choses dans ce genre que j'ignore, les gens qui savent l'admirent parce qu'il réussit. Voilà ce qu'est le *succès*, ici.

Elle se redresse, interloquée, et lui fait face. Ton père travaille pour lui.

Mon père travaille pour ce qui peut *le* rendre respectable. Ta rizière. Mon père n'a pas accès au grand business, mon père est le pauvre diable, que l'on me pardonne ce langage, qui remplit les bons formulaires pour la vente du riz, rien que du riz, et reçoit une aumône en liquide un mois sur quatre. Il utilise ainsi l'honnête réputation de mon père.

A présent elle s'interroge directement. Pourquoi serais-je choquée par cette histoire ; combien d'invités aux lunchs du dimanche chez Nigel Ackroyd Summers sont impliqués dans des affaires discrètes, et si on les connaît on ne les aborde pas en même temps que les prix des marchés à terme – pas de vente d'armes ; mais pourquoi pas ? Peut-être même ceux qui passent à distance des achats de diamants en Angola.

Si nous achetions une concession elle n'aurait rien à voir avec tout cela. Avec M. Aboulkanim. Juste du riz.

Il roule loin d'elle, se lève, change de chemise et prend son dossier dans le sac de toile.

J'ai rendez-vous ce soir avec quelqu'un. Nous verrons bien s'il se pointe.

Il revient vers elle, toute rouge de chaleur, les pieds ballants sous la barre de fer du lit, hoche la tête et lui décerne son sourire, ce trésor si souvent celé.

Elle ne lui a pas montré la photo, les enveloppes de riz glissant entre ses doigts. Jusqu'à ce qu'elle s'efface, ce serait la preuve que cet endroit existe ; qu'on peut l'atteindre.

Du sac en toile prêt à être bouclé qui porte sa vie de pays en pays, il a tiré les lettres envoyées par la femme de Californie.

Il ne lui en a pas touché mot ; elle a rejeté en bloc l'idée que sa mère connaisse quelqu'un dont la signature serait utile dans une situation aussi lointaine que la sienne. Mais plus encore : on lui a tant de fois donné à espérer – cette pensée soulève en lui un ressentiment, une honte qu'il avait ignorés auparavant, une conséquence de son retour. Il ne supporte plus ses encouragements, sa philosophie affectée ou réelle, sa patience, réelle ou simulée à cause de l'aventure qui ne manquerait pas d'amuser les amis de La Table ; la belle valise qu'elle n'apprécie guère reste prête au départ.

Plus de nouvelles. Il ne lui dira rien, rien du tout, des progrès qu'il enregistre cette fois-ci, pour une fois, et elle ne sait pas combien pareille affaire est délicate, elle est trop ignorante pour comprendre les signes. Qu'il l'ait emmenée dans un consulat ou une ambassade pour être interrogée personnellement n'a pas intrigué Julie. Tant mieux. Quand – si ? – non ! *quand* cette fois-ci il aura quelque chose à lui dire ce sera du solide.

Et puis il y a encore autre chose. Son triomphe à refuser l'offre d'un Oncle Yacoub que d'autres jeunes hommes stagnant dans le village auraient saisie (ils auraient tout donné, pauvres diables comme lui, mais ils n'ont rien), ce triomphe cache un aspect qu'il a à peine décelé quand il a pris la grande décision de dire non – le meilleur moment de sa vie d'adulte jusque-là. Même si cette fille n'a pas réussi (il ne l'oublie pas dans la confusion de ses sentiments à son égard) à lui procurer le statut de résident permanent dans son pays, elle a provoqué chez lui, pendant le temps qu'ils viennent de passer ensemble, une méditation rêveuse, le poussant à des réflexions qu'il n'a jamais faites auparavant. Lorsque, du plus profond de lui-même, il a dit non, il s'agissait aussi de ne pas renoncer à l'homme dont elle est tombée amoureuse (comme on dit) ; non à ce qui aurait pour de bon mis fin à l'aventure, elle ne saurait devenir la femme d'un futur Oncle Yacoub. Il se serait alors enterré dans ce trou, on l'aurait marié et il aurait engendré des fils qui n'auraient pu en sortir.

Il revient de la capitale ce jour-là et, alors qu'il gare la vieille voiture de l'Oncle devant la porte, voit les femmes arriver dans la rue. Elle – Julie – avec Amina et bébé, Maryam et la petite fille et – il s'y prend à deux fois – Khadija, elles viennent du marché, chargées comme des mulets de sacs en plastique dont s'échappent des tiges et des feuilles vertes. Des oignons ou des patates se répandent, leur ramassage devient un jeu entre Julie, l'enfant et Khadija – apparemment *madame* qui se cloître dans sa supériorité ne s'aventure pas dehors avec les autres femmes si Julie n'est pas de la partie.

Il attend dans la voiture. Quelle vie. Pour elle. Cette existence s'offre dans toute sa honte, s'approche de lui. L'enfant le montre du doigt, se dégage des femmes et se précipite pour saluer son arrivée comme si elle était exceptionnelle.

Elle l'est.

Il salue et échange quelques mots avec sa mère assise sur son sofa dans la pièce commune tandis que Julie et les autres déballent tout en papotant les provisions dans la cuisine qui sert à tout. Elle lui fait un geste en traversant pour se rendre à l'appentis ; elle ne veut pas le perturber quand il est avec sa mère.

Il vient vers elle. Elle est agenouillée devant la bassine d'eau froide mise à leur disposition sur une chaise, en train de se tremper le visage, les cheveux et les mains.

Il fait vraiment chaud ! Elle se retourne et lève le regard vers lui, un sourire fluide comme des larmes.

Il ouvre la main. Entre pouce et index des papiers tamponnés autour des passeports.

Quoi ?

Elle se lève, secouant violemment ses mains humides. Quoi ?

Les visas. Permis d'entrée. Les Etats-Unis d'Amérique.

En un seul mouvement il jette les documents sur le lit, l'étouffe dans ses bras et pousse un cri de triomphe qui rapproche leurs bouches à travers l'eau qui dégouline de ses cheveux.

Je pars en Amérique.

Il le leur avait dit, n'est-ce pas.

Pourquoi s'étonner qu'il dispose maintenant de l'autorisation dûment tamponnée sur son passeport et sur celui de son épouse. La famille s'embrasse et se congratule avec des excuses implicites pour avoir douté de lui. Seule Khadija y fait allusion – Tu te vantais à l'époque, pas vrai ? Il ne prend pas bien la raillerie ; Julie le voit à son visage mais ne comprend pas ce qui vient de se dire.

Certains membres de la famille ne sont pas en joie. Maryam pleure : Julie va manquer mon mariage. Il embrasse son père ; sa mère. Une fois de plus demande leur pardon, leur bénédiction. Lorsqu'il est rentré à la maison avec son épouse étrangère, sa mère a permis aux larmes de marquer le visage impavide qu'elle lui a légué, aujourd'hui aucune émotion ne vient changer la sculpture des ans et la discipline de la prière. Peut-être les traits et la chair ne peuvent-ils exprimer ce que l'effet de ce départ lui fait ; encore une fois. Elle seule et son fils savent ce que cela représente. Il lui dit dans le brouhaha : Je t'enverrai de l'argent. Pour venir nous rendre visite. Mieux vaut, il le sait, qu'elle semble ne pas entendre.

Il tient les visas.

Reste à s'occuper de nombre de détails pratiques. Il lui faut retourner à la capitale, présenter son passeport aux autorités de son pays, remplir les formulaires de sortie de territoire. Il doit venir rechercher les documents une fois la procédure achevée à l'abri des dossiers et des ordinateurs. La compagnie aérienne n'accepte aucune réservation tant qu'elle n'a pu examiner passeports et visas ; ceci fait, elle ne remettra évidemment pas les billets avant d'être réglée.

Assis sur le lit de fer de l'appentis, ils font l'inventaire de leurs ressources. Les quelques traveller's cheques qui lui restent sont mis de côté pour pourvoir aux frais immédiats à l'arrivée. L'indemnité de départ versée par l'Oncle, s'ils parviennent à partir dans les deux semaines comme il s'y emploie, sera affectée au cadeau de mariage de Maryam ; un frère ne peut faire moins.

Ton père.

Elle le fixe, inquiète.

Prononce le mot.

Non. Non, non.

Ton père. Il peut les acheter là-bas et te les envoyer. Voilà comment faire. On le remboursera.

Je ne peux pas.

A nouveau.

Il lui faut se contrôler, fixer sur elle l'intense regard qu'il tient de sa mère, garder une voix douce et convaincante, surmonter ses frustrations comme il l'a fait un nombre incalculable de fois dans les services d'immigration, et ravaler cette marée de preuves : les privilégiés n'arrivent jamais à comprendre la réalité, ce qui compte, la dignité de survivre en dépit des principes.

Comment lui faire comprendre : la voix de Julie se fait aiguë.

Tu ne le demanderais pas à ton Oncle Yacoub, n'est-ce pas !

Je l'ai fait. Il m'a dit qu'il ne m'aiderait pas à m'enfuir une fois de plus. Il avait l'air de s'amuser.

Elle pose sa tête contre son épaule, enfouit son visage dans son cou. Il ne lui a pas parlé de ce dernier refus. Il le lui a épargné.

Chez elle, c'est elle qui avait pris les choses en main, elle qui avait le statut ; ici, dans sa maison, son village, c'est cette indélébile marque de naissance qui lui dicte la façon d'agir, il a fait – et lui seul le pouvait – ce qui était nécessaire. Seul avec elle dans l'appentis, il parle plus qu'il n'a jamais parlé, la tirant pas à pas de son ignorance. Le beau-frère d'un cousin vit aux Etats-Unis depuis six années, et même bien (c'est-à-dire en toute légalité). La famille l'a perdu de vue mais à force de demander de ses nouvelles en s'installant le jour dans les buvettes, la nuit dans les arrière-salles des bars, dans ces rues où elle a aperçu la charogne gonflée d'un mouton, il a lentement rassemblé les informations souhaitées. Il a pu prendre contact avec le beau-frère du cousin. Et ce dernier, *Al-Hamdu lillah* (cette expression lui vient spontanément dans sa langue comme La Table s'exclame « Dieu merci » quand une dérogation profane ne peut être reconnue que par un appel au divin), a fait tout ce qu'il a pu, et même plus, pour leur mettre le pied à l'étrier de l'autre côté – en Amérique. En Amérique. Il est concierge dans un grand bloc d'appartements – elle s'est rendue aux Etats-Unis, elle sait qu'il s'agit de bâtiments de vingt, de quarante étages et que le concierge ou le gardien dispose d'un coin pour vivre, d'un petit appartement en bas.

Oui, elle y a été, en Amérique, elle a vu comment vivent certaines personnes dans les immeubles des riches.

Au sous-sol.

Le beau-frère du cousin connaît plein de monde qui ont trouvé du travail pour démarrer et sait comment, à partir de là, on peut grimper pourvu qu'on ait les compétences, que l'on apprenne à bien parler la langue, à maîtriser les techniques. Cours du soir, instituts technologiques, formation informatique poussée, sciences de l'informatique – et voilà ! Cet homme a toutes les informations, les adresses des écoles et des fondations, les ouvertures, les opportunités. Les chances.

L'Amérique. Pour lui, c'est un concept unique : mais pour elle l'Amérique et son immensité, ce sont plusieurs Amériques, depuis les casinos de Californie jusqu'à l'Idaho (où elle a skié), de New York (où elle hantait musées et théâtres) à Charlottesville (d'où venait un de ses amants, elle s'en souvient), de Seattle à la Floride...

Où vit-il aux Etats-Unis ? Dans quelle ville irions-nous ?

Chicago. Il habite Chicago. Son frère et un ami qui est comme son frère habitent Detroit, il y a du travail là-bas. Pour commencer, c'est ce qu'il faut. Ils me disent qu'ils me trouveront du boulot. On pourrait aller à Detroit. Tu y as été, tu connais ?

Les lèvres de Julie se serrent sur sa bouche fermée ; sa tête bouge comme si elle cherchait.

Il l'observe : ah ! oui, en route vers de nouvelles aventures.

Elle n'a pas visité Detroit mais elle sait, elle se souvient des distances d'un autre type au sein de l'immense Amérique. Des maisons de Sutton Place aux portiers galonnés (Papa Summers l'avait fait recevoir par des amis) aux quartiers sinistrés de Chicago et de New York avec un vieil homme las ou une femme débraillée assise sur les marches d'un bâtiment lépreux où les émigrants « de couleur » trouvent à se loger, un coin-lit, au même niveau que les Noirs américains pauvres, nés à côté de la chance.

Pendant les premières semaines Ismail dit que nous pourrons loger chez eux à Chicago, ils nous feront de la place. L'appartement de gardien – je t'en ai parlé. Ces gens doivent être très gentils, merveilleux – ils ne nous connaissent pas mais c'est vrai que nous sommes parents.

Et après.

Il se lève, s'éloigne d'elle, arpente la pièce ; tellement étriquée qu'il va et vient en quelques pas. Elle le suit des yeux pour déchiffrer ce geste. Son inhabituelle expansivité vient de se tarir ; comme elle l'a appris, Julie en revient à le lire selon d'autres codes. Tourne-t-il pour la dernière fois, rituellement, dans la cage des refus, juste avant qu'elle ne s'ouvre grand sur l'Amérique ; il n'est jamais simple à deviner.

Cela dépendra. J'irai à Detroit. Voilà. Je pense que ça se passera comme ça.

Ont-ils trouvé un logement pour nous ? Pour vivre, à Detroit.

Eh bien, je trouverai bien un recoin pour dormir chez eux. Leurs épouses ne sont pas là, ils n'ont pas pu les faire venir. Cela fait à peine un an... un peu plus...

Il revient se planter devant elle, ses jambes touchent les genoux de Julie assise. Je chercherai immédiatement un logement. Un appartement. Quelques pièces.

Toi. « Toi ». Elle se met à le comprendre. Que veux-tu dire ?

Ce serait bien que tu ailles en Californie. Chez ta mère, juste pour quelques jours.

Elle se penche, l'anxiété tire ses pommettes, les yeux levés vers lui, essayant de scruter derrière ce front doux et d'or terni ce qu'il lui destine.

Comment t'est venue cette idée ?

Il a fini par connaître le pouvoir de son sourire spécial, elle le lui a fait comprendre ; ce qu'il ignorait jadis quand montait en lui l'envie de sourire était désormais devenu tactique. C'est un pouvoir qu'il croyait hors de sa portée ; ce que les privilégiés appellent l'amour. Il lui fait l'offrande de ce sourire.

Julie. Tu n'as pas toujours raison à propos de tes parents. Bien sûr ils ne sont pas comme toi. Par beaucoup de côtés. Mais d'une certaine façon, ils sont là – Il pose sa paume sur sa poitrine, juste au-dessus des seins. Un geste très différent d'un début de caresse qui rapproche d'elle plus qu'un prélude sexuel.

C'est comme avec mes parents.

Cela n'a rien à voir. Ta mère. Que dire. Et elle prend comme une gifle ce qu'il lui présentait comme une surprise agréable : sais-tu seulement si ma mère souhaite m'accueillir chez elle. Une fille approchant la trentaine pour montrer à tous qu'elle est bien plus vieille que son dernier mari ?

Elle déchiffre enfin ce qu'elle cherchait à lire en lui : Tu as pris contact avec elle ? N'est-ce pas ?

Par téléphone, oui. Les lettres qu'elle a envoyées viennent de son mari. Elles m'ont été d'un grand secours pour obtenir le visa. On ne saura jamais à quel point. Jusqu'à ce que j'amène ces lettres, rien ne se passait. Tu le sais.

La Californie. Adopte le style casino, pour ma mère et son mari. Sa voix faiblit, faiblit encore. La Californie.

Le sourire lui redonne de l'influx. C'est le bon sens. Tu ne comprends pas à quoi cela ressemble. D'arriver dans un pays comme je l'ai fait – combien de fois ? Même légalement. C'est dur au début, rien n'est agréable, Julie. Sans assez d'argent pour vivre. On est un chien errant, un rat cherchant un trou pour s'infiltrer. Je sais que ça t'est égal, tu as même l'air d'aimer vivre... à la dure... comme si tu partais faire du camping. Mais c'est différent, cela peut mal tourner. Je ne peux pas t'entraîner là-dedans. Je ne veux pas que tu en fasses l'expérience... Pour moi, je m'en moque – parce que cette fois-ci j'ai la chance de m'en sortir pour de bon, pour toujours, de faire ce que j'ai envie de faire, de vivre comme je l'entends. C'est le pays qui me convient. Il y a plein d'opportunités là-bas ; tu ne lis pas les journaux, mais le chômage est faible. Au plus bas depuis des années. Du travail pour tous.

Et entre-temps. Elle semble se forcer à parler.

Qu'y a-t-il ?

Avant de vivre comme tu le veux. Quel genre de travail prendras-tu ?

Comme tous les immigrés. N'importe quoi. Si on est futé et diplômé, cela n'a pas d'importance. Je te le dis, tu ne sais pas ce qui se passe là-bas. Ce n'est pas ton pays, jamais sorti du garage ! Tu ne le sais pas – un des plus grands financiers d'aujourd'hui est un immigré venu de Hongrie, à New York il a commencé comme serveur dans un club. Il est blanc, juif, c'est vrai. Mais les gens de ma région s'en sortent, là-bas, même s'ils ne grimpent pas aussi haut, ils sont dans l'informatique, la communication, là où se trouve le monde !

Les femmes ici – dans sa maison – font ce que leurs hommes leur intiment. Est-ce ce qui se passe entre les murs bricolés de l'appentis, y a-t-il des oreilles collées à la porte en bardeau épiant ce qui se dit, « celui qui s'enfuit de chez lui » (dixit Oncle Yacoub) se perd-il en conjectures sur ce qu'il abandonne ? Elle et lui arrêtent de parler de la Californie. Cela peut vouloir dire qu'il accepte le refus de Julie ; ou qu'elle consent.

Prononce le mot.

Aucune tension ne s'installe entre eux, inexplicablement. Cela vaut mieux. Ni l'un ni l'autre ne s'y essaient. Tout ne peut pas être déballé sur La Table en vue d'une solution. *C'est comme ça.* Il trie le contenu du sac de toile, plein de documents mille fois compulsés, afin de s'en délivrer à jamais, dès maintenant ; la légalité est légère à porter. Il lève les yeux pour lui décocher son sourire alors qu'elle ouvre la porte... elle sort voir sa sœur ou fureter dans la maison.

Elle avance lentement comme un somnambule jusqu'au bout de la rue, au désert. Le vendeur de rissole peut la voir passer, dans sa carriole à âne l'homme aux melons peut la croiser, les harmonies nasales des radios et les appels électroniques tombant de la mosquée enveloppent sa silhouette étrangère et familière à la fois. Le chien l'attend. A défaut de La Table, c'est toujours une présence. Elle s'assied sur ce tas de maçonnerie qui fut jadis une maison, le chien se tient à l'écart sur ses pattes fines. Le désert. *Toujours.* La signification profonde de ce mot qui sort de toute bouche pour coller à toute opinion, vient du désert. Il s'étend devant elle, devant le chien. Le désert est de toujours ; il ne meurt ni ne change, il existe.

Mais elle, être humain, elle ne peut pas seulement exister ; elle est ouragan, chaque pensée tord et met à mal sa cohérence intérieure, rien ne la laisse en paix, ne fût-ce qu'un instant. Chaque émotion, chaque pensée est envahie par une autre. Honte, culpabilité, peur, désarroi, colère, reproches, ressentiment envers le monde entier – et des noms surgissent, les noms – à l'idée de ce qu'Ibrahim va devenir. Encore. Vivre dans un taudis immonde, haut perché ou derrière un garage, quelle est la différence, avec Dieu sait quels autres types qui ont tiré la mauvaise couleur, de pauvres diables comme lui (comme il dit), nettoyant la merde américaine – elle a vu les bas-quartiers de ces villes, les espaces vides de ce nouveau monde ravagé, les détritus et la dégradation – faire le travail que refusent les *vraies gens*, les Américains blancs. Au moins chez elle, dans cette ville d'un continent délaissé, se coucher sous les boyaux d'une voiture classe l'homme dans une meilleure catégorie. D'un coup la pensée l'assaille : dans ta ville ? Ton pays ? La loi range tout le monde désormais dans les *vraies gens*, mais qui fait le travail de merde, ni Nigel Ackroyd Summers, ni sa fille Julie. Et on a même refusé au mécano une « meilleure catégorie », on l'a jeté hors de ton pays, n'est-ce pas, sans façon.

Et de nouveau : l'Amérique, l'Amérique. Les grands et terribles Etats-Unis. L'Australie, la Nouvelle-Zélande – serait-ce légèrement meilleur ? Tout vaut mieux que l'Amérique. Le pays le plus dur au monde. Les plus hauts buildings à escalader pour arriver aux postes à responsabilité (et lui, un de ces pauvres diables, celui que j'aime, grimpant quarante étages sur son échelle de corde artisanale) ; pour en sauter tête la première. *C'est là que se trouve le monde*. Il croit que *je* ne sais pas ; c'est *lui* qui ne connaît pas. Dans sa rage face à toutes ces menaces qui l'attendent, il lui apparaît : si jeune, ses mains fines prêtes à tout faire, son élégance empreinte de défi – cette écharpe de soie blanche autour d'un cou puissant, les poils noirs sur sa poitrine qui ressurgissent autour de ses testicules et le pénis fier qu'elle voit sous ses habits chaque fois qu'elle le regarde, les yeux noirs qui ne révèlent jamais ce qui se passe derrière ce visage hérité de sa mère, elle l'a découvert comme l'on retrouve dans leur lointaine descendance l'image d'anciens Grecs, Egyptiens ou Nubiens.

Mais il n'y a personne. Rien ne s'imprime sur le désert. Il est *de toujours* ; et ce qui cogne en elle comme la machine d'un cantonnier, c'est le *présent*.

Elle est à l'unisson avec cette femme, la mère, vers qui elle aurait dû courir, en harmonie avec cette femme bien que lui manquent les mots justes exprimant ce qu'elles partagent désormais. Elle seule, elle qui l'a découvert déguisé en mécano – ni le père, ni Maryam, ni personne dans cette famille où chacun est proche des autres – elle seule et sa mère ressentent l'appréhension, le rejet que toute émigration s'apprête à faire subir au fils. Mais la mère est en prière ; sa mère s'adonne à la prière. On ne saurait l'interrompre. Même si l'on trouvait les mots dans la langue idoine.

Le chien s'éloigne en silence. Elle demeure assise jusqu'à ce que le tumulte en elle se démêle, s'efface. Les sables du désert dissolvent les conflits ; il y a de l'espace, du moins pour une pensée claire : j'y suis.

De retour à la maison, la natte de prière est enroulée. Mère et fils se retrouvent sur l'intimité du sofa. Il lève les yeux et fait signe – entre. Assis, il lui passe un bras autour de la taille ; Où es-tu donc allée ? En promenade. Un bol d'air est bon quand il ne fait pas trop chaud, lui dit la mère lentement afin qu'elle comprenne. Elles se regardent un moment ; elle pense que la mère sait, sinon où elle s'est rendue, du moins où ses réflexions la mènent.

Ils se retirent ensemble dans l'appentis – c'est l'impression qu'il veut laisser aux yeux de la mère. Il la tient par la main, attitude destinée à sa mère plus qu'à elle : comme pour dire, ma femme étrangère est avec moi, je ne suis pas seul.

Elle se laisse choir dans le lit qui s'est tant plaint sous leurs ébats.

Je vais écrire à Archie. Mon Oncle.

Cher Archie

Tu ne seras pas trop surpris de me lire sachant que je viens à toi pour te demander quelque chose. Tu as toujours été la seule personne à qui je pouvais m'adresser. Cette fois-ci il s'agit d'argent. Ibrahim a obtenu un visa pour l'Amérique. Ce n'était pas un problème en ce qui me concerne, mais pour lui cela a pris des mois de tracas. Tous les pays contactés lui ont claqué la porte au nez. Je ne sais pas comment il l'a décroché – il ne vaut mieux pas le lui demander ! Après son expérience en Afrique du Sud, cela se comprend.

Nous avons donc le feu vert pour les Etats-Unis. Mais je suis à court de dollars. Nous ne pouvions pas être à la charge de sa famille, nous ne le souhaitions pas d'ailleurs. Ses revenus (un job obtenu grâce à un parent) et les petites sommes que j'ai pu ajouter en ayant l'audace de donner des cours d'anglais ne suffisent pas pour régler les billets d'avion et nous laisser de quoi nous retourner à l'arrivée. Puis-je te demander, en fait je te le *demande*, s'il t'est possible d'une façon ou d'une autre de m'avancer l'équivalent de 5 000 dollars ? Je sais que le contrôle des changes complique les choses, mais n'importe quelle devise selon tes contacts sera la bienvenue. Ibrahim a un ami dans une banque de la capitale qui se chargera du mandat et du taux de change. Je joins une feuille avec les coordonnées de la banque pour le mode de transfert que tu choisiras.

Cher Archie, j'espère te rembourser un jour. J'ai voulu t'écrire il n'y a pas longtemps à propos de la possibilité d'une avance sur héritage – tu sais, ce Trust qui a été monté – mais sans aucun doute il s'agit d'une opération complexe qui prendra des mois et nous avons besoin de cash tout de suite. Pour être honnête, je ne serai pas en mesure de te rembourser vite car nous ne savons pas encore comment nous nous débrouillerons aux Etats-Unis. Mais au bout du compte, je t'écrirai pour avoir ton avis quant à la possibilité de tirer sur les fonds de ce Trust. Je suppose que je trouverai en Amérique probablement le même genre de travail qu'en Afrique du Sud. Je pourrais contacter les correspondants américains des gens pour qui je travaillais à Johannesburg, c'est une araignée internationale avec ses pattes partout. S'ils font une enquête interne avant de m'embaucher, obtenir un permis de travail ne sera pas un problème. Pour l'heure, seul Ibrahim en a reçu, je ne suis que l'épouse qu'il est censé entretenir pendant qu'elle regarde la télé.

Archie, je ne sais t'exprimer combien nous te serons tous les deux reconnaissants.

Tu sais que je ne peux pas m'adresser à mon père.

Avec toute mon affection, comme toujours.

Julie

Maintenant seulement monte en elle ce reproche : elle a supposé, outrée par l'accusation grotesque contre Archie, que l'affaire n'a pas eu de suite; face à sa réputation professionnelle de longue date on a dû abandonner les poursuites. Maintenant seulement; plongée dans le chaos de sentiments survenus d'un coup avec (dans sa main) les deux tickets d'avion pour l'emmener loin d'ici, elle et son amant, elle ne lui a pas écrit comme elle en avait l'intention! Elle n'a pas fait signe alors qu'au cours de toutes ses aventures dans le monde elle a conservé dans son carnet d'adresses, sur l'insistance d'Archie – au cas où – son numéro de fax et de téléphone, au cabinet comme chez lui.

Ibrahim lui a dit d'appeler, mais elle est réticente, et il n'y a pas lieu de la presser maintenant que se dessine pour eux une solution; il juge préférable de la laisser agir à sa guise; elle semble se dérober devant des émotions complexes dès qu'il est question de parler à cet oncle. Ils se rendent ensemble à la capitale voir un ami d'ami qui est dans l'import-export et envoient la lettre par fax.

Le mandat arrive avec une incroyable promptitude – à leurs yeux du moins, habitués qu'ils sont à la patience prolongée, à l'attente dans un village du désert hors du temps tandis que les officiels jouent de semaine en semaine avec des promesses.

Archie envoie non pas cinq mille, mais six mille dollars. Suivis un jour plus tard par une lettre faxée par le biais de l'ami d'ami d'Ibrahim. Ma chère Julie, quel soulagement d'avoir de tes nouvelles et de savoir que tu trouves ta voie. On nous a dit que tu étais passée à la maison avant de partir, pour dire au revoir ou parler de cette affaire absurde et déplaisante avec une patiente – désolé de t'avoir manquée. Cela n'a pas été simple de prouver que cette femme a une « personnalité limite » (diagnostic du psychiatre), mais mes avocats ont eu vent qu'elle avait des antécédents du même genre et ils ont pu en obtenir confirmation. Je pense personnellement que la pauvre femme concoctait une vengeance délibérée contre *n'importe quel* homme – coup de chance c'est tombé sur moi – dans sa colère à l'encontre d'un autre homme qu'elle ne pouvait atteindre. Tu ne peux pas savoir comme mes patientes m'ont soutenu, elles voulaient donner plus de témoignages sur mon éthique professionnelle que les avocats n'en avaient utilité. J'étais en train de te conseiller de prendre de bons avocats, et voilà que j'en avais besoin moi-même! Je n'aurais jamais cru devenir victime d'un harcèlement sexuel – mais c'est ainsi, il faut bien que cela arrive une première fois à *un* homme. Retournement de situation. C'est elle qui faisait des avances à son médecin, pas l'inverse. Un cas d'école. Cela s'est retourné contre elle, j'aurais pu réclamer des dommages et intérêts mais j'ai décidé, vu la façon indignée dont mes collègues et mes patientes se sont publiquement portés garants de moi, non seulement au tribunal, mais encore plus dans la presse, que je n'avais pas subi de dommages... Sharon n'est pas d'accord, elle dit que le pardon et la réconciliation qui agitent le pays ne valent pas (ne s'abaissent pas, hein) pour quelqu'un qui a cherché à me détruire. Tu connais ma rousse Sharon, elle voulait s'en prendre à cette femme au tribunal, lui flanquer une double gifle – voilà les dommages auxquels elle pensait, juste comme apéritif. Il ressort de tout cela que beaucoup de mes confrères ont à présent peur de leurs patientes... Je continue à faire confiance aux miennes, sinon à quoi bon être leur médecin ?

C'est fini, nous sommes saufs, nous allons bien. Tiens-moi au courant, s'il te plaît, où que tu ailles. Laisse-moi une adresse. Quand j'ai su que tu étais passée à la maison, je l'ai demandée à Nigel, il a dit qu'il n'était pas en rapport avec toi, qu'il ne l'avait pas. Je suis peiné qu'il en soit ainsi. Cela s'améliorera avec le temps. Bonne chance à vous deux pour les Etats-Unis. Tu es une fille courageuse. Affectueusement. Archie.

Il est important pour Julie de savoir qu'existe cette autre forme de générosité ; Archie est ce qu'il a toujours été, indemne, ne prononçant pas de jugements, son propre maître ; une certitude introuvable ailleurs, chez quelqu'un d'autre.

Elle a un oncle, voilà la réponse de cette famille dont elle s'est coupée ! Sous la peau sombre et dorée rougit une allégresse qui ajoute de l'éclat à ses yeux.

Il nous reste maintenant suffisamment en plus des billets d'avion, j'aurai de quoi payer la caution quand j'aurai trouvé un endroit pour nous, je peux l'équiper – pour ton arrivée.

Mais avec cet argent nous pouvons nous trouver tout de suite un logement. Même un hôtel bon marché à Chicago, Detroit, on verra.

Ils se retrouvent projetés en arrière, à leur conversation où tout n'a pas été dit.

Hôtel ? Quel hôtel. Combien de temps tiendrons-nous si l'on commence comme ça. Je peux vivre de peu avec d'autres hommes à Detroit et me renseigner et quand je saurai si c'est Detroit ou Chicago – comment le dire – j'aurai l'argent pour nous trouver un endroit convenable pendant que tu seras très bien en Californie.

Mais tu aurais dû comprendre. Abdou ! Je n'ai jamais dit que je ferais cela.

Qu'est-ce que tu me racontes. Julie – je te l'ai dit,

je ne peux pas te faire vivre avec les immigrés qui débarquent, ils doivent en passer par là, sauf si l'argent leur tombe du ciel. Maintenant nous avons quelque chose, et je sais comment utiliser cette... manne... qui vient de ton oncle... comme tombée du ciel, mais il ne s'agit pas de millions, n'est-ce pas ! N'est-ce pas ? Un don du ciel, oui, mais on ne peut pas le dépenser comme en vacances, il faut que je trouve du travail, je dois trouver un appartement où tu puisses vivre... tu ne peux pas le comprendre ? Nous devons remercier ta mère, son mari, pour les lettres qui nous permettent d'entrer, nous devons remercier ton oncle pour les billets d'avion qui nous nous permettent d'y aller. Ta famille est bonne avec nous. Est-ce un problème d'aller voir ta mère, elle le souhaite, elle veut bien t'héberger chez elle un temps, c'est sûr, et comment savons-nous...

Que ne savons-nous pas ?

Il soupire avec exagération face à sa stupidité, son manque de sens des réalités.

Il sourit ; il respire à nouveau. Il – son mari a obtenu si facilement des lettres de recommandation de gens importants. Oui ? Il connaît du monde. Nous le voyons bien. Il se peut qu'il me trouve un bon boulot, qu'il me donne les bons contacts. Le carnet d'adresses c'est le principal, crois-moi, je le sais. Nous pourrions même aller vivre là-bas, il y a de grands centres de technologie des communications, un climat agréable, chaud, comme chez toi, pas l'enfer comme ici – il n'y fait jamais froid – Chicago est froid, n'est-ce pas. La Californie – merveilleuse. Tout le monde rêve d'y habiter.

Bras ouverts, il ne trouve plus les mots, il embrasse la Californie ; ou Julie. Son regard ne la lâche pas même s'ils se tiennent séparés.

Un animal pris par la lumière au tréfonds de son être.

Prononce le mot.

Il saisit l'instant, s'avance et passe le bras autour d'elle, une main contre sa joue, lui murmure à l'oreille des sons doux à travers l'écran de ses cheveux.

Il y a quelque chose de captivant dans cette soumission, pour un homme qui a cru qu'elle ne se rendrait jamais. Une tentation dangereuse, aussi : les Beaux Quartiers ; La Table ; une troisième possibilité.

Maryam est en train de leur préparer une soirée d'adieu raffinée.

Elle tient à ce que cela reste une surprise mais à sa manière abrupte Khadija y fait indirectement allusion. – Vous n'avez pas eu de vrai mariage. Votre départ, dit-on, est une occasion pour tous ceux qui veulent vous souhaiter bonne chance. Ibrahim taquine sa sœur et lui demande ce qu'elle mijote, elle fond en larmes. – Tu vas aussi manquer mon mariage. – A ce frère qu'elle connaît si peu, qui si longtemps s'en est allé et venu, elle ne peut dire qu'elle pleure parce qu'il lui enlève son amie. En effet il se méprend : cette fête est prévue pour remplacer tout ce que la famille n'a pu partager – son mariage avec une fille de son choix, les petits-enfants, les nièces et les neveux, les cousins, les célébrations ordinaires et les funérailles, la communion entre frères dans le rituel de la Loi Sainte qui prend les décisions justes et moralisantes, sans complication à leurs yeux, qui les arment face à cet autre monde dans lequel, indésirable et sans protection, il se jette avec frénésie. Mais on ne saurait dédaigner les bénédictions, on les désire même secrètement, au plus profond de soi, les semences du grenier génétique qui demeure scellé dans l'image qu'on endosse par ailleurs, selon les lieux et les gens. Pour sa femme ce sont des cadeaux apportés par les dames du cercle de conversation et les parents d'élèves, des plateaux en cuivre, des fioles de parfum, un tissu brodé de paillettes ; pour lui un souvenir rapporté de La Mecque (un encouragement à faire le pèlerinage, où qu'il se retrouve). Le père offre au couple, son fils et son épouse, un splendide Coran ancien. La marque de la mère ; elle n'a pas besoin de proférer un mot, c'est elle qui parle à travers lui. Il disserte à loisir et l'on traduit à Julie la solennité des propos dans un langage fleuri afin qu'elle comprenne tout : le Livre est destiné à l'éducation de vos enfants et aux enfants de vos enfants. Puis vient le cadeau de la femme de l'Oncle Yacoub afin de prouver à sa sœur, la mère de ce bon à rien de neveu, que s'il a refusé d'avancer l'argent pour cause d'abandon de l'héritage familial, religieux, clanique et national, l'Oncle n'est pas pour autant mesquin. C'est une lampe semblable à celles de sa maison, en forme de fleur plantureuse et clinquante, pas vraiment une tulipe, un nénuphar peut-être, où se dressent parmi les pétales métalliques de petites ampoules électriques sur des étamines dorées. Leila grimpe sur les genoux de Julie pour montrer le cadeau qu'elle a fait : elles regardent le dessin, l'enfant guettant les réactions sur le visage de la femme. L'image représente un bateau, objet que la fillette n'a pas pu voir sauf à la télévision, une tour à mi-chemin entre la plus haute construction du village, le minaret, et un immeuble, également aperçu à la télévision, deux bonshommes assis sur un mur effondré, vus de dos, un grand et un petit avec de grosses têtes. Les bras, une ligne, s'enroulent l'un l'autre en une profonde incision. Dans l'espace qui n'est ni ciel ni terre planent comme des soleils deux têtes, de face, fendues d'un large sourire. Une pastèque minutieusement rayée (toutes deux adorent l'orgie dégoulinante qui consiste à la dévorer ensemble) est dessinée dans un coin. A l'autre bout se tient un chien la queue basse. L'enfant demeure fièrement sur les genoux de Julie dont l'attention est attirée de-ci de-là par les invités soucieux de la saluer. Certains ont composé leur compliment en anglais tel qu'elle leur a appris. On s'interrompt, on rit des fautes.

Maryam, dans sa tristesse face à tous ces symboles de rupture, est cependant heureuse pour le couple :

Des cadeaux de mariage, dit-elle. Tout est décalé dans la vie de son frère et de cette femme qu'il a mystérieusement rencontrée, tout est différent de ce qu'elle connaît au sein de la famille ou de ce qu'elle peut en attendre.

La rue entière que Julie garde à l'esprit, vision éveillée ou endormie, après l'avoir descendue en passant devant la moto immuablement garée contre la même barrière, avec la sempiternelle musique sortant des fenêtres, la grand-mère voilée se parlant à elle-même sur sa chaise de cuir pelé, jusqu'à sa fin dans le désert, a dû se réveiller sous l'effet du bavardage perçant des femmes de la maison, dont elle fait partie, et des invitées qui vont et viennent à la cuisine, ondulant dans un balancement de plateaux lourds, et toutes les voix s'élèvent dans l'excitation de la fête. Les cris humains en la circonstance doivent s'effacer au-delà de l'ultime maison abandonnée au sable, tremblants avant de se perdre dans le désert à l'instar des appels du muezzin tout comme les aboiements provenant lui dit-on d'une meute de chacals qui pleurent leur errance au loin, la nuit. Puis les saladiers et les plateaux se vident, ne laissant par-ci par-là que des rogatons et le jus des plats succulents ; et Maryam – qui a demandé à la femme de son employeur de lui prêter quelques disques – met de la danse dans le lecteur de CD de Khadija, envahissant l'espace de ses décibels particuliers. De nouveaux rires éclatent : qu'est-ce que c'est que ça ? C'est de la musique du pays où partent Ibrahim et sa femme, avec ses pulsations assurées, ses voix de rappeurs couvrant toutes les autres. Les personnes âgées demeurent calmes et imperturbables ; les épaules des jeunes s'adaptent irrésistiblement au rythme. Elle lui murmure des mots à l'oreille qu'il ne parvient pas à saisir. Je dis : c'est chouette qu'ici les gens se lancent sans boire un coup, sans se faire une ligne ou un joint. Viens – dansons.

Non – pas ici, les hommes et les femmes ne dansent pas ensemble – pas devant les parents, non.

Les épaules animées des frères indiquent une familiarité avec des plaisirs qu'ils ont dû apprendre dans des lieux interdits. C'est une belle nuit. Ils vont s'asseoir plus tard sous l'auvent tandis que les femmes font la vaisselle et refont la soirée assaisonnée d'anecdotes et de ragots sur les hôtes qui sont partis. A la recherche des dernières assiettes sales, elle se retrouve seule dans le living : le sofa vide où la mère tient conseil. Elle jette par hasard un œil par la fenêtre ; à la porte, aux ordres, est planté le chien. Elle se rend à la cuisine et récupère des restes sans qu'on la remarque. Il est tard ; la rue est déserte. Elle tend la main, mais l'animal ne veut pas s'approcher, elle aurait dû le savoir, il ne viendra jamais à elle. C'est tout ce qu'il a, à part sa faim : une dignité incompréhensible. Elle franchit le portail et dépose la nourriture dans la poussière ; il pose les yeux sur elle, familier, immobile. Elle lui tourne le dos et rentre dans la maison. Par la fenêtre elle voit à présent le chien s'approcher de la nourriture et la manger.

Arrivent décroissants les derniers bruits et les voix de la famille qui se couche dans cette maison qui n'est pas assez vaste pour offrir à chacun sa chambre. Ni même une soupente.

Les cadeaux de mariage jonchent le lit et le plancher.

Ils en rient.

Cela ressemble au mont-de-piété, tu te rappelles, près du café.

C'était tenu par un vieux Juif gentil. J'ai dû mettre une fois ma montre en gage, jusqu'à la fin de la semaine et la paie du garage.

Que diable faire de ce truc. – Elle soulève la lampe par un de ses pétales métalliques, avec effort pour en exagérer le poids.

Khadija. Donne-la-lui. Elle collectionne les objets comme ça pour la belle maison que mon frère va devoir lui acheter. Il faudra bien en emporter quelques-uns.

Bien sûr; pense-t-il au Coran, une édition magnifique, un genre de Bible de famille; l'exemplaire qu'elle s'est fait envoyer, qu'elle a lu, est un humble produit de masse. Ce n'est pas le cas des plateaux de cuivre. Il n'arrive pas à les glisser dans le sac de toile. Et quel endroit pour trouver les choses qui n'ont place qu'ici.

En Amérique.

Un cadeau gentil, ces puissants parfums de fleur; ils vont imprégner tout ce qu'on emporte. L'attention de Julie papillonne jusqu'à la valise élégante choisie par

Danielle, Madame Nigel Ackroyd Summers : elle attend. La fatigue lui monte à la tête, l'appentis a accumulé la chaleur du jour. Elle ouvre la fenêtre aussi grand que possible et (tel le chien) apparaît la nuit splendide qui attend. Elle cède à l'élan de le laisser pénétrer dans son jardin secret, le genre d'impulsion – d'indiscrétion ? il est son amant, sa découverte – qui lui venait dans une vie antérieure après trop d'alcool ou trop de joints. Allons nous promener un peu dans le désert, ce serait génial. Les étoiles sont fantastiques.

Le désert. – Pour toute réponse il commence à se déshabiller.

Juste au bout de la rue. On ne marchera pas loin. Comme s'il ne savait pas, c'est son village natal, pas le mien.

Couchons-nous. Il est tard, qui va se promener là-bas. Nulle part. Couchons-nous.

Il se dresse devant elle comme il l'a fait chaque nuit dans sa maison de poupée, se défaisant de son bleu de mécano comme un prince libéré d'un mauvais sort.

Qu'elle rêve ou qu'elle décide d'avoir rêvé suite au flot bouillonnant de pensées, cela n'a pas beaucoup d'importance. Sur le point de lever l'ancre on en revient naturellement au jeu des comparaisons, à tenter de faire coïncider des images, des années, des jours, des instants. Leur signification est sans lien avec leur durée. L'instant tient plus de place que l'année. Qu'il s'agisse d'une niche explosée dans le subconscient ou d'une nuit blanche – quand on se raconte de soi-disant rêves au petit matin, on invente souvent afin de trouver de la cohérence entre le conscient et l'inconscient; *cela doit exister*; c'est inaccessible? Trouvons le biais. Et si l'on y arrive, ce devient certitude. De quoi? Qu'est-ce que cela signifie? Pourquoi vit-on ainsi. Voilà comment ce devrait être. Pas de règles, pas celles des Beaux Quartiers ou ni même, dépassées, ces non-lois de La Table – il faut se rallier à cette insaisissable cohérence – ce qu'on appelle pompeusement la vérité. Evitons les grands mots, pour l'amour de Dieu, pour l'amour du Prophète. Eh bien, la vérité individuelle. Celle qui n'appartient à personne d'autre.

Ce maelström de visions, de cogitations, de recréations a son propre mode de narration ; le désert est un bon endroit pour se raconter. Sur une terrasse en Californie (à l'instar d'un paquebot pour un enfant, elle ne l'a jamais vue sauf à travers les médias, comme un prototype) sont rassemblés les hôtes du dimanche de Nigel Ackroyd Summers, Danielle et sa mère ; Danielle et sa mère se confondent. Des hommes à côté d'un sauna (un sauna ! d'où vient ce détail !) parlent des gains et des pertes au black jack et parient sur l'avenir en Bourse. Le dernier mari en date présente Ibrahim aux personnes idoines, il y a là l'homme des sites web internationaux qui a émigré en Australie et l'avocat noir devenu businessman. Sa mère/Danielle fait avancer Ibrahim/Abdou par la main et le présente à des femmes : mon gendre, un prince oriental (c'est ainsi que La Table plaisante en douce sur son amant de fortune, elle le sait) avec ses chaussures Gucci, ses pantalons Armani et chemises Ralph Lauren que Danielle lui a achetés, sa beauté est un plat exotique à déguster avec le déjeuner au bord de la piscine. Il porte toujours son élégante écharpe blanche autour du cou. C'est tout ce qui reste de lui. Qu'était-il, qu'a-t-il été, qui est-il ? Il émerge des entrailles d'un véhicule, s'assied à La Table et la juge en silence, se jette sur le dos sur le lit du cottage, se met à présent à empaqueter soigneusement son sac de toile dans l'appentis.

Qu'a-t-elle donc lu ? C'était le roman d'un poète, elle ne se souvient plus du titre ni de l'auteur, un cadeau du poète de La Table, il a insisté pour qu'elle le lise – un indice enfoui qu'il est temps de saisir : l'heure est venue de comprendre ce qu'elle a fait. « J'étais tout occupée à me le représenter ; j'avais entrepris la tâche de l'imaginer. » Mais il existe bel et bien. Personne n'a à l'imaginer. Va le dire au désert ; voilà qui est sûr. Chaque fois qu'elle a fait face au désert, puis quitté son pan de mur pour un bout de chemin, jamais trop loin, ce pouvait être la dernière fois ; entre-temps elle continuerait à faire ce dont elle s'est découverte capable, à s'occuper comme elle l'a fait depuis qu'elle a acheté les deux billets d'avion et qu'elle est venue avec lui, chez lui. Jusqu'au jour de l'embarquement, elle poursuivrait ; ce serait son petit cadeau d'adieu à ses élèves, qui restent ici avec quelques mots d'une langue qu'Ibrahim cherche à parler parfaitement pour obtenir ce qu'il veut là où ils vont. Ce serait sa modeste façon de remercier le cercle de conversation autour d'un thé et tous les autres qui étaient venus à elle parce que – eh bien – ils avaient eu besoin d'elle.

Pour le désert, il n'y a pas de dernière fois. Il est de toujours. C'est sans importance si elle s'en retourne, si elle remonte la rue, achète trois anneaux de beignets chauds sur le chemin de la maison, une soupente pour hôtes de passage.

Sortir pour acheter des beignets.

Ils décident de ce qu'ils emportent et de ce qu'ils laissent, souvent en désaccord, mais compréhensifs envers l'autre. Ils reviennent sur certains abandons.

Un des plateaux de cuivre ? Seulement le petit. Si tu pouvais le caser tout au fond.

Ils se contemplent un moment, narquois, éclatent de rire. En compagnie de Maryam, elle a acheté une valise supplémentaire au marché, un cageot en carton avec des fermetures en fer-blanc au lieu de combinaison numérique. Sa mère, par l'intermédiaire de Maryam, a fourni deux paires de draps fleuris pour couvrir leur prochain lit et il n'est pas possible de les distribuer discrètement comme les autres « cadeaux de mariage » qu'ils ne pourront emporter.

D'accord. Entre les draps de ma mère, si tu veux.

Ils enveloppent le Coran comme une momie afin qu'il soit bien protégé dans le sac de toile et puis se demandent s'il ne serait pas plus prudent de le garder en bagage accompagné. Elle l'enrobe d'un film de plastique afin qu'il ne soit pas endommagé dans son sac à main par le dentifrice ou le déodorant qui peuvent suinter sous l'effet des changements de pression.

A propos de ce parfum que les femmes t'ont offert. Tu l'aimes.

Non... non, qu'on le donne à Maryam et Khadija, je sais par expérience ce qui peut arriver, ces fioles n'ont pas de bons bouchons. Je n'ose imaginer de les mettre avec le Livre. Si on les glisse parmi les draps, on n'arrivera jamais à se débarrasser de l'odeur.

Ses livres, son humble Coran, sont les derniers objets à caser ; ils vont dans la valise en carton ; Ahmed, l'homme à tout faire de la famille, enroule une corde autour de la valise pour renforcer les fermetures bon marché. Il fait une remarque à son frère, ils s'esclaffent.

Que dit-il ?

Le visage d'Ibrahim se froisse avec ironie. Valise d'émigrant. Elle va se casser... si tant est qu'elle franchisse l'océan. De la camelote.

Il n'y a donc plus rien à eux, à lui, à elle dans l'appentis, hormis le lit dans lequel ils dorment et font l'amour pour quelques jours encore. Il a insisté pour qu'ils se préparent pour l'heure dite, sans un objet à aller rechercher, qu'ils fassent rouler l'élégante valise (pourvue de roulettes, évidemment), prennent le sac de toile et la pacotille en carton, s'engouffrent dans le taxi réservé à l'avance ; il est donc sur le départ trois jours avant l'heure.

Cette nuit-là, après qu'il s'est glissé hors d'elle et qu'en elle les ruisseaux de plaisir se sont calmés, elle parle ; mais elle sent au rythme de sa respiration que son silence signifie qu'il n'entend pas ce qu'elle tremble de lui dire, elle ne parvient plus à se forcer à parler. Il s'est endormi.

Prononce le mot.

C'eût été peut-être moins lâche de ne pas choisir l'obscurité pour éviter de voir son visage. Plus honnête au matin. Deux jours avant leur départ pour l'Amérique alors qu'ils s'habillent, elle saisit l'instant, l'espace clos de l'appentis, son frère est parti depuis longtemps pour la boucherie, l'autre frère s'en est allé prendre son service au café, les femmes sont à la cuisine, sauf Khadija probablement encore au lit, les enfants, la petite Leila, partis à l'école, et la mère – la mère peut-être à sa prière, implorant la protection divine sur le voyage sans fin de son fils – c'est le moment de lui dire, sans préliminaire inutile comme *j'ai quelque chose à te dire*, mais de foncer droit au but ; je ne pars pas.

Où es-tu censée aller ?

A ses yeux, ils ont déjà quitté la maison ; mais peut-être veut-elle revoir une des femmes qu'elle connaît.

Je ne vais pas en Amérique.

Qu'es-tu en train de dire ?

Sa voix est normale, comme quand parfois il lui demande une phrase simplifiée en anglais.

Je ne pars pas en Amérique.

Mais si, tu pars en Amérique. Mardi.

Non. Je ne pars pas.

Julie, de quoi as-tu peur ? Tes nerfs lâchent. Tu n'es jamais comme ça.

Il s'apprête à l'embrasser, à l'apaiser, il faut vraiment qu'ils partent d'ici, l'endroit lui fait perdre les sens.

Elle lève les mains, paumes ouvertes, doigts écartés, le tient à distance. Non. Ce n'est pas ça. Je ne pars pas.

Qui est-elle, cette femme qui l'a attiré à elle, qui sans nul doute a fait le premier pas, qui l'a suivi jusqu'ici – ahurissement, colère, un sentiment jamais éprouvé auparavant, une provocation inimaginable. Es-tu folle ? Son murmure est plus fort qu'un cri. Tu as perdu la tête. Nous partons mardi, mardi, mardi. C'est comme ça.

Es-tu folle ? Es-tu folle ? La salive lui vient à la bouche, il postillonne. Son silence est un mur d'obstination qu'il ne peut rouer de coups. Il se précipite hors de l'espace où ils sont confinés, heurtant le cadre du lit, la chaise, le sac de toile, tous les obstacles qui mènent à la porte : trop chancelante pour la claquer derrière lui, il fait face à la pièce commune de la maison de sa mère, conscient qu'elle peut le voir dans l'interstice du panneau arqué, elle – la fille qui l'a ramassé, l'amante, l'admiratrice fidèle, l'épouse. Le living est désert ; le sofa d'où la mère surveille son monde est vide. Il ne sait pas ce qu'il cherche ; qui est-il sorti trouver ? La seule certitude dans une vie – on ne la connaît qu'au moment de sa brutale disparition. Et qu'est-ce que cela signifie ? Que sa mère n'est pas là pour lui sur son trône ; pas en cet instant même, ni lors de ses errances en Afrique, en Angleterre, en Allemagne, à Chicago ou Detroit, jamais. Qu'*elle*, tout ce qu'elle a été, l'amante qui l'a suivi comme une épouse, elle n'est pas là. Ni dans le cottage, ni au café où elle l'a invité à prendre un café, ni sur le lit de fer de l'appentis, ni en Amérique. Jamais.

Il ne veut voir personne, aucun membre de la famille ; et il a besoin de quelqu'un sur-le-champ. A qui soumettre ce « je ne pars pas ». Pour voir l'effet de cette déclaration sur autrui. En fait dans des cas pareils on ne cherche pas « n'importe qui », mais, à son corps défendant, dans la fourberie, dans la réticence à s'avouer le tréfonds du cœur, *quelqu'un*. Il passe loin des voix chaudes qui sortent de la cuisine ; non, non, pas les femmes ; il se retrouve aux abords de son coin d'intimité dans le couloir : mais elle est en prière, sa mère, la tête penchée sur la natte. Il se retrouve petit garçon lui tombant dessus au milieu de ses dévotions avec une histoire de ballon perdu, honteusement réprimandé ; il ralentit et se détourne sans qu'elle s'en rende compte.

Le hasard veut qu'il tombe sur Maryam. De retour dans la grande pièce où se rassemble la famille, toute chaise, tout coussin moulé selon le poids de chacun, le tapis élimé au passage de leurs pieds, Maryam se dirige tout sourire vers le portail pour s'en aller briquer la maison de sa patronne. A la vue du visage de son frère, de son allure, elle se fige sur place ; elle pense immédiatement à un accident, une maladie survenue dans la famille qu'on lui aurait cachés. Tant d'êtres chers, Ahmed qui travaille avec des couteaux de boucherie – elle se fait affectueusement du souci pour tous. – Qu'est-ce qui ne va pas ? Que se passe-t-il. Julie ?

— Rien.

— Mais tu es – Elle se sent indiscrète.

— Je viens de me réveiller, c'est tout.

Mais il vient d'être assailli par un non-dit, incapable de penser au-delà d'un *es-tu folle* en réponse à ce *je ne pars pas* monomaniaque. Ne pas partir pour Chicago, Detroit, la Californie.

Il quitte Maryam qui, avec tact, regarde à côté, et fonce vers l'appentis, tire et ferme la porte.

Elle se tient à la fenêtre. Elle se retourne, une douleur de sang-froid trace des lignes serrées entre ses paupières et autour de sa bouche.

Tu rentres donc là-bas. D'où tu viens. J'y pense tout le temps. Un jour. Le jour viendra où tu retourneras chez toi, même si tu prétends que ce n'est pas chez toi. Tu vois que j'avais raison. Tu ne sais pas ce que tu racontes. C'est ainsi avec toi. Tu ne sais pas ce que tu fais. Aux autres. Bonne chance. Au revoir. Tu leur décriras, au café, le taudis dans lequel tu vivais, cet endroit sale, et tu leur diras que tu es trop bonne, futée, que tu n'es pas une – comment – une vendue comme ils disent, tu ne veux pas vivre avec les capitalistes en Californie, dis-leur, pense à tout ce que tu vas leur expliquer. Au revoir. Va-t'en leur raconter. Au revoir.

Il a commencé, défiguré par la colère, la figure s'empourprant, les yeux rétrécis comme des copeaux scintillants et noirs, son corps étrangement ramassé comme s'il allait sauter, et il achève, abattu, comme s'il se perçait d'un poignard.

Elle a peur de ce découragement, pas de la colère, ce souffle violent – aspiré bouche grande ouverte. Elle s'approche de lui, trébuchant comme lui tout à l'heure sur les bagages et il essaie de repousser ses mains comme elle s'accroche à lui. Ne dis rien. Ne dis rien.

Elle n'a pas le droit, elle, de dire ce qui a été tu avec éloquence – depuis les premières nuits dans la maison de poupée, certainement – *je t'aime.*

Ecoute-moi. Où as-tu pêché cette idée. Je ne retourne pas là-bas. Je n'y suis pas à ma place.

Elle prend sa tête dans ses mains dures et le force à la regarder, elle sent la texture de sa peau, sa barbe d'un jour. Elle conserve cette image de lui, quotidienne et chère, poussant la langue contre la paroi interne de sa joue pendant qu'il se rase délicatement autour de la moustache ; une image mémorisée.

Tu le sais. Ils se disent à l'unisson : et le non-dit (cette image mémorisée c'est de l'amour) et ce qui a été dit, je ne retourne pas chez moi.

Qu'est-ce que tu racontes ? Quoi. Tu ne pars pas en Amérique. C'est ce que tu dis. Tu ne rentres pas chez toi. C'est aussi ce que tu dis.

Il lui faut dire maintenant ce qu'elle pensait qu'il aurait dû comprendre. Je reste ici.

La dispute passionnelle qui éclate sort de leur intimité respectée par la maisonnée ; à travers la porte de fortune de l'appentis, elle afflue dans le living, envahit toute la demeure, s'empare des préoccupations de tous les membres de la famille qui habitent ici ; chacun, même les enfants, lève les yeux vers la chambre, comme vers un bruit ou une vision soudaine. Ce qui se passe entre mari et femme, c'est leur affaire, il est de bon ton de maintenir le principe d'intimité au point de feindre ne pas être au courant de ce qui arrive. Dans une maison peuplée de parents il s'agit d'un impératif draconien ; ce n'est pas seulement la porte de l'appentis qui est trop mince. Les conventions superficielles des liens de sang et d'observance religieuse sont susceptibles de subsumer sans presque faire de vague, par exemple, la présence de Khadija et ses implications. Mais l'altercation dans la chambre est d'un autre ordre, elle s'impose à la maisonnée. En tant que fils, frère, cousin, il n'a pas d'alternative, il lui faut sortir et répéter à chacun le même récit de ce qui s'est passé dans la pièce – d'où elle ne sort pas, elle l'épouse étrangère qu'il leur a amenée, soit parce qu'elle accepte qu'il parle en son nom, soit parce qu'il ne lui permet pas de donner son point de vue. Qui peut le dire. Mais quand la petite Leila, sa préférée, se dirige vers la porte de l'appentis, il renvoie l'enfant.

Tout le monde est sous le choc du compte rendu, même ceux qui sont seulement gênés ou perplexes devant une situation qu'ils ne peuvent comprendre, qu'ils ne devraient pas connaître. Ce garçon mène une vie différente de la leur, il a vécu de façon incroyable dans des mondes qu'ils ignorent. Comme s'il pouvait s'attendre à une explication de leur part, à leur soutien en toute innocence, ils vivent dans l'ignorance et il leur a toujours fait sentir. Ses frères Ahmed et Daoud l'écoutent, incrédules, une femme fait ce que son mari lui ordonne. Ils sont trop loyaux à son égard, trop respectueux, pour énoncer ce qui l'inquiète immédiatement : le stigmate sur sa virilité. Les femmes – elle les aura rejointes, la cuisine est un terrain neutre dont on acquitte le droit d'entrée par le biais de tâches ménagères, de jeux avec les enfants, de conversations en sabir – quand il s'approche des femmes leur embarras suinte comme de la sueur. Rassemblées sous l'auvent, elles parlent. C'est une bonne personne. Tout ira bien. Elle fera ce qu'il faut, c'est une épouse. Parfois nous nous énervons un moment, tu sais, et puis ça passe, *ma sha allah*.

Son insistance les réduit au silence. – On n'a pas le temps d'attendre que les humeurs se dissipent.

Deux jours. Voilà. Je veux savoir si elle vous a parlé. De cette histoire de rester ici. Dans cette maison. Avez-vous suggéré quelque chose dans ce genre? Dites? j'ai besoin d'une réponse. A-t-elle parlé en ce sens?

Amina jette un coup d'œil circulaire par-dessus son bout de chou et secoue la tête de façon concluante, ses boucles d'oreilles dansent, comme mandatée pour démentir.

Il lui passe par l'esprit de parler en tête-à-tête avec l'une des femmes; mais il sent à présent qu'aucune d'elles n'est vraiment fiable. Peu importe d'apprendre quelques mots d'anglais, elle les a influencées avec ses idées de gosse de riche sur l'indépendance de la femme.

Dans le visage de son père, le lent battement des paupières lourdes et les parenthèses convulsives aux coins de sa bouche, il lit un reproche silencieux, bien arrêté, mérité, pour avoir été trop fier et stupide de refuser la chance offerte, *Al-Hamdu lillah*, par son oncle Yacoub de demeurer en ces lieux où, en tant que fils, *il* se devait de rester.

A nouveau cette réponse laconique : une femme obéit aux vœux de son mari.

Prononcée par un père qui fait, son fils le sait, ce que son épouse, femme de caractère et sage, oui, *Al-Hamdu lillah*, juge juste.

Tiraillé à hue et à dia, à qui s'adresser – Maryam. Maryam toute seule. Elle restée coite parmi les autres femmes. Maryam : la première évidemment à voir inscrit sur son front alors qu'elle quittait la maison pour son travail de domestique : *je n'y vais pas.* Maryam qui s'est fait amie, acolyte, c'est sa petite sœur Maryam qui a eu l'idée des menues occupations, les cours d'anglais, Maryam qui a su mettre son épouse à l'aise dans cette maison, d'accord, qui lui a proposé de meubler l'attente aux côtés d'un pauvre diable des mois durant à la recherche d'un visa. A qui d'autre s'adresser. Lui faire face comme à une saignée.

Il la convoque à son retour, accusée, elle le sent immédiatement, son pas se ralentit quand elle pénètre dans la maison, cherchée sous l'auvent par la petite Leila. Seule ; il veut la voir seule, sans l'appui jacassant des femmes.

— Que te raconte-t-elle. Je veux savoir. Que lui dis-tu, tu es la seule à lui parler, à lui indiquer comment s'occuper, tu en as fait une sœur, elle s'inquiète en ton absence, ces dames qui offrent le thé et apprennent l'anglais, les instituteurs qui la flattent. Je veux savoir. Qu'as-tu fait. Qui t'a dit d'agir ainsi. M'as-tu interrogé, moi, ton frère ? Allez, je veux t'entendre dire ce que tu lui as raconté.

Il a sur cette fille un pouvoir qu'il n'aura jamais sur Julie sa femme, qu'il ne veut pas avoir, dont il veut s'échapper chaque fois qu'il émigre. Et s'il l'exerce, cela le rend malade, cette colère que sa sœur voit, craintive, monter en lui. – Vas-y. Parle, parle. Qu'as-tu fait. – Elle pleure tout au long de cette tirade.

Il n'arrive pas à comprendre ce qu'elle dit.

— Quoi ? Parle.

Cette fille est idiote. Comment en serait-il autrement. Elle n'a jamais quitté cet endroit, habituée à ce que mes frères la traitent comme je le fais maintenant.

A quel saint se vouer.

Il ne peut l'esquiver plus longtemps. Sa présence l'a suivi par toute la maison, de confrontation en affrontement, l'écoutant, consciente de sa frustration, de son échec à soutirer une réponse concrète ; son visage sous sa version autoritaire le suit constamment. Si elle est en prières – pour elle seule il se contiendra, face aux autres il a éclaté. Il attendra. Tout le monde évite le living, se tient à distance. Les enfants sont happés précipitamment s'ils s'attardent près des grandes portes. Il s'assied sur une chaise droite, don de l'Oncle Yacoub lorsqu'il a remeublé sa maison. Face au trône vide. Attendant son heure. Elle est au cœur de son respect, dans l'œil de tout cyclone d'émotions. Rien ne la surclassera, jamais.

Il n'a pas à attendre longtemps. Elle pénètre dans la pièce comme si elle l'avait convoqué, et occupe son sofa. Il se lève pour la saluer et, sur un geste de la main à moitié incliné, approche une chaise.

Elle sait ce qui s'est passé. Ou plutôt ce qui risque d'arriver – cela sourd de la maison par des murmures, à la vitesse supersonique des pensées. Plusieurs versions de l'affaire ont dû lui parvenir. Mais il lui raconte tout par le menu, elle entend le récit de sa bouche puisque lui seul peut vraiment le connaître. Elle pose des questions, ne donne pas d'avis.

Cette fille n'a pas de famille dans son pays.

Mais si, bien sûr qu'elle en a, mais elle ne s'entend pas bien – avec son père.

Sa mère est morte, *inna lillah*, que le Seigneur soit miséricordieux avec sa fille.

Sa mère s'est remariée et vit bien – elle habite en Amérique et s'apprête à l'accueillir.

Elle a trouvé notre vie étrange par ici.

Eh bien, oui, certainement, mais elle a fait des efforts – pour s'adapter – le temps qu'il nous fallait être ici.

Cette fois-ci, est-ce qu'un travail conforme à tes ambitions t'attend dans ce pays.

Pas encore – mais de belles opportunités comme jamais auparavant ! – nulle part ailleurs.

Elle voudrait un enfant.

Oui et je le souhaite aussi, mais pas avant de savoir que nous sommes fixés, un travail en poche, un logement pour vivre correctement.

Elle se lève, pesante dans son caftan. Son pied gauche chancelle cherchant l'équilibre.

Elle vieillit ; tu reviens à chaque fois pour nous abandonner.

Mère.

Mais celle qui donne toujours des conseils et une solution à chacun, bienvenus ou non, n'en a pas pour lui. Mon fils – elle lui donne sa bénédiction – *Allah yahfazak*, et quitte la pièce pour se rendre, il le sait, à sa prière.

Mère ?

Ah ! voilà, une alliée ; mais pas pour lui. Une alliée pour l'étrangère – c'est *elle* qui rendra le fils à sa mère, l'attirera, le ramènera finalement à la maison.

Une force terrible naît d'une décision redoutée et rejetée par l'entourage atterré : leurs mots, leurs supplications, leur silencieuse condamnation sont autant de coups de marteau qui enfoncent ce choix plus profondément dans la certitude.

Pour Julie le seul appui vient de l'affection collante de Maryam, de sa joie muette à l'idée que son unique amie, issue d'un monde lointain et pourtant plus compréhensive qu'une sœur, veuille rester à la maison, comme les autres femmes ; la mère – aucune indication, parole ou signe ne vient d'elle, sa présence majestueuse règne calmement sur la cuisine où la femme d'Ibrahim continue à effectuer les tâches qui lui sont assignées, comme si la mère ne savait pas qu'elle était censée émigrer avec son fils dans les vingt-quatre heures. Et la fille continue à hacher les oignons comme si elle non plus ne s'en rendait pas compte.

Vingt-quatre heures. Cette décision, montée en elle au point de la changer à l'instar des cellules du corps qui se renouvellent spontanément, finit par la saisir de panique : cela vient trop vite, trop tôt, l'heure a sonné et elle n'est pas prête.

La trouille.

Tout là-bas, La Table a la réponse.

Mais elle a bien réfléchi, soupesé, écarté, considéré le choix comme fol (oui, elle s'en fait aussi le reproche, il n'est pas seul à l'en accuser), renouvelé, assumant – finalement – plusieurs fois au cours des mois : cette parenthèse, comme il dit.

Cette nuit-là il ne permet pas qu'ils s'allongent sur le lit, qu'ils se soumettent à l'épuisement. S'il pouvait plaider, raisonner, argumenter, négocier, reprocher, enrager suffisamment longtemps le temps qui reste l'emporterait dans ce torrent à l'aéroport, dans l'avion qui l'emmènerait au loin de la même façon qu'elle l'avait suivi en déportation jusqu'ici.

Ecoute... on vivra bien là-bas. Tu veux que je réalise mes rêves, que je décroche une situation... que j'utilise mon cerveau, que j'étudie – tu me l'as assez répété. Tu es la seule à savoir que je peux y arriver. Tu seras heureuse. Tu es bien avec moi – je te rends heureuse – oui, et que serais-je sans toi. Quelques semaines, pendant ton séjour en Californie, je ne m'inquiéterai pas si tu as tout ce qu'il faut – ça ira, nous avons même un peu d'argent, je pourrais même aller te voir. Je le ferai. Tu m'as suivi jusqu'ici, j'ai vraiment de la chance, je le sais, alors comment se peut-il...

Alors pourquoi ? Pourquoi ? Pourquoi es-tu venue ? Pourquoi t'es-tu acheté un billet d'avion ?

Cramponnée à moi ? Que cherchais-tu ? Ne dis rien ! Non, rien. *Pas maintenant.*

C'est bien la preuve que « l'amour » est un luxe hors de sa portée. Oui.

Elle n'aura pas à le dire ; elle le voit. Dire autre chose avec la même signification.

Ibrahim, à la façon dont tu le prends, tu crois que je vais te quitter. Je ne vais nulle part. Je ne rentre pas là-bas, je te l'ai dit et répété. Je suis chez toi.

Tu es une menteuse. Pourquoi ne m'en as-tu jamais touché un mot ? Tu m'as menti tout ce temps. Dans ce lit tu m'embrassais et me mentais. Baiser et mentir.

Je ne t'ai jamais menti.

Ah ! non ? Tu ne mens qu'avec ta bouche ? Rester muette quand il faut parler, ce n'est pas du mensonge ?

Je pensais, vraiment je pensais que tu voyais que je commençais à me faire ici – tu ne me facilites pas les choses. Mon Dieu ! Comme je suis différente – rien à voir avec la femme que j'étais quand tu m'as rencontrée là-bas. Je pensais que nous étions suffisamment proches pour que tu comprennes, même si tu ne t'y attendais pas...

Tu ne mentais pas quand tu as reçu l'argent de ton oncle pour les billets ? Quand tu signais les formulaires pour le visa, quand tu t'es montrée tout sourire à l'ambassade, ma femme « qui m'accompagne », tu l'as bien vu écrit sur mon visa, non ? C'est pas du mensonge, ça ? Ou alors c'était vrai à l'époque, et maintenant, tombé du ciel, je ne sais pas, quelque chose t'a tourné l'esprit, t'a rendue folle ? Où as-tu pêché cette idée, quand, comment ?

Et tandis que son angoisse les tourmente, elle comprend où c'est arrivé. Dans le désert.

Mais elle ne peut le lui dire. Le mur de gravats dans les sables à l'endroit où finit la rue. Le chien qui l'attend, l'enfant qui lui donne la main.

Elle ne peut le lui dire.

Il fuit le désert. C'est à mille lieues de ses aspirations. Et s'il s'en souvient – l'enthousiasme de certains convives de La Table – il moquait les décisions de Julie, les taxant d'exemple typique de romantisme de classe moyenne occidentale et protégée. Comme de prendre un mécano pour amant.

La confusion braille aux oreilles d'Ibrahim. Mais quelle confusion ? Il n'y en a pas ; je devrais le savoir. Comme moi, comme moi elle ne reviendra pas au pays natal. A d'autres le pays natal. Elle se cherche un endroit. *Je reste ici.* Ici !

La valise chic est bouclée. Il ne peut s'empêcher de la fixer. Il se précipite dessus, se collette avec le code numérique, la combinaison lui revient, il l'ouvre et jette toutes ses affaires sur le lit, sur le plancher. A présent il faudra qu'elle s'y mette. Qu'elle les range à nouveau, qu'elle capitule.

A travers ce désordre elle s'approche de lui. Elle essaie de le serrer contre elle, seins contre poitrine, ventre contre ventre, mais il résiste violemment et l'embrassade devient une parodie de violence qui n'a jamais eu cours entre eux. Un peu avant l'aube, le jour où ils doivent émigrer, on dirait deux cadavres côte à côte sur ce qui fut leur lit : somnifères et vieilles promesses venues de l'enfance, tout ira mieux au matin.

Il se lève hébété, les émotions lui ont donné la gueule de bois, il va voir ses frères. Elle se réveille au son des voix basses derrière la porte. Elle sort du lit, un moment étourdie, et se met à ramasser le contenu de la valise éparpillé. Elle suspend quelques vêtements sur le fil de fortune qu'il a tendu et accroche pantalons, robes et chemises aux cintres de plastique qu'elle a trouvés au marché. Les chaussu res retrouvent leur place, bien alignées sous la fenêtre.

Il revient dans la chambre avec un seau d'eau chaude. Il voit les vêtements suspendus, pliés, les chaussures rangées. Il ne jette qu'un coup d'œil, ne la regarde pas ; il verse de l'eau dans la cuvette posée sur la table et commence à se raser. Il a beau lui tourner le dos, elle observe son visage dans le petit miroir accroché au mur qui lui renvoie son image telle qu'au réveil. Une fois de plus elle note la joue tendue par la lèvre alors qu'il approche délicatement le rasoir de la moustache luisante.

De la pile de sous-vêtements bien posée sur le lit

elle retire un slip et un soutien-gorge et commence à s'habiller.

Il a conscience de mouvements autour de lui, ralentis comme les siens. Après le rasage et la toilette, il verse l'eau sale dans une jarre vide à côté de la table et re-remplit la cuvette. Il l'entend se laver, il enfile pour le voyage un jeans qu'elle a appris à repasser aussi bien que la domestique noire rémunérée pour ce travail, jadis, dans son cottage, la chemise qu'elle préfère et l'écharpe de soie, son panache. Elle lui tourne le dos, il lance un regard furtif et aperçoit dans le miroir les gestes de sa main, le cou qui se redresse quand elle accroche ses boucles d'oreilles; une fois de plus.

Il parle. Tu viens manger?

Elle se retourne, comme vers un appel. Oui, dans un instant.

Tout le monde est à la maison; apparemment Maryam et les frères ont obtenu l'autorisation d'arriver tard au travail afin d'assister aux adieux. Le beau-frère est de toute façon au chômage à présent. A table la conversation est limitée, comme il sied lors d'un départ imminent, au trajet à suivre, au vol de correspondance, au décalage horaire, séparation supplémentaire entre le voyageur et les siens. Elle apparaît dans ce qui lui va le mieux, pantalon en joli tissu fait main et veste achetée lors d'une lointaine virée en Italie. Le collier, donné par Maryam, suscite entre elles un discret sourire. Lorsque Ahmed lui demande le temps d'attente entre les deux avions, elle répond trois heures environ. Ibrahim corrige, plutôt quatre ou cinq heures, il y a toujours des retards dans les aéroports de la région – ce qui provoque des rires, dont celui de Julie. Daoud, le préparateur de café, se tourne affectueusement vers son frère. – Peut-être auras-tu de la chance, tout se passera bien pour toi, dans les délais.

Mohamed, dispensé d'école, est prompt à intervenir. – Et quand Julie partira le mois prochain, il faudra aussi qu'elle ait de la chance !

Elle comprend ainsi l'objet de la conversation à voix basse derrière la porte : les frères ont mis sur pied la version officielle et familiale, à savoir que l'épouse étrangère de leur frère le suivrait dès qu'il saurait dans quelle ville s'établir.

Il la tient à l'écart, en compagnie de la famille, pour être sûr de n'avoir aucune chance de se retrouver seul avec elle jusqu'à l'arrivée du taxi. Histoire de lui donner une idée de ce qui l'attend, suite à leurs vaines discussions, à vouloir rester dans cette maison, dans cette famille, dans le village, dans ce coin désertique, sans lui, sans les ébats dont elle a tant besoin, sans personne à qui parler puisqu'il sera parti, lui qui connaît son monde à elle, sans – oui, il peut l'admettre en son for intérieur, sans l'amour qu'il lui voue. Cette faiblesse qui n'est pas pour lui.

Elle ne peut l'approcher. Il la tient à distance de par ses droits, comme elle a fait respecter les siens. Elle ne part pas ; tout à la douleur de le voir repartir vers les nouvelles humiliations qui l'attendent, les sales boulots qu'ils refusent de faire, acceptant le parrainage condescendant du roi des casinos (le beau-père, c'est dire) comme la chance de devenir le Prince oriental, le pittoresque béguin de sa belle-fille. *C'est comme ça. C'est la réalité.*

Les voisins viennent saluer le chançard en partance pour l'Amérique. Le taxi réservé à l'avance s'arrête devant la maison exactement à l'heure dite. Dans la cohue elle se tient à ses côtés, leurs vêtements se touchent, ils se conformeront à la version concoctée par les frères ; c'est tout ce qu'elle peut faire pour lui à présent, son amant, sa merveilleuse découverte là-bas dans un garage. Tout le monde l'embrasse, les enfants accourent pour toucher la belle aventure, l'émigration est une réussite, mal cernée mais bien sentie.

Mohamed se dépêche avec le sac de toile et les voisins ajoutent des sacs en plastique pleins de viatiques. Le fils embrasse la famille dans l'ordre protocolaire, il embrasse son père et enfin sa mère. Elle le bénit. Et fait un léger mouvement, comme un ordre : son fils embrasse son épouse. Devant tout le monde, les femmes qui l'observaient dans la rue derrière leurs rideaux, les hommes qui regardaient ailleurs en réparant voitures et motos, les voisins proches qui passaient la tête comme des hirondelles, les enfants que Leila amenait pour jouer – elle et lui s'étreignent, il se fait comme un souffle de silence. Brisé par la voix haute d'un vieillard sourd.

Elle ne part pas ?

Dans quelques semaines.

Bismillah. Cela vaut mieux.

Quand il aura trouvé un logement.

Il s'avance vers le taxi. Son propriétaire connu de tous tient la porte grande ouverte avec un large sourire, un homme sympathique dont le visage farouche rappelle un ancien soldat du désert.

Il baisse la tête pour entrer et se tient droit sur le siège du passager, en lambeaux et défoncé, le regard en avant comme s'il était déjà parti. Le conducteur claque plusieurs fois la porte afin qu'elle se ferme bien, sourit à l'assemblée et contourne le véhicule d'un pas leste pour prendre le volant.

Ibrahim abandonne sa maison une fois de plus, ses yeux sont fixés sur la route, sur l'arrivée à l'aéroport, l'initiation qui commence dès la fouille au corps, la remise du billet et du passeport avec le visa clairement tamponné, sans aucun doute cette fois-ci, l'œil sur le sac de toile emporté par le tapis roulant, les corps qui se pressent et se poussent à l'appel de l'embarquement. Des sacs de nourriture comme les siens plein les compartiments à bagages, le couloir bondé où il jouera des coudes pour trouver son siège. De chaque côté, le souffle, la chaleur, des pauvres diables comme lui, on ne saurait y échapper. Un rite de passage.

Il ne se retourne pas sur les mains tendues et les visages, certains souriant à sa chance, un ou deux autres chiffonnés de pleurs, non tant pour son départ que pour le souvenir d'une autre séparation, durable.

Tout le monde agite les bras jusqu'à ce que le taxi ait tourné au coin de la rue, hors de vue, inaudible. Les enfants excités sautent et se bagarrent comme ils le font à chaque rassemblement d'adultes. Maryam s'en va murmurer à l'oreille de sa mère qui apparemment approuve; tous sont invités à se rafraîchir à l'intérieur.

On pose des questions bienveillantes à la femme d'Ibrahim, quand elle pense le rejoindre, dans quelle ville ils vont s'installer, si elle a préparé des vêtements chauds pour l'hiver, on dit qu'il faut véritablement se faire au froid. Elle trouve des réponses adéquates et gentilles.

Sans qu'on la remarque dans l'hospitalité agitée et bruyante de la compagnie, elle prend sa tasse de thé et s'en va dans l'appentis. Elle le boit lentement, place tasse et soucoupe sur le bord de la fenêtre et regarde au-dehors quand on frappe à la porte. On l'ouvre avant qu'elle ne réponde; voici Khadija. Khadija n'est jamais venue dans l'appentis. Khadija tire la porte de guingois derrière elle avec son soupir méprisant, portant un régime de dattes, ses lèvres trop rouges se tordent comme si elle savourait ce qu'elle a en bouche.

Khadija lui passe un bras conspirateur autour du cou, sourit en toute intimité et tend la grappe de douceur, ces dattes lisses et brillantes. Elle parle arabe, l'étrangère le comprend suffisamment à présent.

Il reviendra.

Mais elle adresse peut-être à elle-même ces paroles de réconfort, Khadija, pensant à son mari dans les champs de pétrole.

NOTES

Les citations du Coran sont extraites de la traduction de Jean Grosjean, Philippe Lebaud, Paris, 1979.

*

Les citations littéraires :

page 34 : Un trop long sacrifice (W.B. Yeats)
page 43 : Qui embrasse une femme (Jorge Luis Borges)
page 51 : J'ai décidé de repousser l'avenir (Fedor Dostoïevski)
page 91 : Rose tu es malade (William Blake)
pages 121-122 : Partons pour un autre pays (William Plomer)
page 316 : J'étais en train de me l'imaginer (Rainer Maria Rilke)

*

Les thèses de Shahrour Mohamed Shahrour sont exposées par Nilufer Gole dans son article « Snapshots of Islamic Modernities », *Daedalus (Journal of the American Academy of Arts & Sciences)*, hiver 2000.

L'auteur remercie Philip J. Stewart de l'Université d'Oxford, auteur de *Unfolding Islam*, Garnet Publishing, 1995.

*
* *

Le traducteur remercie Marthe Lory pour sa relecture attentive, Denis Hirson et Ian Noble pour leurs avis éclairés et l'auteur pour sa sollicitude.

Cet ouvrage a été réalisé par la

FIRMIN DIDOT

GROUPE CPI

Mesnil-sur-l'Estrée

pour le compte des Éditions Grasset
en décembre 2002

Imprimé en France
Première édition, dépôt légal : septembre 2002
Nouveau tirage, dépôt légal : décembre 2002
N° d'édition : 12693 - N° d'impression : 62198
ISBN : 2-246-61891-6